감정 터치!

매일 수만 가지 감정에 흔들리는
나에게 필요한 코칭북

감정 터치!

선안남 지음

좋은 책 좋은 독자를 만드는
㈜신원문화사

프롤로그

적당한 감정 조절과 적합한 감정 표현,
누구나 갖추어야 할 삶의 조건

　2010년 동계 올림픽, 모든 사람의 이목이 한 소녀의 제스처에 주목됐다. 빙판의 여신이라 불리는 김연아 선수가 과연 금메달을 딸 수 있을 것인지 숨죽이고 지켜보고 있는 것이다. 라이벌로 지목되었던 일본의 아사다 마오 선수는 김연아 선수가 연기하기 바로 직전에 연기를 마쳤고, 그 선수의 코치는 자신의 선수가 얼마나 잘해냈는지를 과장된 몸짓으로 뽐냈다. 다른 선수를 기죽이고 싶은 마음에 일부러 더 크게 칭찬하며 호들갑을 떠는 것이라고 한다.

　카메라는 금세 이를 곁에서 지켜보고 있는 김연아 선수에게 옮겨졌다. 일생일대의 순간을 앞두고 있는 김연아 선수는 어떤 마음이었을까? 얼마나 떨렸을까? 잘할 수 있을지 두렵지는 않았을까? 사람들의 시선이 부담스럽지는 않았을까? 그런데 정작 그녀의 표정에는 압박감이나 두려움이 비쳐지지 않는다. 그녀는 오히려 호들갑을 떠는 라이벌 선수와 코치의 모습에 아무것도 아니라는 듯 살짝 어깨를 들썩이며 자신감을 드러낸다. 그리고 어떠한 흔들림 없이 자신의 기량을 있는 그대로 발휘해낸다. 그렇게 그녀는 승리한다. 어떤 상황에서든 자신이 원하는 것, 준비한 것을 해내고야 마는 이 선수를 팬들은 '대인배'라고 부르며 놀라워한다. 그녀의 이런 모습은 어디에서 나오는 것일까?

우리는 안다. 그녀가 훌륭한 이유는 그 누구도 따를 수 없는 피나는 노력을 통해 한 분야에서 세계 최고의 능력을 가지고 있기 때문이기도 하지만, 여기에 더불어 결정적인 순간에 감정의 동요 없이 자신의 능력을 펼쳐 보일 수 있는 단단한 마음의 힘도 가지고 있기 때문이라는 것을. 즉, 우리는 그녀가 감정을 잘 조절하여 상황에 적절한 방식으로 완벽하게 표현해낼 줄 알기 때문에 그녀가 흔들리지 않는다는 것을 안다.

그녀가 혹독한 절차탁마의 시간을 견디고 세계 정상의 자리에 오를 수 있게 된 이유도, 그런 피나는 노력과 연습이 헛되지 않도록 중요한 순간 그 결실을 온 세계에 실수 없이 선보일 수 있는 이유도, 모두 그녀가 가진 감정 조절의 힘, 그리고 감정 표현의 힘 덕분이라는 것을 안다. 이런 능력은 비단 빙판 위에서뿐 아니라 삶의 다양한 장면에서도 유용할 것이다.

감정은 성별과 나이, 인종과 사회적 지위를 막론하고 사람이라면 누구나 품게 되는 마음이다. 그리고 우리를 가장 인간답게 만들어주는 특성이기도 하다. 우리는 감정을 나누며 관계를 맺고 유지해나간다. 또 감정이 상할 때는 잘하던 일도 의욕이 없어지고 관계도 소원해진다. 우리 마음이 힘들어지는 이유는 대개 감정을 잘 표현하지 못하거나 조절하지 못하기 때문이다. 그래서 어떤 사람들은 자신의 마음속에 일렁이는 감정의 들썩임에 너무 힘들어져 차라리 감정을 느끼지 않고 살았으면 좋겠다고 말하기도 한다. 감정이 마치 '뜨거운 감자'처럼 느껴지기에 되도록 멀찍이 물러서서 보거나 없는 듯 무시하고 싶은 것이다.

이런 감정의 문제가 사람들을 아프고 혼란스럽게 했기에 예로부터 많은 사람들이 감정에 주목해왔고, 감정에 대한 많은 철학적 논쟁이 펼쳐졌으며 심리학 연구가 이루어졌다. 그럼에도 감정은 여전히 그 실체가 분명하지 않다. 우리는 다만 한 가지 사실만 알고 있을 뿐이다. 감정 조절과 표현은 중요하지만 잘하기가 쉽지 않다는 것이다. 하지만 우리의 감정이 어디에서 비롯되며 그 감정이 어떤 메시지를 우리에게 주고 있는지 함께 살펴볼 수 있다면 조절과 표현이 훨씬 수월해질 것이다. 그리고 그 과정을 통해 우리는 감정뿐 아니라 우리 자신에 대해서 더 잘 이해하게 되고, 하고 싶은 일을 더 잘하게 된다.

이 책은 이런 감정의 모습을 스케치하고 잘 살펴보는 데 목적을 두고 만들어졌다. 앞서 김연아 선수의 예를 들기는 했지만 앞으로 우리가 이 책에서 나누고 싶은 이야기는 특별한 재능을 가지고 있거나 사회적으로 주목받는 사람들을 위한 이야기만은 아니다. 그보다는 우리가 일상에서 쉽게 마주칠 수 있는 사람들의 보편적인 감정의 흔들림에 대한 이야기라 할 수 있다.

우리는 일상 속에서 얼마나 많은 감정에 시달리는가? 이 글을 쓰는 나 역시 감정 때문에 괴로울 때가 많았고, 여전히 일상 속 여러 감정에 쉽게 포위되어 꿈쩍도 못하게 된다. 할 수 있는 일도 못한다며 좌절하기도 하고, 아무것도 아닌 일에 두려워하기도 하고, 불안한 마음에 어처구니없는 실수를 하기도 하고, 너무 우울해서 손 하나 까딱하기 힘든 순간이 나를 찾아오기도 한다. 알 수 없는 짜증감에 보고 싶지 않은 내 모습을 연출하기도 하고, 욱하는 마음에 후회할 말과 행동을 해버리기도 한다. 슬픔에 코가 시큰거리도록 울기도 하고, 혼자 있음을 견디지 못해서 해야 할 일을 미루기도 하고, 공허한 마음을 달래려고 한꺼번에 너무 많이 먹기도 한다.

그렇다고 나의 일상이 부정적인 감정으로만 채워지는 것은 아니다. 누군가가 너무 좋아져서 마음속에서 차오르는 따뜻한 마음에 웃음 짓기도 한다. 또한 멋지고 훌륭한 대상들을 보며 가슴 깊은 곳에서 차오르는 뭉클함을 느끼기도 한다. 재미있어서 한 일을 또 하고 또 보기도 하고, 오랜만에 만난 반가운 사람의 손을 잡거나 얼싸안기도 한다. 사랑하는 가족과 연인, 친구들과의 관계 속에서 얻는 끈끈함으로 이 세상을 살아갈 큰 힘을 얻게 된다. 그런가 하면 누군가의 따뜻한 말 한마디에 크게 위로받고, 무언가를 잘해낸 뒤 느끼는 뿌듯함이 좋아서 주어진 일을 열심히 한다. 인정받고 싶었던 누군가에게 인정을 받을 때에 느끼는 기분은 날아오를 것만 같기도 하고, 어깨를 무겁게 하는 짐을 덜어낸 홀가분한 마음이 들기도 한다.

이렇게 우리의 일상은 다채로운 긍정과 부정의 감정들로 때론 아름답고 찬란하게 수놓아져 있거나, 또 때론 어지럽고 처참하게 얼룩져 있다. 발등에 불똥이 떨어져 있을 때에는 밤하늘의 별똥별이 아무리 아름다워도 보이지 않기 때문에, 이 책은 앞으로 긍정적인 감정보다는 부정적인 감정을 더 중점적으로 살펴보게 될 것 같다. 일단 처치곤란한 감정들에 주목을 해보고 이 감정들과 화해할 수 있다면, 우리는 일상을 지금보다 더 멋진 모습으로 찬란하고 빛나게 만드는 방법을 저절로 알게 될 것만 같다. 게다가 부정적인 감정은 단순히 우리를 처지게 하고 힘들게 하는 감정이 아니다. 감정은 저마다 나름의 의미와 신호를 함축하고 있다. 우리는 감정이 마음에 전하는 메시지를 더 잘 살펴볼 필요가 있는 것이다.

　이 책을 통해 나는 부정적인 감정 밑에 깔린 긍정적인 면을 찾아내는 것, 그리고 긍정적인 감정의 힘을 키우는 방법을 함께 알아보려 한다. 그럼으로써 부정적 감정에 흔들리고 휘둘리지 않고, 내 감정의 주인이 되어 내 감정들을 전보다 더 잘 활용할 수 있는 방법을 함께 찾아보고자 한다.

　본격적으로 감정을 살펴보기 전에 꼭 짚고 넘어가야 할 것이 한 가지 있다. 그것은 '감정에 흔들리는 것이 당연하다'는 사실이다. 상담실 안팎에서 만나게 되는 많은 사람들이 감정의 흔들림을 두려워한다. 흔들리고 있다는 것 자체를 받아들이기 힘들어서 자신의 감정을 제대로 보지 못하는 경우가 많다. 그러나 모든 감정은 그럴만한 이유가 있기에 나타나며 그에 대한 메시지를 전한다.

　감정, emotion이라는 단어의 어원을 살펴보면 두 개의 단어 e(밖으로)와 motion(움직임)의 만남이다. 감정에는 우리에게 어떤 행동을 하도록 촉구하는 면이 있다는 의미이다. 이런 감정의 메시지를 잘 알아채고 적절히 행동한다면 우리는 보다 더 건강해지고 행복해질 수 있다.

흔들리는 것은 당연하다. 우리는 다만 그 흔들림을 어떻게 받아들이고 그 다음 방향을 어떻게 설정하는가를 함께 고민해볼 필요가 있다. 마음의 문제에 단 하나의 해답만 있는 것은 아니지만 함께 고민하면 지금보다 더 나은 답을 찾아갈 수는 있다고 생각한다. 자, 그러면 지금부터 우리를 흔들리게 하는 다양한 감정들을 살펴보고 이 감정과 함께 흔들리고 있는 내 모습을 돌아보자.

흔들리며 함께 걷는 길을 그리며 선안남 드림

차례

프롤로그 적당한 감정 조절과 적합한 감정 표현, 누구나 갖추어야 할 삶의 조건 ♥ 004

part 1 감정의 롤러코스터

외모 고민에 혼란스런 마음 ♥ 014 | 스트레스를 받아 폭식하는 마음 ♥ 022
나를 힘들게 하는 짜증스런 감정 ♥ 029 | 너무 우울해서 힘든 마음 ♥ 039
두려움에 얼어붙은 마음 ♥ 047 | 사소한 일에 화나는 마음 ♥ 056
상실, 영원히 함께할 수 없는 것들 ♥ 065 | 슬프면 화를 내는 마음 ♥ 074
알 수 없는 불안에 흔들리는 마음 ♥ 081 | 양가감정에 흔들리는 마음 ♥ 089
참고 또 참아서 병든 마음 ♥ 095

part 2 흔들리는 자아

타인의 비판과 기대에 집착하는 마음 ♥ 106 | 춥고 시린 마음 ♥ 113
감정 기복이 너무 큰마음 ♥ 122 | 나도 모르게 욱하는 마음 ♥ 131
불편한 진실 앞에서 흔들리는 마음 ♥ 140 | 냉소적인 마음 ♥ 149
욕망 때문에 복잡한 마음 ♥ 158 | 버림받을까 봐 두려운 마음 ♥ 167
사람을 만나도 허전한 마음 ♥ 178 | 안 착한 마음 ♥ 184
예민해지는 마음 ♥ 192 | 표현할 수 없어서 힘든 마음 ♥ 201
허영과 자존심 사이 ♥ 208

010
♥
감정 터치

part 3 뜻대로 안 되는 관계

가까운 사람의 구박에 괴로운 마음 ♥ 218 │ 감정 노동에 지친 마음 ♥ 227
거절에 상처받은 마음 ♥ 235 │ 경쟁심 때문에 힘든 대인 관계 ♥ 243
상처받고 싶지 않아 거리 두는 마음 ♥ 251 │ 나르시시스트 대처하기 ♥ 258
돋보이고 싶은 마음 ♥ 265 │ 내 마음 같지 않은 네 마음 ♥ 273

part 4 내 감정, 내 마음대로

나를 사랑하는 마음 ♥ 282 │ 머뭇거리는 마음 ♥ 289
변화하고 싶은 마음 ♥ 297 │ 욕망을 따르고 싶은 마음 ♥ 306
의존심에서 벗어나 독립으로 ♥ 313 │ 질투심에 흔들리는 마음 ♥ 320
책임감에 압도당하는 마음 ♥ 326 │ 초조하고 조급한 마음 ♥ 334
친구가 한없이 부러운 마음 ♥ 340

에필로그 감정, 극단에서 균형으로 ♥ 348

♥

그나마 다행인 점은 우리가 모두 닮았다는 점,
나 혼자만 출렁이는 양가감정이나 멀티 감정에 흔들리는 것이 아니라는 점이다.
우리는 모두 살짝 양가감정, 다양한 감정들의 조종에 시달리며 살고 있다.

Part 1

감정의
롤러코스터

외모 고민에 혼란스런 마음

스무 살의 주름개선제

　내 나이 스물 살 즈음, 친구들 중에 백옥 같은 피부를 자랑하던 정희는 나를 만나자마자 화장품 가게로 데려 갔다. 이제 갓 대학에 입학한 나는 그 당시 유행하던 스타일을 어설프게 흉내 내던 빨간 볼의 아이였다. 반면, 정희는 캠퍼스 패션을 보다 능숙하게 받아들이는 센스가 있었다. 딱 봐도 대학 1학년생 티가 나는 나에 비해 정희는 풋풋함과 성숙함, 순수함과 섹시함을 동시에 풍기는 아주 세련된 스타일이었다.

　나는 그 정희의 패션 센스와 우월한 외모를 곁눈질로 훔쳐보며 형형색색의 화장품들을 살펴보고 있었다. 아무리 봐도 뭐가 뭔지 모르겠고,

게다가 뭔가를 만지거나 관심을 보이기가 무섭게 과장된 몸짓으로 기계 같은 설명을 하며 하이에나처럼 달려드는 점원들이 부담스럽기도 했다. 나는 이리저리 눈치를 볼 수밖에 없었는데 정희는 당당한 몸짓으로 그 수많은 화장품 중 하나를 뽑아들었다. 내가 "그게 뭐야?"라고 물으니 눈가 주름개선제라는 대답이 들려왔다. 나는 놀라서 목소리를 반 키쯤 키워가며 반문했다. "스무 살인 우리에게 주름개선제가 웬 말이야!"라고. 그랬더니 정희는 스무 살 때부터 피부가 노화 단계를 거치게 된다는 짜임새 있고도 설득력 있는 이론을 내놓았다.

나는 그 이론의 논리 정연함에 덜컥 겁이 나기도 했지만 우리의 주머니 사정에 비해 턱없이 높은 가격대를 자랑하는 화장품 가격이 더 겁이 나서 고개를 돌렸다. 하지만 정희는 그날 점원의 즉석 피부 미용 강의를 듣고 열심히 주름개선제와 자외선 차단제를 샀다. 피부는 좋을 때 지켜야 한다는 어느 광고 카피에 나올법한 명언을 남기며.

외모 불안과 통제 혼란

그 후 십 년이 넘는 시간이 흘렀다. 나는 외국의 정체 모를 연구에 따라 여자가 가장 예쁠 나이라는 서른한 살이 되었다. 분명 스무 살 때보다 덜 촌스러워진 것은 사실이지만 그 시간 동안 정희의 경고처럼 급격한 노화 현상을 목도해야 했다. 거리에는 예전보다 더 많은 화장품 가게와 네일샵, 인조 속눈썹 붙여주는 가게, 성형외과, 헬스클럽, 요가 학원, 필라테스와 에어로빅 학원, 미용실이 들어섰고, 이미용 관련 사업은 불황 속에서도 불황을 비켜가는 '핫'함을 유지하고 있다.

매일 아침마다 화장대에 비친 낯선 여자는 갈수록 푸석하고 초췌해진다. 열심히 퍼프를 두드리며, 좋다는 스킨이나 로션을 발라볼까? 어떻게 하면 노화를 막고, 흉터 자국을 지우고, 늘어진 모공을 쪼이고, 눈 밑 기미를 가리고, 꺼진 볼을 되돌릴 수 있을까? 하지만 드넓은 정보의 초원에서 바닥이 훤히 드러나는 통장 잔고를 생각해보면 그 질문에 답을 찾지 못하고 도돌이표로 남겨진다. 아무리 찍어대고 발라 봐도 세월의 흔적, 평생 쪼인 자외선의 양을 감출 도리가 없다.

중력과 시간의 힘을 거스르는 것은 불가능한 일인데다가 감추려 애쓴 티가 나는 것 역시 더 서글픈 일이기에 그냥 내버려두고 있기는 하지만, 이따금씩 거울을 볼 때마다 이 질문이 떠오르는 것은 어쩔 수 없다.

'정말 그때 정희의 조언을 따라 무리해서라도 주름개선제를 발랐다면 나의 피부가 지금보다 더 나았으려나?' 하지만 여드름 위에 여드름이 날 정도로 피부가 좋지 않았던 엄마가 나를 보며 '이 정도면 비단결'이라고 안도하시던 이야기를 생각해보면 아무래도 이건 나의 통제 밖일인 것 같다. 그런데 세상에는 이런 통제 가능성과 통제 불가능성의 경계를 모호하게 하고 이런저런 불안감 위에 상주하는 이미용 관련 사업이 성행하고 있다.

각종 미용 정보가 난립하고 예뻐야 사랑받는다는 암묵적인 메시지가 널리 퍼져 있다. 이런저런 메시지와 욕망, 정보들의 폭격을 맞으며 우리는 부정적인 감정을 느낀다. 그 감정의 이름을 무엇이라 할 수 있을까? 외모 불안과 통제성에 대한 혼란이라 할 수 있지 않을까?

그런데 그 감정들만큼이나 더 견디기 힘든 감정이 있다. 바로 질투심이다. 마치 여성지 화보를 찍다가 뛰쳐나온 듯한 화장과 치장을 한 늘씬하고 풋풋한 20대 여성들에 대한 질투. 그런 젊은 후배들을 거리에서 마주치면 "선배님!" 하고 종달새처럼 다가오는 그 모습이 너무 싱그러워 왠지 내 모습은 늙고 초라해 보일까 싶다. 이런 후배들을 한꺼번에 만날 때 이 묘한 질투심을 어디에다 두어야 할지 모르겠다.

30대로 접어들면서 본격적으로 느끼게 된 이 괴로운 질투심은 뜨거운 감자와 같았다. '나도 예전에는 저렇게 싱그러웠을까?', '나는 이대로 시들어 가는가?' 이런 감상을 하게 해준 그네들이 밉기까지 하다. 그러나 불편하게 부여잡고 있던 이 마음은 의외의 장소에서 의외의 인물에 의해 쉽게 풀렸다. 때로는 전혀 모르는 사람이 맥락 없이 한 이야기가 우리 마음에 큰 반향을 불러일으키기도 하지 않는가.

그날 나는 왠지 모르게 착잡한 마음을 안고 집에 돌아오는 길에 옷가게 앞을 서성였다. 어수선한 마음을 물건에 실려 날려버릴까 싶었던 것 같다. 옷가게에 놓인 옷들을 들여다보고 있는데 한 아주머니가 내 옆에 다가와 말했다.

"아유, 이렇게 젊고 예쁘니 뭘 입어도 태가 나지. 나는 고를 게 없어."

질투 섞인 칭찬에 나는 그저 예의 바르게 웃고 지나쳤다. 그런데 아주머니가 한 말을 곰곰이 생각해보니 이 말이 익숙하게 느껴졌다. 그 말은 나도 모르게 20대 후배들을 향해, 혹은 거리에서 마주치는 싱그럽고 예쁜 10대, 20대 여성들을 향해 하는 말과 비슷했다. 또 내가 스무 살 때, 스물세 살 선배들이 나에게 그런 이야기를 했던 기억이 난다.

나는 나의 촌스러움이 부끄러워 죽겠는데, 이제 대학 4학년이라 다

늙었다고 말하던 선배는 나에게 이렇게 말했다.

"넌 정말 풋풋하다. 어려서 좋겠어……."

그 후 표현하지 못한 말줄임표에 '근데 난 아닌 것 같아서 샘나고 질투나'라는 뉘앙스가 섞여 있었다는 것을 스물세네 살이 되서, 대학에 갓 들어온 후배들에게 같은 말을 나도 모르게 반복하면서 알게 되었다. 그 말을 할 때 내가 진심이었듯이 그 아주머니 역시 진심이다. 듣기만 할 때는 몰랐던 그 말의 진심과 참 의미를 그 말을 해보는 입장이 되면서 제대로 알게 된 것이다.

예쁘다고 해주는 타인의 눈으로 나를 보기

　서른 살의 눈으로 보는 스무 살은 참 예쁘다. 하지만 마흔 살의 눈으로 보는 서른 살의 젊음과 아름다움을 서른 살의 입장에선 모른다. 내가 스무 살 때 스물세 살 언니의 질투를 진심으로 받아들였다면, 나는 내가 얼마나 예쁜지 잘 알았을지 모르겠다. 그리고 그 인식을 토대로 외모에 대한 자격지심으로 흔들리는 불안한 마음을 덜어낼 수 있었을 것이다. 마찬가지로 옷가게에서 마주친 아주머니의 눈에 서른한 살의 나는 너무 예쁘고 싱그럽다.

　외모를 둘러싼 불안과 질투, 통제할 수 없는 것을 욕망하는 마음에서 벗어나 보다 긍정적인 감정을 느끼고 싶다면, 우리를 아름답게 보는 타인의 눈으로 자신을 바라볼 필요가 있다. 하지만 자신을 그저 젊고, 예쁘고, 싱그러운 타인의 모습에 견주어 불만스런 눈으로 바라본다면 외모에 대한 불안은 점점 더 커지고, 통제할 수 없는 것을 통제하려 애쓰게 될 것이다. 또 그러면서 마음 쓰고 돈 쓰며 힘들어질 수밖에 없다. 그러면 우리는 어느 쪽을 택해야 하겠는가?

　서른두 살을 앞두고 있는 지금의 나는 40대 언니들의 눈으로 나의 아름다움을 바라보려 한다. 외모에 대한 부정적인 감정에 시달리는 대신, 인생의 가장 예쁜 나이를 지나가고 있다는 자부심으로 나를 바라보겠다는 것이다. 그 결심을 통해 얻는 기대 효과는 분명하다. 내가 나를 예쁘게 봐줄 수 있다면 내 안에 넘치는 긍정적인 감정으로 세상 어떤 주름개선제보다도 더 효과 좋은 외모 개선이 이루어질 것이다.

사춘기가 시작된 이래로 '내가 타인의 눈에 어떻게 보이는가?'라는 화두는 쉽게 규정하기 어려운 복잡다단한 생각들과 미묘한 감정들을 몰고 찾아옵니다. 타인의 눈으로 내 외모를 훑어보며 하루하루 감정기복이 오락가락했고, 자신감의 수치도 오르락내리락하는 겁니다. 타인의 눈에 매력적으로 비춰지는 것이 중요하기에 거울 앞에서 보내는 시간도 많아지고, 누군가를 만나면 내 모습을 의식하게 되지요. 예쁘게 봐줬으면 하는 마음이 있으면 내 행동에 제한이 생길 수밖에 없잖아요.

이 주제가 흥미로워 이를 주제로 연구한 적이 있었습니다. 그러다가 남성들은 여성들만큼 외모에 대한 평가를 의식하기에 나타나는 불안, 우울, 수치심, 위축감을 경험하지 않는다는 사실에 집중하게 되었습니다. 여성을 외모로 평가하는 시선이 우리 사회 곳곳에 복병처럼 심어져 있기에 여성들이 그런 시선을 내면화하고, 그 시선에 감정과 자신감이 휘둘리게 된다는 사실도 보다 분명하게 알게 되었지요.

그러면서 알게 된 또 한 가지 사실이 있습니다. 외모의 절대적인 기준이 없으며, 타인의 변덕스러운 평가 기준에 맞춰 나를 바꾸려고 한다면 나만 손해라는 사실입니다. 물론 예쁘고 매력적이면 좋겠지요. 하지만 이를 타인의 인정을 통해서만 확인받으려고 한다면 그것만큼 위험천만하고 어리석은 일은 없습니다.

마돈나는 이런 말을 한 적이 있습니다.

"아름다움은 하나의 의견에 불과하다."

세상 사람들의 수만큼 수많은 아름다움에 대한 의견과 정의가 존재합니다. 비판적인 타인의 눈으로 나의 외모를 바라보며 시무룩해져 있다면 진정한 문제는 나의 외모가 아닌 이를 밉게 보는 나의 시선이라는 것을 기억합시다. 진정한 아름다움은 부정적인 감정이 아니라 긍정적인 감정과 함께 발현됩니다.

스트레스를 받아 폭식하는 마음

음식, 스트레스를 푸는 좋은 방법?!

오랜만에 친한 친구를 만나 밥을 먹었다. 오랜만에 만난 만큼 서로 알아야 하고 알려야 할 이야기들이 많았다. 우리는 열심히 수다를 떨며 밥을 먹었고 그 후 커피 한잔씩 손에 쥐고 햇살 가득한 거리로 나왔다. 날씨도 좋고 기분도 좋았다. 거리낌 없이 대화를 나눌 수 있는 누군가와 걷는 것만큼 좋은 일은 없다. 커피 한 모금을 마시고 초콜릿을 입에 털어 넣은 내가 말했다.

"요즘엔 이렇게 단 게 막 땡겨."

그 말을 듣자마자 친구가 걱정스런 표정으로 말했다.

"그래? 너 요즘 스트레스를 많이 받는 거 아냐?"

그 말을 듣고 보니 정말 맞는 말 같다. 언제부턴가 나는 밥을 먹고 나면 꼭 커피를 마셔야 했다. 그 친구와 커피 잔을 집어들기 전에 나는 내 안에서 올라오는 커피에 대한 갈망을 '커피 고프다'라고 표현해 친구를 한참 웃게 만들었다. 그만큼 나는 커피를 입에 달고 살았다.

하지만 이제는 커피만으로는 부족한 느낌이 들기에 이르렀다. 이제는 커피에 곁들여 먹을 수 있는 초콜릿이나 과자, 조각 케이크가 필요하다고 느껴진다. 정말 배가 고프지 않을 때조차 뭔가가 먹고 싶었다. 생리적인 배고픔이 아닌 감정적인 허기짐과 지치게 하는 마음이 나를 그렇게 만든 것이 아니겠는가?

음식으로 스트레스를 푸는 이유

스트레스를 음식으로만 푸는 내담자들을 만난 적이 있다. 그들은 삶이 힘들어질 때마다 음식으로 자신을 위로했다. 그들을 힘들게 하는 순간은 대개 관계 속에서 제대로 소통하지 못해 힘든 감정을 잘 조절하지 못할 때였다. 혹은 무리하게 다이어트를 하느라 음식을 별로 먹지 않다가 한꺼번에 폭식을 하는 경우였다. 심한 경우에는 한꺼번에 많이 먹은 뒤, 바로 화장실로 가서 모든 것을 억지로 토해내는 사람도 있었다. 폭식의 정도도 사람마다 다양했는데, 도저히 혼자 다 먹었다고 상상하기 힘들 만큼 많은 음식을 앉은 자리에서 다 먹은 후 자신의 손을 입속으로 쑤셔 넣어 억지로 토해내는 사람도 있다.

그들은 스스로를 위로하기 위해 이런 방법을 택했지만 분명 좋은 위로 방법은 아니었다. 배고프지 않을 때 몸의 필요나 욕구와 상관없이 꾸역꾸역 먹은 음식은 음식이 아니라 독이다. 우리의 몸은 물론 마음도 해치게 한다. 하지만 일단 먹는 것으로 스트레스를 풀다 보면 스트레스를 받은 그 순간을 참지 못한다. 스트레스를 받는다는 이유로 감정적으로 자신의 몸과 마음에 분풀이를 하게 되는 것이다. 그렇다면 우리는 왜 스트레스를 받을 때 음식에 의존하게 될까?

1. 우리에게 익숙하다

허기질 때 음식을 찾는 것은 우리의 본능이다. 우리는 태어나는 순간부터 음식으로 자신을 위로해왔다. 우는 아이를 달래는 가장 효과적이고 보편적인 방법이 무엇인지 생각해보라. 바로 그 아이의 입에 음식을 넣어주는 일이다. 허기진 순간 우리를 채워준 음식의 맛과 위안을 우리는 어른이 되어서도 잘 기억한다. 그래서 우리는 가끔 몸의 허기짐과 마음의 허기짐을 구분하지 못한다. 마음이 허기진 순간, 음식이 준 위안의 기억을 떠올린다. 이 모든 과정은 의식적이라기보다는 무의식적이고도 자동적으로 나타난다.

그래서 우리는 소화가 안 될 정도로 꽉 찬 배를 움켜쥐고도 음식이 주는 위안에 기대는 것을 멈추기가 어렵다. 힘든 순간, 우리는 몸뿐 아니라 마음을 채워줄 '소울 푸드'를 기다린다.

2. 찾기 쉽고 효과가 즉각적이다

음식으로 스트레스를 풀게 되는 또 하나의 이유는 음식이 우리 도처에 있다는 데 있다. 마음만 먹으면 우리 주위에서 쉽게 음식을 찾을 수 있다. 냉장고를 열거나 음식점 문을 열면, 그리고 대형 마트에 가면 우리를 유혹하는 음식들이 산더미처럼 쌓여 있다. 그리고 이런 음식이 우리에게 주는 효과는 즉각적이다. 뭔가를 먹고 속이 든든한 느낌을 얻게 되면 우리의 기분도 조금 나아지는 듯하다.

내가 아는 한 지인은 마음이 허할 때마다 백화점 식품 코너를 빙빙 돌며 마음을 채운다는 이야기를 하기도 했다. 그곳에 진열된 시식 음식들을 맛보며 음식에만 마음을 집중하다 보면 머리를 복잡하게 하는 다른 문제들로부터 잠시 탈출할 수 있다는 것이다.

그런데 이렇게 음식을 통해서 감정적 위안을 받는 데에는 한계가 있다. 음식이 주는 위안의 효과는 오래가지 못하고 시간이 지나면 다시 허기진 마음으로 되돌아간다. 또한, 음식 이외에 스트레스를 해소할 수 있는 다른 좋은 방법이 없을 때 스트레스에 압도당하게 된다. 왜냐하면, 음식으로 스트레스를 푸는 일을 계속 반복하다 보면 점점 고립될 수 있기 때문이다.

음식으로 스트레스를 해소하다 보면 타인과의 관계에서는 물론 자신의 감정과도 멀어지기에 스스로를 소외시킨다. 멍한 상태로 습관처럼 음식을 입에 넣지만 자신이 왜 스트레스를 받았는지조차 의식하지 못한다. 그러니 우리는 스트레스를 받을 때 취할 수 있는 행동이나 장치를 보다 다양화할 필요가 있다.

스트레스 해소 방법을 다양화하자

상담실을 찾는 많은 내담자들이 공통적으로 호소하고 통찰하는 점이 바로 스트레스 해소에 있다. 삶이 계속되는 한 스트레스 역시 계속된다. 그러나 똑같이 어려운 상황에 처해도 어떤 사람은 스트레스에 압도되어 흔들리는 데 반해, 어떤 사람은 흔들림이 없다. 그 차이는 '스트레스를 받는가, 그렇지 않은가'에 있는 것이 아니라 '스트레스를 얼마나 건강한 방식으로 풀고 있는가'에 있다. 그런데 음식으로만 스트레스를 푼다면 스트레스를 잘 풀지 못할 가능성이 크다.

요즘 맛집을 찾는 사람들이 늘어나고 다이어트에 집착하는 사람들이 늘어난다고 한다. 그리고 나처럼 커피 없이는 못 산다는 사람들도 늘어나고 있다. 그런 것을 보면 우리 사회 전체가 감정적인 스트레스를 풀 적절한 창구를 못 찾고 있는 것이 아닌가 싶다.

감정적으로 허기지고 지치는 순간에 폭식하지 않기 위해서 우리는 스트레스를 풀 수 있는 다양한 방법을 알고 있어야 한다. 먹는 것으로 어느 정도 스트레스를 풀 수는 있지만 스트레스를 푸는 방법이 먹는 것밖에 없다면 그것은 문제가 있다. 여러 사람들이 권하는 가장 효과적인 스트레스 해소 방법은 친구와 대화를 나누며 햇볕 쬐기, 그리고 걷기이다. 물론 가장 좋은 방법은 이 세 가지의 조합일 것이다.

기분이 안 좋을 때면 할 일 없이 '냉장고를 열었다 닫았다' 하는 일이 잦은 나는 냉장고 앞에 이런 문구를 붙였다. "배고프지 않은 자, 먹지 마라." 몸의 다이어트를 위해서가 아니라 마음의 다이어트를 위해서이다.

Healing Tips

폭식 밑에 깔린 외로움과 분노의 감정을 어루만져주세요

허겁지겁 음식을 먹고, 또 먹을 수 있는 만큼보다 많이 먹을 때 우리는 감정에서 멀어지는 경험을 하게 됩니다. 자신의 진짜 감정을 느끼고 싶지 않기 때문에 알코올 중독에 빠지고, 컴퓨터 게임에 빠지고, 사람들과의 관계에 집착하는 사람들처럼, 폭식하는 사람들은 음식 중독에 빠진 것이나 다름없습니다. 이를 통해 감정은 느끼지 않으려 하는 것이지요.

폭식으로 스트레스를 푸는 내담자들에게 특히 진하게 느껴지는 두 감정이 있습니다. 바로 외로움과 분노입니다. 그들의 이야기를 듣다 보면 함께할 누군가가 옆에 없을 때 음식으로 그 대상의 빈자리를 채우거나 화난 마음을 꾹꾹 눌러 삼키기 위해 음식을 꾸역꾸역 먹는 모습이 그려지기 때문이지요.

대부분의 음식 중독자들은 사람들과 함께 음식을 먹으며 즐거운 감정을 나누기보다는 홀로 폭식을 하면서 점점 더 큰 외로움을 느낍니다.

또 어떤 사람은 분노와 같이 부정적인 감정을 밖으로 표출할 수 없을 때 그 감정을 음식으로 넘김으로써 그 감정을 억압합니다. 따라서 자신이 어떤 감정을 느끼며 폭식하는가를 잘 생각해보고 외로움과 분노감을 적절히 해소할 수 있는 방법을 모색할 필요가 있습니다.

폭식을 하던 사람들이 상담자나 다른 사람들과의 관계 속에서 힘든 마음을 표현하고 소통하기 시작하면, 어느샌가 폭식의 문제가 많이 호전되는 이유도 바로 여기에 있는 것 같습니다. 이들이 감정으로부터 도망치지 않고 자신의 감정을 표현할 때 문제의 실마리가 풀립니다.

스트레스를 풀기 위해 음식을 찾게 된다면 그 마음 밑에 깔린 내 감정을 잘 살필 필요가 있습니다. 외롭다고 화난다고 먹지 말고 나를 잘 이해해주는 누군가를 찾아 내 마음을 표현하세요. 폭식하는 그 순간에는 스트레스가 풀린 듯하지만 결국에는 스트레스가 더 커질 수밖에 없으니까요.

나를 힘들게 하는 짜증스런 감정

짜증스런 마음의 도미노

남자 친구와의 약속을 앞두고 있는 미연 씨. 늦잠을 자서 몸도 찌뿌듯하고 마음도 쑤시는데 택배 아저씨는 감감 무소식이다. 그녀는 부피가 큰 두 개의 상자들을 자꾸 노려보게 된다. 이 상자들을 보며 기분도 나빠진다. 두 개의 상자 중에 하나에는 데이트할 때 입으려고 산 원피스가, 다른 하나의 상자에는 남자 친구를 주려고 산 가방이 들어 있다. 과제를 하다가 인터넷 팝업 창에 실시간으로 뜬 이 상품들을 보았을 때만 해도 그녀는 이것들을 꼭 사야 할 것만 같았다. 상품 소개를 보자마자 그녀의 마음속 욕망의 스위치가 미친 듯이 춤을 추며 그녀를 재촉했다. 누군가가 그녀의 마음에 대고 '사야 해. 사야 해. 사야만 해. 놓치면 안 돼'라고 외치는 듯했다. 지름신의 강림이다. 결국 그녀는 물건을 구매했다.

그러나 며칠 뒤, 밤늦게 건네받게 된 상자들의 배를 갈라 형광등 불빛아래에서 확인하는 순간부터 그녀는 후회하기 시작했다. '내가 잠시 뭔가 홀린 것이었을까.' 그녀는 한숨을 쉬었다. 택배 회사에 반품 신청을 했는데 반품 사유 역시 '고객의 변심으로 인한 반품'이라기에 각각의 상품에 왕복 택배비 명목으로 오천 원씩 부과된다고 한다.

택배비를 상자 속에 찔러넣고 나니 기운이 빠진다. 인터넷이 저렴하다지만 물건 하나를 업체로 다시 돌려보내는 과정은 여간 까다로운 것이 아니다. 그녀는 머릿속으로 판매자와 택배 아저씨들, 그리고 경비원 할아버지를 거쳐 그녀에게 도달한 그 물건이 거꾸로 파도타기를 해서 원점으로 돌아가는 모습을 상상해본다. 잠깐의 욕망을 견디지 못해 지르고 만 물건들을 보며 그녀는 참을 수 없는 후회의 감정들에 시달린다.

"아유, 크기도 해라. 두 개나 반품이야?"

택배 아저씨를 기다리다 못해 결국 경비실 할아버지에게 맡기기로 했다. 참견을 잘하는 경비실 할아버지는 투덜대며 반품할 두 상자를 받았다. 그녀는 마음속에서 엄청난 짜증이 밀려왔지만 애써 참았다.

'그래. 이제 내 손에서 떠난 거잖아. 다음부터는 인터넷 쇼핑을 좀 줄여야겠어.'

데이트 장소에 가기 위해 버스를 타며 그녀는 이제 아침 내내 불편했던 감정을 떨쳐 버리려 한다. 마음을 다시 고쳐먹고 버스를 기다리지만 오늘따라 버스는 또 왜 이리 안 오는지 제대로 화장도 못하고 나온 그녀는 약속 시간에 늦을지도 모른다고 생각하니 마음이 불편하다.

다행히 버스가 밀리지 않아서 약속 시간에 맞춰 도착하긴 했는데 이번에는 남자 친구가 문제이다. 그는 10분 정도 약속 시간에 늦게 도착해서 미안하다는 말도 없이 뜬금없이 라면을 먹으러 가자고 말을 한다. 늦잠잔데다, 마음이 급해서 아침을 못 먹고 나왔고, 이런저런 일을 신경 쓰느라 에너지를 써서 배가 고팠던 그녀는 그 말에 폭발하고 만다.

"아니, 왜 다 네 마음대로 해?!"

이렇게 폭발된 짜증은 그녀의 데이트를 망쳤다. 그날 그녀는 남자친구와 크게 싸우고는 라면은커녕 밥도 제대로 먹지 못했다. 최악의 기분 속을 뒹굴며 집으로 다시 돌아올 수밖에 없었다.

그녀는 왜 짜증이 났을까?

우리의 하루는 삶의 축소판과 같다. 특별히 기분이 더 안 좋고 컨디션이 나쁜 그런 날도 있지만, 우리가 오늘 하루 동안 느꼈던 감정의 색조와 톤은 내일과 비교해 크게 다르지 않을 것이다. 중요한 것은 그날 벌어진 일이나 상황, 혹은 그날 내 감정을 뒤집어놓은 사람들이 아니라 그전부터 우리가 형성하고 있던 삶에 대한 태도와 대처 방식, 그리고 습관이다. 우리는 마음속 감정으로 우리 외부 세계를 파악하기 때문이다.

그날 하루 미연 씨가 짜증스런 감정이 그려진 마음으로 바라 본 외부 세계는 온통 짜증스러운 일투성이다. 짜증이 날 때 우리는 내면이 아닌 외부에 주의 집중하고 남 탓을 하게 된다. '짜증이 난다', 혹은 더 나아가 '누구 때문에 짜증난다'는 말을 반복적으로 하는 것은 외부 현실에 대한 묘사가 아닌 내면 현실에 대한 이야기인 것이다. 그럴수록 짜증스런 마음은 더 커진다. 상황들이 짜증 나는 것이 아니라 우리가 상황을 짜증스럽게 받아 들이고 그대로 행동하기 때문이다.

짜증 역시 습관이다. 짜증은 짜증을 부른다. 짜증을 표현하다 보면 불쾌한 마음에 포위되어 이를 건설적인 방식으로 풀기보다, 자신의 불만과 불쾌감을 그대로 타인에게 쏟아내고 싶어진다. 그래서 참지 못하고 짜증을 내지만 곧 다시 부메랑처럼 돌아오는 불쾌한 결과에 우리는 후회한다. 나 자신의 모습이 마음에 안 들고 짜증은 계속된다.

무턱대고 짜증내고 스스로를 싫어하게 되는 짜증스런 마음, 우리는 그 마음을 어떻게 바라봐야 할까?

1. 신경증

짜증스런 마음과 관련된 성격 특성으로 신경증을 꼽을 수 있다. 신경증은 우리의 성격 특성을 가리키는 말로, 아이셍크라는 심리학자가 제안한 다섯 가지 성격 특성 중에 하나이다. 신경증은 만성적인 불만과 불행감을 나타낸다. 사람마다 성격이 제각각 다르지만 어떤 사람은 불만과 불행을 느끼는 빈도와 정도가 잦은 반면, 어떤 사람은 다른 사람들보다 더 쉽게 만족하고 행복해한다. 미연 씨의 짜증은 신경증적인 성격과 관련 있어 보인다. 이럴 때 성격 자체를 고치는 것은 쉽지 않지만 성격의 표현 방식은 바꿀 수 있다.

심리학자 맥크레의 제안에 따르면 신경증 경향은 감정이 아닌 생각에서 나온 것이라고 한다. 그래서 그는 불만과 불행감이 주는 느낌 자체보다는, 근본적으로 이를 일으키게 하는 생각이 무엇인가를 집중해서 살펴봐야 해소할 실마리를 잡을 수 있다고 한다. 예를 들어, 앞서 미연 씨가 짜증이 나는 순간, 감정 밑에 깔린 생각들을 되짚어 보면 다음과 같다.

'늦잠 잤어. 아, 짜증 나(빨리 일어났어야 했는데, 난 생산적이지 못한 사람이야).'

'잘못 샀어. 아, 짜증 나(돈도 아껴야 하고 무엇을 하든 좀 제대로 해야 하는데).'

'경비실 할아버지 잔소리. 아, 짜증 나(뭘 하든 독립적으로 하고 싶은데 잔소리 들으면서까지 부탁해야 하나).'

'약속 시간에 늦을 것 같아. 아, 짜증 나(약속을 꼭 지켜야 하는데).'

'남자 친구가 늦었어. 아, 짜증 나(나와의 약속을 소중하게 생각해야 하는데).'

'늦은 것도 화나는데 오자마자 무턱대고 라면 먹자네. 아, 짜증 나(나에 대한 배려를 해줘야 하는데).'

'자꾸만 짜증이 나네. 아, 짜증 나(내 성격이 관대하고 여유 있어야 하는데).'

그녀의 가슴속에서 짜증이 솟구쳐 오르는 순간, 어떤 생각이 머릿속에 스쳐 가는가를 되돌려 살펴보면 그녀에게는 '해야 한다'는 엄격하고 경직된 사고 패턴이 자주 나타난다. 그녀는 마음의 여유가 부족했고, 스치는 생각이 무엇인지 알아보고 이를 유연하게 바꿔서 생각해볼 기회가 없었다. 그래서 쉽게 스스로를 수세에 몰아넣고 짜증을 내는 것이다.

공적인 관계에서라면 이런 그녀의 모습이 잘 드러나지 않을지도 모른다. 그러나 그녀는 친한 사람들 앞에서 자신의 안 좋은 짜증스런 감정들을 펑펑 쏟아냈다. 그러다 보니 자신이 불러온 짜증의 파도 때문에 관계가 출렁이게 되었다. 왜 나는 이렇게 쉽게 짜증이 나는지 스스로를 타박하고, 왜 사람들은 자신이 뜻하는 대로 움직여주지 않는지 힘들어하게 되는 것이다.

2. 히스테리

히스테리는 자궁을 뜻하는 '히스테리아'라는 말에서 유래됐다고 한다. 그 정도로 여성에게 더 빈번하게 나타나는 특성이라는 고정관념이 있다. 그래서 우리는 흔히 우스갯소리로 나이가 찬 미혼 여성이 짜증을 낼 때 '노처녀 히스테리'라고 한다.

히스테리의 가장 중요한 특성은 억압과 부인이다. 짜증을 내는 사람에게 물어보라. "왜 짜증을 내는 거야?" 혹은 짜증이 난 순간 다른 사람이 우리에게 같은 질문을 한다고 하자. 그럴 때 우리는 "무슨 소리야? 내가 언제?"라며 눈을 크게 뜨거나 괜히 어딘지 찔린 듯해서 속으로 발끈하게 된다.

짜증이 난 순간, 사실 우리는 자신의 마음을 잘 모른다. 아니, 잘 모른다기보다는 보고 싶지 않은 것이다. 짜증과 관련된 내 감정을 마음속 저 깊은 곳에 꼭꼭 밀어 넣고 싶다. 답답하고 불쾌한 내 감정을 누군가가 알아주길 바라지만 또 몰랐으면 하는 마음도 있다. 또한 안 좋은 감정들이 내 마음속에서 빨리 사라지길 바란다. 그러나 안 좋은 감정들은 잘 정리되지 않는다. 억압되고 부인하려는 내 마음은 마치 부메랑이 되어 다시 제자리로 돌아오듯 다시 돌아오기 마련이다. 때론 전보다 더 큰 원을 그리며 돌아오기도 한다. 그러다 보니 짜증은 더 크게 부풀어 오르고, 우리는 자신뿐만 아니라 타인에게도 짜증스런 마음을 퍼뜨리고 전염시키며 짜증을 주고받게 된다.

3. 신체적인 상황

우리의 신체적 상황 역시 짜증이라는 감정에 영향을 미친다. 그래서 짜증과 같은 부정적인 감정에 휩싸이게 될 때에는 자신의 몸 상태를 점검해보는 것이 큰 도움이 된다. 여성들의 인생 주기를 살펴보면 짜증이 폭발적으로 증가하는 시기가 있다. 특히 사춘기, 수유기, 갱년기에 호르몬의 영향을 많이 받는다. 우리 몸에서 일어나는 엄청난 변화를 감당해내느라 많은 에너지가 사용되기 때문이다. 또 월경 주기와 관련해서 감정이 더욱 민감하게 출렁일 수 있다. 게다가 이런 시기에 삶의 스트레스를 경험하게 된다면 문제는 더욱 심각해질 수 있다.

피곤하거나 몸이 안 좋을 때에도 짜증이 쉽게 날 수 있다. 그러니 짜증이 나서 마음이 힘든 순간, 우리의 심리에 영향을 미치는 신체적인 요소를 고려해보는 것이 필요하다. 그렇다고 신체적인 상황이 달라지지는 않지만 적어도 짜증 나는 상황을 바라보는 나의 관점과 심리는 바꿀 수 있다. 우리 감정의 문제를 설명하고 해결하는 완벽한 해법은 없다. 하지만 단지 전보다 더 나은 설명 방식을 찾아내는 것만으로 우리는 충분히 좋아질 수 있다.

그때그때 풀어요

'짜증'이라는 감정은 우리를 불쾌하고 힘들게 한다. 이 감정은 우리 자신을 받아들이기 어렵게 만들기에 정말 '짜증 나는' 감정이다. 그래서 우리는 짜증이 밀려오면 마치 뜨거운 감자처럼 이 감정을 밀어내고 다른 사람에게 쏟아내거나 상황 탓을 하기 바쁘다. 그러나 그럴수록 우리의 시야는 좁아지고 편협해진다. 생각은 전보다 더 부정적인 방향으로 흐르게 되고 감정은 좀처럼 움직이지 않게 된다. 그러니 짜증이 날 때는 자신을 너무 닦아 세우면 안 된다.

받아들이기 힘든 짜증 나는 마음을 거부하다 보면 그 마음 역시 사라지는 것이 아니라 우리 마음 어딘가에 차곡차곡 쌓여간다. 짜증 나는 마음을 대처하기에 가장 좋은 방법은, 우리 안의 불쾌하고 경직된 마음을 억압하고 감추기보다는, 꺼내서 이리저리 살펴본 후에 허공으로 날려버리는 것이다.

억압의 무덤과 거부의 언덕에서 흘러나온 독성은 우리 마음을 오염시킨다. 그래서 우리에게는 마음속 독소를 그때그때 빼내는 작업이 필요하다. '함께'가 어렵다면 혼자서라도 차분히 그 마음을 보듬고 이해하는 시간을 갖자. 그렇지 않으면 미연 씨처럼 애매한 시간, 잘못된 대상에게 말도 안 되는 짜증을 쏟아 붓고는 '내가 왜 그랬을까' 머리를 박고 가슴을 치며 후회하는 일이 자주 생길 수도 있으니 말이다.

우리는 어떤 감정을 느끼기에 그 감정을 언어로 표현하기도 하지만, 표현이 우리의 감정을 규정하거나 극대화하는 면도 있습니다. 행복하기 때문에 '행복해'라고 말하게 되기도 하지만 '행복해'라고 말했기 때문에 행복한 감정이 주는 기운을 느끼게 되기도 하고, 더 큰 행복감을 얻게 되기도 한다는 것이지요. '짜증 나'와 같은 부정적인 감정 표현에도 같은 작용이 나타납니다. 짜증 나기 때문에 '짜증 나'라고 말하게 되기도 하지만 그렇게 표현하는 순간 더 큰 짜증의 감정이 몰려오고 더 힘들어집니다. 그래서 언어 표현은 중요합니다.

《물은 답을 알고 있다》라는 책을 쓴, 물 결정체 연구가인 에모토 마사로 박사에 따르면 우리가 물을 향해 어떤 말을 하느냐에 따라서 물의 결정체가 달라진다고 합니다. '고마워', '사랑해'라는 말을 들은 물과 '짜증 나', '힘들어'라는 말을 들은 물의 모양은 달라도 너무 다르다고 합니다. 긍정적인 기운이 담겨 있는 말을 들은 결정체는 아름다운 모양을 띠고, 부정적인 기운이 담겨 있는 말을 들은 결정체는 미운 모양을 띠게 됩니다.

  물에 귀가 있는 것도 아닌데 극명하게 달라지는 그 결정체의 모양들을 물끄러미 바라보고 있노라면, 그저 경이롭다는 생각밖에 들지 않습니다. 그리고 아무리 힘들고 짜증이 나는 순간에도 고운 말을 써야겠다는 결심을 하게 됩니다. 밉게 일그러진 물 결정체의 모습이 그 말을 한 사람과 그 말을 들은 사람의 마음을 그려주는 것만 같으니까요.

너무 우울해서 힘든 마음

우울할 때는 위로도 싫어요

"언니, 진짜 우울할 때는요, 친하게 지내던 사람들이 해주는 위로가 오히려 부담이 되더라고요."

대학 졸업 후 오랫동안 취직이 되지 않아서 우울해하던 후배가 뒤늦게 취업 소식을 알리며 했던 말이었다. 후배는 그 기간 동안 너무 우울했는데 어쩐 일인지 위로를 해줄만한 사람들을 보기가 더 겁났다고 했다. 힘든 시간을 보내고 있으리라는 짐작을 하기는 했지만 그 정도로 힘들었는지는 몰랐던 나는 후배의 말에 공감했다. 정말 우울할 때는 위로가 위로로 들리지 않을 때가 있다는 사실을 나 역시 경험한 적이 있었기 때문이다.

　모 연예인도 후배와 비슷한 말을 했다. 개인사와 관련된 여러 스캔들 때문에 힘든 시간을 보냈던 그녀는 그 시간이 조금 지난 뒤 이런 말을 했다.

　"많이 힘드니까 팬들이 힘내라고 말씀해주시는 것조차 고맙게 안 느껴졌어요. 아니, 나는 힘들어 죽겠는데 왜 힘내라는 거야? 그러면서 아무것도 못한 채 원망하고 자책하며 극단적인 생각을 하기도 했지요."

　주변 사람들의 힘내라는 위로조차 부담스럽고 화가 났을 그 시기, 그녀들이 기댄 것은 두 가지였다. 하나는 '새로운 사람'이었고 다른 하나는 '새로운 장소'였다. 어찌 되었건 '새로움'이었다. 후배는 그 시기 동안 인터넷 동호회 활동을 하며 그녀와 비슷한 상황에 처한 사람들을 만났다. 그녀는 그 만남 속에서 힘든 마음을 털어놓으며 힘을 얻을 수 있었고, 정말 못 견디겠다 싶을 때에는 외국으로 배낭여행을 다녀오기도 했다.

　그 연예인 역시 봉사활동을 시작했고, 주말이면 모자를 푹 눌러쓰고 우리나라 곳곳을 밟고 오기도 했다고 한다. 이들은 마음이 움직여지지 않을 때, 몸을 일으키고 관계를 변화시키고 삶의 자세를 변화시키려는 새로운 시도를 했다. 그런 덕분에 이들은 차차 우울에서 벗어나고 다시 이전과 같이 삶의 장면으로 돌아올 수 있었다. 더 많은 사람들과 이야기하고 더 많은 땅을 밟아본 경험을 가슴에 품은 채, 더 밝고 탄탄해진 모습으로.

우울, 영혼을 갉아먹는 검은 감정

우울은 우리의 영혼을 갉아먹는 검은 감정이다. 우울한 감정에 젖어 있을 때 우리는 앞으로 나아가지 못할 것 같은 아득한 예감, 예전에는 예사롭지 않았던 일도 할 수 없을 것만 같은 무력함, 장애물이 실제보다 더 크고 많아 보이는 착시, 앞으로도 같은 마음이 지속될 것 같은 경고, 사람들이 모조리 자신에게 적대적이라는 억측을 마음속에 가득 품게 된다. 생각과 감정, 그리고 행동의 여러 면이 극단적으로 달라지는 이런 마음의 사건은 특수한 상황의 특별한 사람만을 사로잡는 특별한 일이 아니다. 우울은 '마음의 감기'라고 할 만큼 많은 사람들의 마음을 식민지화 한다.

살아가는 동안 우울한 감정에 휘말리게 되는 것에 대해 심리학자들은 통계로 잡을 수 없을 만큼 흔하고 보편적인 현상이라 말한다. 그리고 열 명 중에 두세 명은 살아가다가 어느 시점에 가서 '우울증'이라고 진단을 받을 만큼 심각한 우울의 증상에 시달리게 될 것이라고 전망을 내놓는다. 비록 우울한 감정이 일정 기간 계속되며(2주 이상) 일상생활에 큰 지장을 주기 시작할 때에야 우울증이라는 진단을 내리지만 우울한 감정 자체는 너무나 일상적으로 나타난다. 우리는 하루에도 여러 번 우울이라는 감정을 우리 안에서 촉발하는 사건을 만나게 된다.

자신의 보폭만큼 세상을 거닐고 있다가도 어느 순간 우울이라는 감정에 사로잡힐 때가 있다. 뜻하던 것이 이루어지지 않았을 때, 믿었던 사람에게 배신을 당했을 때 세상이 아득히 멀어져 보이고 내가 할 수 있는 일이 아무것도 없는 것 같다. 이런 우울에 대한 반응은 사람마다 다를 수 있다. 어떤 사람은 우울에 사로잡히지 않기 위해 전보다 더 열심히 달릴 수도 있고, 어떤 사람은 마치 볼모로 잡힌 듯 시간을 견디기도 한다. 또 어떤 사람은 다른 사람들을 더 열심히 만나고 다닐 수도 있고, 어떤 사람은 모든 관계를 차단한 채 홀로 있겠다는 결심을 하기도 한다.

우울이 보내는 마음의 신호

많은 심리학자들이 우울을 벗어나는 방법을 연구했다. 어떤 학자들은 생각을 긍정적으로 바꾸어주는 것이 중요하다고 강조하기도 했다. 또한, 관계의 힘을 강조하는 학자도 있었고 무조건 몸을 바쁘게 움직여 행동할 것을 강조하는 학자도 있었다. 어떤 방식이든 우울을 그저 견디는 데에 에너지를 쏟기보다는 우울을 잘 활용하기 위해 애쓰는 것이 중요하다는 점이 공통적이다. 우울한 시기 동안 나를 살피고 재정비함으로써 나의 욕구에 대해 더 잘 보게 되고, 다음에 또 올지 모르는 삶의 어려움에 더 의연해질 수 있기 때문이다.

나의 다른 후배는 졸업 후에 외국에 있는 기업에서 일을 했다. 여러모로 유능하고 열정이 넘치던 그 후배는 친구들이 부러워할 만한 일을 하고 있었지만 그곳에서 일하는 내내 알 수 없는 우울감에 시달렸다고 한다. 그 우울한 마음을 어떻게 달랠 수가 없어 일이 끝나면 쇼핑으로 마음을 달래곤 했다. 그러다가 더 이상은 이렇게 살 수 없다는 생각에 그녀는 우울한 마음을 다잡고 자신에게 물었다.

'나는 왜 우울할까?'

그녀는 자신의 우울감이 원하는 삶을 살고 있지 않다는 것을 보여주는 신호라는 것을 인식했다. 그래서 회사를 그만두고 한국으로 돌아와서 자신이 원하는 일을 하기 위해 다른 공부를 시작했다. 그제야 그녀는 일상 속 행복을 되찾을 수 있었다. 물론 회사를 그만두어야 한다는 것을 우울함을 앓기 시작할 때부터 알았지만 그만두는 데에는 큰 용기가 필요했다.

"이유는 알지만 또 그걸 놓기가 얼마나 힘든지도 알아요. 하지만 일단 놓고 나면 얼마나 좋아지는지도 경험해보지 못한 사람은 모를 거예요."

그녀는 이 경험을 통해 전에는 듣지 않고 보지 않았던 타인의 마음을 더 잘 듣고 더 잘 보게 되었다고 한다. 아파본 사람만이 누가 얼마나 아프고, 또 아플 때 어떤 말이 필요한지 알기 때문이다. 이처럼 우울 속에는 긍정적인 힘이 응축되어 있다. 우울에서 벗어난다는 것은 단지 나를 괴롭히는 감정이 사라진다는 것을 의미하는 것이 아니라 감정이 나에게 준 메시지를 잘 파악한다는 것을 의미한다.

조금만 더 긍정적으로

우울한 사람들에 대한 연구를 살펴보면 흥미로운 사실을 발견하게 된다. 우울한 사람들과 우울하지 않은 사람들의 현실인식을 비교한 연구를 보면, 우울할수록 보다 더 정확하고 객관적으로 현실을 인식하고 판단하는 경향이 있다는 점이다. 즉, 우울한 사람들이 그렇지 않은 사람보다 현실적인 결정을 내리게 된다는 것이다.

이러한 연구 결과는 우리가 흔히 생각하는 통념과 다른 것 같다. 우리는 보통 우울한 사람들이 현실을 정확하고 객관적으로 보기보다는 부정적으로 볼 가능성이 크다고 생각한다. 어느 정도 맞는 말이지만 우울한 사람의 진짜 문제는 현실을 부정적으로 보기보다는 너무 있는 그대로 본다는 점이라고 한다. 왜냐하면, 세상을 너무 치밀하고 촘촘히 분석하다 보면 우울할 일이 더 많이 보이기 때문이다. 더구나 너무 엄격하고 냉정한 잣대로 자신을 바라본다면 사실 우리가 할 수 있는 일이란 그리 많지 않다.

세상은 아무리 열심히 해도 뜻대로 되지 않은 일투성이고 이를 그대로 바라보다 보면, 우리는 자신에 대해 자신감을 가지기도 세상에 대해 희망을 걸기도 어려워진다. 그야말로 우울해지는 것이다. 그러니 우리, 조금만 더 현실을 긍정적으로 바라보자. 너무 정확히 보려다 보면 우울한 그림만 잡게 된다고 하니 말이다.

이미 알고 계실지 모르겠지만 여성들은 남성들보다 우울한 감정에 더 취약한 편입니다. 우울증 유병률을 살펴보아도 남성 대비 여성의 비율이 두세 배는 높게 나오지요. 이런 현상은 대부분의 문화권에서 공통적으로 나타난다고 합니다. 왜 그럴까요?

일단 여성의 우울증 유병률이 더 높게 나타나는 이유를 우리는 여성들에게 더 큰 좌절 경험을 주고 더 적은 통제감을 주는 가부장적 사회문화적 조건에서 찾아볼 수 있을 것 같습니다. 통제감은 스스로 상황을 통제할 수 있을 때 스트레스가 감소되지만, 스스로 상황을 통제할 수 없을 때는 스트레스가 가중되는 현상이 있기 때문에, 통제감이 많이 나타나는 남성들보다 적게 나타나는 여성들에게 우울증이 더 많이 나타나는 것입니다. 아무리 노력해도 내가 원하는 결과를 얻을 수 없을 것만 같을 때, 우리는 좌절하고 우울해집니다.

또한 우리 사회에서 여성적이라고 규정하고 여성에게 중요하게 나타나는 '관계'의 문제 역시 여성들을 남성들보다 우울에 취약하게 만듭니다. 다른 어떤 문제보다도 관계의 문제는 복잡해서 말끔한 해결책을 찾기도 어려울뿐더러 다양한 관계망 속에서 관계적인 역할을 부여받게 된 사람일수록 통제감에서 멀어지기 때문입니다.

생물학적 요인도 영향을 미치는 것 같습니다. 사춘기를 정점으로 우울증 유병률의 성차가 커지는 것을 봐도 그러하고 월경-폐경, 출산과 같이 몸을 둘러싼 호르몬의 급격한 변화를 겪는 시기에 우울증에 취약해집니다. 생물학적인 이유가 주된 이유라기보다는 그 전까지 산재된 마음의 문제가 그 시기 호르몬 변화와 맞물려 나타나는 것입니다. 사춘기에 진입한 여성들의 극단적 감정, 임신 전후, 폐경 전후로 나타나는 우울증은 호르몬 변화가 급격한 시기에 나타납니다.

종합하자면, 다양한 삶의 사건을 만나고 삶의 고개를 넘어가고 선택의 갈림길에 들어선 그 시기가 특히 우울에 빠지기 쉬운 시기인 것 같습니다. 개인의 노력도 필요하지만 주변 사람들의 관심과 도움도 필요합니다. '우울'한 감정을 그냥 가볍게 지나치지 마세요.

두려움에 얼어붙은 마음

엄마, 나 무서워요

이런 이야기가 있다. 아이가 엄마에게 와서 두려움을 이야기한다.

"엄마, 나 귀신이 제일 무서워요."

엄마는 아이를 달래면서 아이가 아직 철이 들려면 멀었다고 생각한다.

조금 더 자란 아이는 밖에 나갔다가 무서운 동물들을 보았다.

"엄마, 나 이젠 뱀이 무서워요. 저 언덕 너머에 있는 진돗개도 무섭고요."

그때에도 엄마는 아이를 달래면서 아직 아이가 철이 들려면 멀었다고 생각한다.

시간이 더 흘렀고 조금 더 자란 아이가 엄마에게 와서 말한다.

"엄마, 이제 난 귀신도, 동물도 무섭지 않아요. 사람이 무서워졌어요."

그제야 엄마는 아이가 더 이상 아이가 아니라는 것을 알았다. 엄마는 아이가 세상에서 사람이 가장 두려운 줄 알게 된 이상, 이제 철이 들었다며 안도했다고 한다. 이 이야기는 어른이 된다는 건, 사람 무서운 줄 알게 된다는 것을 말해준다.

우리는 이 이야기를 통해 이 세상에서 가장 두려운 것이 사람이며, 마음속에서 두려움의 감정은 그 대상만 바뀔 뿐 항상 함께할 수밖에 없는 것임을 알게 된다. 그리고 이 이야기 속 어머니는 현명하다. 그녀는 모든 감정에는 그 나름의 기능이 있듯, 두려움이 아이에게 필요한 감정임을 간파하고 있다.

두려움, 힘들지만 꼭 필요한 감정

두려울 때 우리는 행동이 조심스러워지고 경계하게 된다. 자신도 모르는 사이에 온몸에 힘이 들어가고 다리에 피가 몰린다. 싸우거나 도망갈 태세를 취하게 되는 것이다. 이 덕분에 우리는 위험 상황에서 빨리 빠져나오거나 적절히 대처할 수 있다. 아이가 사람이 두려울 수 있는 존재임을 제대로 알지 못한다면 나쁜 사람들의 나쁜 영향에서 자신을 보호할 수 없을 것이다. 한번 뜨거운 주전자에 손을 데인 아이는 뜨거운 주전자가 줄 수 있는 두려움을 잘 알고 난 후에 조심하게 된다. 뜨거운 주전자를 만지는 것이 두려워질 때가 돼서야 아이는 주전자를 제대로 사용할 줄 알게 되는 것이다.

이처럼 두려움은 우리를 위험으로부터 보호해주는 역할을 한다. 우리는 두려움을 통해 언제, 어떻게 자신을 보호하고 세상을 활용해야 하는지 알게 된다. 그런데 두려움에 이런 긍정적인 면만 있는 것은 아니다. 두려움의 대상과 강도가 너무 커서 일상을 제대로 살기 어렵고, 두려움 때문에 자신의 잠재력을 제대로 펼치지 못하는 경우가 생기기 때문이다. 두려움은 우리의 시도를 막고 마음을 바짝 얼어붙게 만들기도 한다. 그래서 우리는 두렵지 않아도 될 대상과 상황 앞에서 두려움에 휩싸인다. 앞으로 나아가야 될 때에도 자꾸만 마음에 브레이크가 걸린 듯 앞으로 나아가지 못하고 뒤로 후퇴하게 되는 두려운 마음이 우리의 일상생활 속 모습 밑에도 깔려 있다.

사람이 두려운 존재일 수 있다는 사실을 알게 된 아이가 이 사실에 크게 집착하게 되면, 두려움 때문에 자신을 아끼고 사랑하는 사람조차 두려워하게 될지 모른다. 뜨거운 주전자가 자신에게 고통을 줄 수 있다는 사실을 너무 크게 생각한 아이는 주전자의 효용을 제대로 알지 못한다. 단지 주전자를 두려운 존재라고 생각하게 되는 것이다. 또한, 사람들 앞에서 발표하는 것이 두려운 사람은 발표를 통해 얻을 수 있는 여러 장점-자신의 의견을 개진하고 타인에게 인정을 받고 좋은 생각을 널리 퍼뜨릴 수 있는 점-을 제대로 활용하지 못하게 된다. 사람들에게 자신의 마음을 표현하는 것이 두려운 사람은 좋아하는 사람을 만나도 좋아한다는 고백을 하지 못하게 되고, 싫은 상황에서도 싫다고 거절하지 못하게 된다.

이렇듯 두려움은 우리가 삶을 살아가기 위해 품게 되는 당연한 감정이지만, 두려움이 너무 크다 보면 오히려 삶을 살아가는 데 큰 방해가 된다. 따라서 우리는 두려움을 보다 객관적이고 구체적으로 바라볼 필요가 있다. 지금 품고 있는 나의 두려움이 과연 합당한가, 그리고 그 두려움 때문에 못하고 있는 일들을 앞으로 어떻게 해결할 것인가에 대해서 말이다.

트라우마, 왜 두려워졌을까?

우리가 두려움을 느끼게 되는 이유는 과거에 우리가 경험한 상처(트라우마, trauma)와 관련이 있다. '트라우마'란 내면의 상처를 의미한다. 마치 뜨거운 주전자에 덴 이후에는 주전자를 만지기 꺼리는 것처럼, 한 번 상처받게 되면 다시는 그 경험을 하지 않기 위해 피하게 된다.

두려움은 우리를 얼어붙게 만드는 감정이기에 일단 우리가 두려움을 느끼기 시작하면, 우리는 두려움을 마음속에만 가두게 되기 쉽다. 그런데 우리 마음속 두려움은 마치 자석처럼 그 주변 상황과 사람까지 끌어들여 두려움의 크기를 크게 하는 경향이 있다. 이는 우리가 상황을 기억하는 방식과 관련이 있는데, 두려운 상황과 관련이 있는 자극은 물론 그 외의 중립적인 자극조차 두려운 감정과 연합하게 되면 문제가 생긴다.

행동주의 심리학자였던 왓슨은 이런 자극 연합과 관련해서 대단히 확고한 신념을 품고 있던 사람이었다. 그는 "어떤 아이든지 데려만 와라. 내가 마음만 먹으면 그 아이를 의사로도 키울 수 있고, 절도범으로도 만들 수 있다!"고 호언장담하기도 했다. 그는 환경 속의 조건이 미치는 영향력이 크다고 믿었기 때문이다.

그의 한 여러 실험 가운데 특히, '알버트'라는 이름을 한 남자아이와 함께 한 실험은 두려움이 우리 마음속에서 어떻게 시작되는지를 잘 보여준다. 실험을 할 때 생후 9개월이었던 알버트는 본래 동물에 대한 두려움이 없었다. 실험실의 흰 쥐를 처음 봤을 때 알버트는 큰 호기심을 드러내며, 쥐를 귀여워했다. 그런데 왓슨은 알버트에게 흰 쥐에 대한 두려움을 심어주기 위해 알버트가 쥐를 만질 때마다 뒤에서 큰 소리를 냈다. 그 충격에 깜짝 놀란 알버트는 그 후 흰 쥐를 두려워하게 된다. 그의 마음속에서 흰 쥐는 두려움과 연합된 것이다.

특이할 만한 사실은 그 후 알버트가 흰 쥐뿐만 아니라 흰색을 띤 다른 동물이나 물건들도 무서워하기 시작했다는 것이다. 흰 토끼, 흰 코트 등 단지 흰색이라는 점에서 비슷할 뿐인 많은 것이 어린 알버트에게는 두려움의 대상이 된다. 심지어 알버트는 산타 복장을 하고 나타난 왓슨의 흰 수염조차 두려워서 울고 만다. 이 세상에 흰색이 얼마나 많은가를 생각해보면, 그 후 알버트가 두려움 때문에 얼마나 힘들었을지 짐작이 가지 않을 정도다. 두려움과 함께 그의 정신세계 역시 마음껏 확장되기 어렵지 않았을까?

두려움을 면밀히 살피자

　두려움과 관련된 자극 연합으로 두려워하지 않아도 되는 것을 두려워하는 행동은 비단 알버트만의 문제가 아니다. 우리들의 마음속에도 끊지 못한 두려움의 자극 연합은 많다. 검은 옷을 입은 여자에게 혼난 적이 있는 아이는 검은 옷을 입은 사람을 피한다. 두려움을 주는 상황에 처했던 장소 역시 가고 싶지 않다. 특정 인물에 대한 이유 없는 두려움 역시 두려움의 자극 연합을 잘 보여주는 예라고 할 수 있다.

　우리 안에 있는 두려움은 이렇게 우리의 경험 속에서 기억하고 학습한 것들의 결과물로서 나타난다. 문제는 이런 기억과 학습을 필요 없는 시기와 상황에 과하게 적용한다는 데 있다. 그렇게 우리는 두려워서 피하기 시작한 지점과 이유가 무엇인지 알지도 못한 채 두려움에 떨며 살고 있는 것이다.

　우리 삶의 다양한 경험 가운데 트라우마를 면밀히 살펴보면, 내가 지금 느끼는 두려움이 어디에서 왔는지 알게 된다. 그리고 두려움의 원인은 머리가 아닌 가슴으로 이해하는 것이 중요하다. 때로는 다 알고 있는 것 같지만 되짚어보면 과거 경험이 남긴 트라우마, 그리고 그 트라우마가 현재 나의 모습과 마음에 어떤 방식으로 영향을 미치는지 제대로 알지 못할 때가 많다. 우리는 모두 자신을 잘 안다고 생각하지만 사실 우리가 모르는 우리의 모습도 의외로 많다.

　어떤 상황이나 대상에 대해 지나친 두려움을 품게 된다면 분명한 이유가 있다. 그 두려움을 그냥 지나치지 말고 면밀히 살펴보자. 두려움은 분명 우리에게 어떤 말을 걸고 있다. 과거에는 두려움을 피했다고 하더라도 이제 시간이 흘러 많은 상황에 따라 우리 역시 성장했다. 더 이상 두려워하지 않아도 될 정도로 강해지고 단단해졌을지도 모른다. 우리는 그런 자신을 스스로 발견하려고 노력해야 한다. 직면하지 않으면 발견하지 못하는 우리 자신이 두려움의 장막 속에 고개를 숙이고 있다. 두려움을 벗어날 때 우리는 더 멀리, 더 높이 뛸 수 있다.

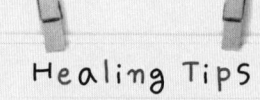

두려움을 극복하는 세 가지 방식이 있습니다

두려움은 빵 속에 들어가는 이스트와 같습니다. 이스트는 효모로 빵을 부풀게 하는 역할을 하는데, 이런 이스트처럼 두려움의 렌즈로 세상을 볼 때 우리 앞에 놓인 장애물은 엄청나게 커 보입니다. 감정이 실제를 왜곡하게 만드는 것이지요.

두려운 대상이나 상황을 똑바로 직시할 수만 있다면 우리가 두려워하는 호랑이가 실은 고양이였다는 사실을 보게 될지도 몰라요. 그런데도 두려울 때면 상황을 똑바로 보기가 어려워집니다. 왜냐하면 두려움 때문에 멈춰 서서 그 모습을 찬찬히 보기보다는 싸우거나 도망치게 되거든요.

학자들도 두려움에 대한 우리의 반응을 '투쟁 또는 회피(fight-or-flight)'라고 보았어요. 그런데 최근 어떤 학자는 이 반응들에 한 가지를 덧붙입니다. 바로 '친교(friend)'이지요. 두려움 그 마음을 함께 찬찬히 살펴볼 심리적 공간과 힘을 주는 그런 사람과의 관계 말이에요. 당신에게는 그런 사람이 있습니까? 살면서 마주친 수많은 두려움의 대상을 극복해 나가는데 누가 도움이 되었나요? 두려움을 극복할 수 있게 해준 타인의 말과 행동이 어떤 것이었나요? 두려움을 피해야 할 때는 피할 줄 아는 판단력이 있고, 싸우고 극복해야 할 때는 그럴 수 있는 내 안의 힘도 있어야 합니다. 두려운 상황에 직면한 우리에게 위로와 용기를 줄 수 있는 누군가가 있나요? 그렇다면 두려움을 느껴도 안심입니다.

사소한 일에 화나는 마음

그는 왜 화가 났을까?

커피전문점에 들어가서 커피 한 잔을 시켜놓고 커피를 마시고 있을 때였다. 안에는 사람이 많아서 계산대 바로 앞에 앉을 수밖에 없었는데, 그곳에 앉아 있다 보니 주문하는 사람과 주문받는 사람들의 이야기가 더 크게 들려온다. 평소에는 몰랐는데 그곳에 앉아서 사람들의 모습을 지켜보다 보니 사람마다 주문하는 방식도, 주문받는 방식도 제각각 달랐다. 그리고 사람들의 제스처에는 그 순간 그들의 마음과 태도, 성격이 그대로 묻어나는 듯했다.

그 가운데 한 중년 남자의 모습은 다른 사람보다 더욱 눈에 띈다. 그는 주문을 할 때부터 까다롭게 군다. 점원이 자신의 이야기를 바로바로 알아듣지 못한다며 짜증을 내더니 주문한 음식이 나왔다고 점원이 "팥빙수 준비해드리겠습니다"라고 외쳐도 한참 동안 반응이 없다. 여러 번 외치는 소리를 듣고 나서야 느릿느릿 걸어와서는 불만 가득한 목소리로 말한다. "나 원 참, 그렇게 말하면 알아듣나? '팥빙수 준비 다 되었습니다'라고 말해야지."

'준비해주겠다'는 말에 그냥 기다렸다는 것이다. 스무 살 초반으로 보이는 점원은 본사에서 교육받은 대로 인사를 했고, 다른 고객들에게는 통했던 말이 누군가의 심기를 불편하게 했다는 사실에 당황한 듯했다. 하지만 역시 교육받은 그대로 애써 웃으며 죄송하다고 말했다. 점원에게 죄송하다는 말을 서너 번 듣고 나서야 그는 준비된 팥빙수를 들고 자신의 자리로 돌아갔다.

그의 제스처에는 '나 화났어. 마음에 안 들어'라는 말이 배경음으로 깔린 듯했다. 그의 항의는 거기서 끝이 아니었다. 잠시 후에 그는 커피전문점에 있는 사람들이 다 들리도록 앉은 자리에서 큰 소리로 외친다.

"아니, 팥빙수에 아이스크림이 없어?!"

커피전문점에 앉아 있던 사람들이 그 목소리의 진원지로 한순간에 고개를 돌린다. 그는 자신이 주문한 팥빙수에 아이스크림이 없다며 항의하기 시작했다. 점원은 그 커피전문점에서 파는 팥빙수에는 본래 아이스크림이 들어가지 않는다고 인내심을 갖고 여러 번 설명했다. 그러나 그는 막무가내다. 들었던 숟가락을 '딱!' 소리가 나도록 내려놓고는 같은 말을 반복한다. 그의 목소리에는 불만과 분노가 가득하다.

"다른 데 가봐. 아니, 팥이랑 얼음만 넣고 이게 무슨 팥빙수야. 황당

하잖아. 에이, 못 먹겠네."

다른 커피전문점에서 먹었던 팥빙수대로 만들어달라는 것이다. 점원들은 이제 인내심에 한계가 온 것 같았고, 듣고 있던 나도 모르게 고개를 돌려 그를 바라보았다. 우리 주변에서 쉽게 만날 수 있는 40대 중반의 평범한 아저씨 한 명이 팥빙수 앞에서 투정을 부리고 있다. 그 모습을 보고 있자니 웃음이 나오기도 했다.

그는 결국 팥빙수 때문에 기분이 상했다며 다른 음료수를 요구했고, 그 때문에 더 기분이 상했을 점원은 어쩔 수 없이 그의 요구를 들어줄 수밖에 없었다.

그가 화가난 이유

이런 사람들 때문에 사람 대하는 직업이 가장 어렵다고 하는 게 아닐까. 서비스업에 종사하는 사람들에게 물어보면 이런 사람들을 부르는 두 가지 용어가 있다고 한다. 하나는 '블랙 컨슈머(Black consumer)' 그리고 다른 하나는 '진상'이다. 서비스업 종사자들은 이런 사람들 때문에 가장 힘들다고 한다.

이런 소비자들은 자신이 받아야 할 것을 크게 상정한다. 그리고 보통 자신이 삶에서 받아야 할 것보다 못한 대접을 받고 있다고 생각한다. 받아야 할 것을 못 받고 있을 때 우리는 갑갑하고 짜증스럽다. 그런데 어떤 사람들은 공평하게 받고도 무리한 요구를 한다. 당연한 것을 왜 안 주냐며 불평을 하고 어떤 때에는 협박을 하기도 한다. 그것은 다이들의 내면에 불행감이 꽉 차 있기 때문이다. 자신의 삶에 대한 불행감이 이들을 진상으로 만드는 것이다.

누구라도 진상이 될 수 있다

행복할 때에는 팥빙수에 아이스크림이 들어 있든 없든, 팥이 많든 적든 크게 중요하지 않다. 그런데 불행할 때에는 모든 것이 다 불행의 이유이자 불만의 계기처럼 느껴지고, 세상 많은 것에 대해 예민해지고 까다로워진다. 친절한 설명과 위로도 내 마음에 와 닿지 않게 된다. 그 아저씨가 본래 진상인 것이 아니라, 불행해지면 우리도 얼마든지 진상이 될 수 있다는 것이다.

그럴 때 우리가 그 마음을 그대로 표출해서 사람들에게 무리한 요구를 하게 된다면 불행의 감정이 불러온 마음의 긴장은 잠시 풀어질지 몰라도 세상과 타인에 대한 분노, 제대로 된 대접을 못 받고 있다는 억울함은 완전히 해소되지 못한다. 습관과 관성은 무섭다. 한번 불만을 표출하기 시작하면 우리도 모르는 사이에 다른 사람이라면 웃고 넘어갈 일도 사사건건 화를 내며 발끈되는 진상이 되는 것이다.

진상 고객을 대하는 법

무턱대고 화내는 사람을 대하는 것은 꽤나 어려운 일이다. 그런데 이런 사람을 대하는 방식에도 사람마다 차이가 있다. 커피전문점에서 오랫동안 근무했던 두 명의 후배에게 이 아저씨에 대한 이야기를 했더니, 한 명은 얼굴이 발그레해지면서 자신이 그동안 진상 고객에게 당한 수모에 대해 열변을 토한다. 그런 고객이 한두 명이 아닌 듯했고, 그 후배는 그럴 때마다 크게 동요하고 상처받은 듯했다.

"아, 정말 그런 사람 때문에 일할 맛이 뚝 떨어져요. 어쩜 그렇게 황당하고 당당한지……."

그런데 또 한 명의 후배는 커피전문점에서 오랫동안 근무한 만큼 반응이 여유롭다.

"언니, 저는 그런 고객 응대하는 좋은 비법을 터득했어요."

그 후배도 처음에는 진상 고객들을 대하느라 너무 힘들었다고 했다. 일방적이고 공격적인 말투로 말하는 사람과 이야기하고 설득하려다 보면 당연히 감정이 흔들리기 마련이다. 그런데 그녀는 그런 고객일수록 응대하는 사람과 장소를 여러 번 바꿀 필요가 있다고 말한다. 물론 태도는 친절하고 침착하게 하고 응대하는 사람은 점점 더 중요하고 높은 사람으로 바뀌어야 한다고 한다.

"일단 매장에서 이야기하고, 또 매니저 방으로 옮겨서 다른 직원과 이야기하고, 또 다른 방으로 옮겨서 다른 직원과 이야기하는 동안, 한편으로는 화가 누그러지고 행동도 돌아볼 거 아니에요. 그러면 그냥 물러나요, 대부분은."

화가 나서 공격적으로 요구하던 사람일수록 동일한 사람과 같은 장소에서 계속 이야기를 하다 보면 그 화가 누그러지지 않고 자신의 요구가 얼마나 부당하고 황당한지, 돌아볼 새가 없다. 그런데 대상이 바뀌어 같은 이야기를 반복하면 상황을 객관적으로 바라보고, 또 다른 장소에 가다 보면 감정의 색조가 바뀔 가능성이 크다는 것이다. 물론 "왜 똑같은 이야기를 반복해야 하냐"며 더 화내는 사람이 있을 수도 있다. 하지만 대부분의 사람이 그렇게 몰지각하거나 의도적으로 화를 내지는 않는다. 이 방식을 적용해보았다면, 아이스크림을 요구하던 그 아저씨도 자신을 돌아볼 수 있지 않았을까?

이런 고객 응대 방식에서 우리는 마음속이 분노와 불행감으로 가득 찰 때 우리에게 필요한 것이 무엇인가에 대한 실마리도 얻을 수 있다. 혼자서 같은 방식으로, 같은 환경에서, 같은 생각을 반복하기보다는 다른 방식으로 이야기하며 상황을 다시 살펴보고, 환경을 바꿔서 그 상황을 객관적으로 살펴보고, 마음 전환을 할 수 있는 활동이 필요하다는 것이다.

불행감에도 전염성이 있다

팥빙수를 음료수로 바꾼 아저씨는 그 후 상대를 바꿔 전화로 누군가를 나무랐다. 통화를 마친 그는 거칠게 음료수를 탁자 위에 내려다놓으며 혼잣말을 한다. 혼잣말이라기보다는 세상에 대한 그의 신조다.

"에효, 뭐든 따져야 제대로 움직이는구먼!"

그가 원하는 '제대로'라는 상황이 어떤 상황일까? 그의 모습을 비판적으로 보고 있기는 했지만, 그러면서 나는 그의 모습 속에서 내 모습을 보았다. 뭔가 '제대로' 되지 않는다며 전전긍긍하고, 노력한 만큼 제대로 대접받지 못했다며 분노하고 억울해하는 내 모습을 말이다. 그 모습은 언제나 어둡고 우울한 불행의 감정으로 채색되어 있다. 그리고 이 불행의 색은 쉽게 번져가는 전염성도 있었다. 자신의 불행감을 분노와 불평, 원망으로 터뜨려 직원들의 사기를 떨어뜨렸을 그처럼, 내가 불행할 때에는 내 주변 사람들도 그 불행의 기운에 전염되었을 것이다.

그 진상 아저씨가 가고 한참이 지나서도 어둡고 시무룩해 있는 점원들의 표정을 보며, 진정 제대로 된 행복을 누리고 행복을 전염시키기 위해서는 내 마음이 행복해야겠다는 생각을 했다. 그리고 불행감을 느낄수록 그 원인의 손가락을 타인에게 돌리며 그 마음 그대로 터뜨리기보다는 가만히 내 마음을 살펴야겠다는 생각도 했다. 그렇게 살핀다면 무턱대고 화를 내기 전에 내가 지금 느끼는 불행감이 응당 있어야 할 팥빙수 속 아이스크림인지, 아니면 '제대로'라는 나의 완고한 기준 때문인지 더 쉽게 알게 될 것이다.

타산지석이라 했다. 자신의 불행을 가감 없이 전시하는 사람을 보니 진정한 행복이 무엇인지 조금 더 알 것만 같다. 그 사람이 나와 완전히 다른 사람이 아니라 그 사람의 모습 속에 내 모습이 여실히 담겨 있으니.

Healing Tips

화가 날 때 자신에게 물어야 할 세 가지 질문

이 글에 묘사된 아저씨의 모습이 우습기는 하지만 그래도 우리는 마음 놓고 웃을 수만도 없지요. 우리도 그처럼 말도 안 되는 일에 괜스레 화가 나서 얼굴을 붉히며 화를 내놓고는 돌아서서 겸연쩍었던 적이 있으니까요. 그래서 감정과 관련된 고민 가운데 가장 많은 사람들이 토로하는 문제가 바로 이 '분노 조절'의 문제가 아닌가 싶습니다.

"화가 나면 속으로 열을 세라고 하잖아요. 그러고 싶긴 한데 그게 잘 안 되고. 일단 화가 나면 그게 되나요?"라고 이야기하시는 분의 말씀이 생각납니다. 저 역시 화가 날 때면 앞뒤 가려지지 않아서 그 말에 크게 공감했지요. 그럼에도 마음속에서 분노가 솟구쳐 오를 때에는 그 감정을 그대로 터뜨리지 않고 지연시키는 것이 필요합니다. 그렇게 열을 세는 것도 좋지만 그렇게 열을 세면서 분노를 보다 효과적으로 활용하기 위해 스스로에게 물어야 할 세 가지 질문이 있습니다. 이미 화를 내버렸다고 해도 이 질문을 해보는 것은 꼭 필요합니다.

그 질문은 다음과 같습니다.

첫째, (이 일이) 중요한가,

둘째, (분노 표현이) 필요한가,

셋째, (대상이) 맞는가,

커피전문점에서 소란을 피웠던 아저씨는 중요하지 않은 일에 엉뚱한 대상에게, 표현할 필요가 없는 화를 폭발적으로 냈습니다. 어쩌면 우리가 다른 장면 속에서 그를 만났다면 그는 정작 화를 내야 할 상황 속에서 화를 표현해야 할 바로 그 대상에게 아무런 말도 못하고 돌아설지도 몰라요. 화가 날 때마다 그 세 가지 질문에 비쳐 내 마음을 돌아보세요. 중요하고 필요하며 맞는 대상에게 화를 내기 위해서 말이에요.

상실, 영원히 함께 할 수 없는 것들

사는 동안 잃어버린 것

사는 동안 잃어버린 것이 참 많았다. 과거에는 꼭 쥐고 있었지만 어느 순간 정신을 차리고 보니 내 곁에 없는 많은 것들. 내 마음을 담아주던 물건들, 내 마음을 들어주던 많은 사람들. 그런데 시간의 흐름과 현실의 한계라는 명목으로 놓치게 된 수많은 것들. 과거에 나라는 사람을 규정하던 많은 것 가운데 현재에도 유효한 것은 적다. 과거와 같은 방식으로 내 곁에 존재하는 것은 더욱 적다. 모르고 잃어버린 것, 알고도 잃어버려야 하는 것이 우리 삶에 너무 많은 탓이다.

내가 그 사실을 가장 명징하게 알게 된 시기는 중학생 때였다. 중학생이었지만 나에게는 초등학교 이전부터 함께했던 세 개의 인형(세 명의 친구라 할 수 있는 인형들이었다)이 있었다. 인형들은 '쥬쥬, 미미, 스잔나'라는 이국적인 이름을 하고 있었고, 십 년 가까이 나와 함께한 이상 낡고 부실했다. 스잔나에게는 한쪽 발이 없었고, 쥬쥬는 머리카락이 빠져 듬성듬성했고, 미미는 본래 철수라는 이름의 남편 인형이 있었지만 사라진 지 오래였다. 그들은 내가 이곳저곳으로 전학을 가고 이사를 가야 하는 혼란하고 불안한 상황을 견디는 동안에도 나와 함께하던 인형들이었다.

이사를 갈 때마다 어렵게 사귀고 정들었던 친구들은 어느 시점이 되면 헤어질 수밖에 없었지만 이들만큼은 내가 마음먹고 버리지 않는 한, 언제나 나와 함께할 것만 같았다. 보통의 중학생들은 그런 인형과 함께 시간을 보내기보다는 친구들과 몰려다니는 데 더 많은 시간과 에너지를 투자한다고 알고 있었지만, 그래도 나는 여전히 그들과 많은 시간을 보냈다. 나에게는 이들의 존재가 당연했다.

엄마는 그런 내가 무척 걱정이 되었던 모양이다. 그래서 내가 중학교 2학년이 되던 어느 날, 큰마음을 먹고 그들을 버리셨다. 잃어버렸다고 하셨지만 나는 엄마가 일부러 잃어버렸다는 사실을 알았다. 아마도 엄마에게 그 인형들은 내가 영재반에 못 들어간 큰 이유 중의 하나, 그리고 그 시기에 나타난 사춘기 반항과 퇴행의 상징이었던 모양이다.

그날 학교에서 돌아와서 그들이 사라졌다는 것을 알게 된 나는 너무 큰 충격을 받아서 엄마에게 화를 내지도 울지도 못했다. 인형들의 부재를 인정할 수가 없어 나는 눈물을 흘리는 대신 온 마음으로 울었다. 그때 제대로 울지 못해서인지 나는 지금도 쓰레기 수거차가 지나가는 모습을 보면 왠지 모르게 울컥한다. 그 후 몇 달 동안 밤마다 쓰레기 차 속에 무참히 던져졌을 인형들의 모습을 상상했던 탓이다.

너무나 큰, 그러나 너무나 일상적인 상실

마음속에서 오래 좋아했던 대상들을 잃어버리게 되는 것만큼 삶에서 큰 사건은 없지만 또 그만큼 일상적인 사건도 없다. 어떤 면에서 삶은 그런 사건들을 끊임없이 목격하고 견디는 과정이나 다름없는 것 같다. 마음 닿는 대상을 붙잡았다가도 놓치고, 찾았다가도 잃어버리고, 또 때론 잃어버린 줄도 모르고 잃어버리게 되는 일이 놀랍도록 끈덕지게 반복된다. 그 모든 과정 속에서 우리의 감정은 봄바람에 흔들리듯 산들거리기도 하고, 롤러코스터를 탄 듯 출렁이기도 한다. 또 때론 격랑에 휩쓸리듯 격렬해진다. 그런 날에는 마음을 한 곳에 모으기도 어렵다.

상실이 일상인 삶을 살고 있기에 인형 말고도 내가 삶에서 마음 주었다가 잃어버린 대상들은 많다. 당장 떠오르는 얼굴들과 사건, 그리고 그때의 나의 감정만 추려봐도 내 가슴 한구석은 금세 아련해진다. 그중 가장 먼저 떠오르는 것은 닭이 되어버린 병아리다. 나는 어릴 적에 금방 죽기 직전의 상태인 병아리를 산 적이 있었는데, 극진한 사랑과 관심을 쏟았기 때문인지 병약했던 병아리는 어느 틈엔가 무럭무럭 자라서 닭이 되고 말았다. 코흘리개들의 동정과 호기심을 자극해 푼돈을 벌어보고 싶었던 병아리 장수가 봤다면 아쉬워했을 만큼 병약했던 병아리는 통통하고 건강하고 빛깔 좋은 닭으로 자라났다.

문제는 내가 아파트에 살고 있다는 사실이었다. 병아리는 괜찮지만 성장한 닭이 도시의 아파트에 사는 것은 불가능한 일이다. 깔끔하고 평판을 중시하는 엄마가 병아리를 키우게 허락해주신 것도 많이 양보하시는 거였다. 아침마다 우는 닭의 소리와 닭똥 냄새는 누구라도 참아주기 어려웠을 것이다. 나는 아파트라는 한계를 충분히 알았기에 엄마에게 닭이 된 병아리를 넘겼지만, 발을 동동 구르며 한참동안 격렬하게 울었던 기억과 감정은 내 가슴속에 여전히 남아 있다.

그 후에도 마음을 담았던 대상을 잃어버리는 일은 계속되었다. 그때마다 나는 격렬히 온 마음으로 울었다. 내가 먼저 떠나고 싶었든, 상대가 먼저 떠나고 싶었든, 마음에 담았던 대상을 잃어버리게 되는 경험 앞에서 나는 한 번도 의연해 본 적이 없었다. 헤어질 때 느끼는 아픈 상실감이, 그 대상이 나에게 얼마나 소중한 존재였던가를 실감하게 해준다는 것도 나는 그렇게 알아갔다. 그래서 언젠가부터는 마음에 싣는 대상을 선택하는 데 있어서 더 많이 경계하고 더 많이 신중하게 되었다. 마음이 있으면서도 상실의 아픔이 두려워 선뜻 내 마음을 표현하지 못하는 일도 많아졌다. 그 방법이 상실에 대비하는 성숙의 과정이라 믿으며.

애착, 내 마음을 내어주는 것

쥐었던 것을 놓치는 것, 내 세계에서 큰 부분을 차지했던 사람을 보내야 하는 것, 공들였던 마음을 놓아야 한다는 것, 그만큼 어려운 일은 없다. 나는 성장한 후에 심리학을 공부했고, 그런 후에야 나의 이 모든 감정을 '애착'이라는 용어로 묶을 수 있다는 것을 알게 되었다. 내가 마음을 내어주는 세상의 모든 것이 나의 애착 대상인 셈이었다.

애착 대상은 물건일 수도, 사람일 수도, 공간일 수도, 시간일 수도 있다. 세상이 계속되는 한 그 대상은 끊임없이 변한다. 퇴행할 수도 있고 진화할 수도 있지만 모든 것이 변한다는 사실에는 변함이 없다. 어떤 것도 박제처럼 정지시킨 채 쥐고 있을 수는 없는 것이다. 사랑해도 놓치게 되는 것이 얼마나 많은지 모른다. 그 사실 때문에 우리는 애착이 일으킨 마음속 다양한 감정의 소용돌이에 흔들린다.

애착을 느낄 수 있는 사람을 만나게 되는 것은 좋은 일이지만 그 대상이 사라지면 좋아했던 만큼 힘들어진다. 애착을 느꼈던 대상에게 품었던 강력한 감정 에너지 역시 갈 곳을 잃은 채 우리를 흔든다. 그래서 우리는 사랑을 잃을 때 넘치는 감정 에너지를 주체하지 못해서 울거나 밤잠을 설친다. 힘든 이별 뒤에 다른 누군가를 찾아 헤매기도 하고, 나를 거절하는 대상에게 끊임없이 집착하며 스스로를 바보라고 여긴다. 허전한 마음을 달래려고 마음에 없는 사람들을 만나기도 하고 술로 밤을 지새우기도 한다. 예전, 그 사람만큼 내 마음에 담을 수 있는 새로운 존재가 필요해지는 것이다.

어떤 대상은 우리 곁에 오래 머물고 변함없는 사랑과 신뢰를 주지만 어떤 대상은 준비되지 않았을 때 갑자기 이별을 말한다. 그럴 때 우리는 크게 상처받고 힘들어한다. 모든 상실에는 아픔이 동반되지만 우리 존재를 완전히 흔들어댈 만큼 아픈 상실 앞에서도 우리는 입술을 깨물며 꿋꿋이 견딘다. 너무 힘들지만 어쩔 도리가 없다. 그렇지만 희망은 있다. 나만 상실감에 허덕이며 사는 것도 아니고, 내 마음을 완전히 무너뜨리는 것 같은 커다란 상실감 역시 시간이 지나면서 작아지기 때문이다. 우리는 서로의 상실감을 보듬어주며 '함께' 그 상실을 견뎌나간다.

매일 이별하며 살고 있구나

　나는 상담자와 내담자 역시 상실을 보듬어주는 관계라고 생각한다. 상담실에 오는 사람들은 모두 뭔가를 잃어버리고 잃어버린 것을 되찾고 싶어 한다. 상담자 입장에서 볼 때 그 대상은 크게 둘로 나뉘는 것 같다. 하나는 사랑했던 '대상'이고, 다른 하나는 사랑했던 나, '자기 자신'이다. 사랑했던 대상을 잃게 되면서 내 모습의 중요했던 일부분을 잃었기 때문이다. 무언가를 상실한 이상 우리는 예전 그 모습으로 완전하게 돌아갈 수는 없다. 하지만 상실의 감정을 견디고 난 뒤에 사람들은 꼭 예전처럼 돌아갈 필요가 없다는 것을 알게 된다. 너무 큰 상실감으로 힘이 빠진 그들은 상담실에 찾아와서 목표와 기간을 정한다. 그 기간 동안 우리는 그 목표를 향해 서로의 손목을 잡고 간다. 그런데 상담이라는 관계도 결국에는 상실을 준비하는 만남이다. 어떤 내담자들은 이 만남이 끝나는 것조차 힘들어하지만 대부분의 내담자들은 상담자와 어디까지 손을 잡고 가야 할 것인지 알게 된다. 그리고 또 어떤 내담자들은 정해진 목표지점에 가기 전에 나의 손을 놓기도 한다.

　내가 삶에서 마주친 다양한 관계 속 상실의 감정들을 다루어나가고 내담자들의 상실감을 함께하는 과정에서 알게 된 두 가지 사실이 있다. 하나는, 상실이 우리에게 도움이 될 때가 많다는 점이다. 세상에는 상실을 경험해보지 않고는 알 수 없는 사실들이 분명히 있다. 그래서 우리는 상실해야만 성장할 수 있다. 다른 하나는, 상실이 그 상실의 지점에서 끝나는 것이 아니라는 사실이다. 우리는 다양한 사람들과 손목을 잡았다가 놓기를 반복하고 있다. 우리가 세상과 맺고 있는 관계들이 다양한 사람들의 손목을 잡고 이어지는 것이라고 이해하면 상실에 보다 의연해질 수 있다.

    그래서 오늘도 나는 많은 것을 상실한다. 잃어버림으로 찾는 것이 무엇인가, 잃어버림으로 나는 얼마나 더 성장할 수 있는가를 알기 위해…….

아끼던 스카프를 잃어버린 적이 있습니다. 버스를 두 번 갈아타고 난 뒤 지하철에 오르려는데 목이 허전했습니다. 그대로 갈까 말까 한참 고민했습니다. 그냥 지하철을 타고 가던 길을 가는 게 편했을지도 몰라요. 똑같은 스카프를 다시 살 수 있다는 것도 알았고, 찾을 수 있다는 확신도 없으니까요. 그런데 왠지 마음이 동해 가던 길을 되돌아갔고 결국 낯선 사람들의 친절과 호의로 스카프를 되찾을 수 있었습니다.

스카프를 다시 찾는 그 순간, 저는 알았습니다. 포기하려던 제 발길을 돌린 것은 스카프 자체 때문이 아니라 스카프를 되찾을 때 느끼는 바로 그 마음이었다는 것을. 이 세상에 똑같은 모양의 스카프가 있다고 해도 모든 스카프가 똑같은 것은 아니라는 것을 말이지요.

그 스카프를 다시 목에 두르고 집에 오면서 살면서 잃어버린 것들, 상실했던 것들을 떠올렸습니다. 소중한 무언가를 잃어버릴 때 나는 어떤 마음이었던가? 혹시 이 스카프처럼 잃어버리지 않기 위해 되돌아갔더라면, 꼭 붙잡고 있었다면, 되찾을 수도 있었던 것은 아닐까? 그러니 좋아하는 마음이 담긴 어떤 물건이나 좋아하는 사람이라면 포기하지 않고 조금만 노력한다면, 인연의 끈을 놓지 않게 될 수도 있지 않았을까?

하지만 결국 잃어버린 것을 되찾지 못하게 되는 순간은 오겠지요. 그래서 아쉬움과 상실감은 살면서 우리가 짊어지고 가야 할 수밖에 없는 감정의 그늘인가 봅니다. 그래서 잃어버린 것이 문득 그리워지는 그런 날에는 잠이 잘 안 옵니다. 그 마음을 안도와 감사로 바꾸기 위해서라도 우리, 상실하지 않기 위해 최선을 다해보면 좋을 것 같습니다.

슬프면
화를 내는 마음

슬픔을 극복 못해 힘든 마음

    한 여학생이 상담실을 찾았다. 자신을 돌봐주지 못한 엄마에 대한 분노의 감정을 더 이상 혼자서는 감당할 수 없어 상담을 받게 되었다. 그녀의 마음속 분노의 감정을 표현하고 정리하는 데에만 꽤 많은 시간이 걸렸다. 분노의 감정은 진하고도 복잡했고, 그 감정의 힘에 휘둘려 그녀는 고통스러워했다.

    초반에는 상담 시간 내내 울고 통곡하는 시간이 계속되었다. 그렇게 몇 번 만나다 보니 그녀의 분노 감정은 점점 차분하게 잦아드는 것 같았다. 그리고 상담이 거의 마무리가 될 무렵, 그녀는 분노의 감정 밑에 숨어 있는 '슬픔'이라는 감정을 찾아냈다.

그 후 그녀의 눈물은 방향을 잘 몰라 혼란스럽고 공격적으로 나타나는 분노의 눈물이 아니라 보호받고 싶은 대상에게 보호받지 못한 아픔을 애도하는 슬픔으로 나타났다. 이런 슬픔의 감정을 마주하는 과정 역시 쉽지는 않았다. 하지만 그녀는 꾸준히, 그리고 의연하게 자신의 감정을 받아들였고 그 감정을 온전히 느끼고 난 뒤에는 내면의 다른 감정을 만나는 것 같았다. 분노를 분출하고, 슬픔을 표현하고 난 뒤, 그녀는 분노와 슬픔에 깔려 있던 긍정적인 감정들을 전보다 더 자주, 더 많이 느끼게 되었다.

상담을 마치며 그녀는 자신의 감정을 찬찬히 돌아보고 표현하고, 그럼으로써 지나가는 과정이 그녀에게는 중요한 인생의 터닝 포인트였다고 말했다. 그전까지는 자신의 내면에 부정적이고 무거운 감정만 있는 줄 알았고, 다시 이렇게 활짝 웃을 수 있으리라고 생각도 못했다는 것이다.

받아들일 수 있어야 나아지는 감정

그녀처럼 마음속에 분노의 감정을 한가득 안고 사는 사람들이 참 많다. 그들은 말한다. 아무것도 아닌 사소한 일에 분노하다 보면 '왜 사람들은 이렇게 나를 가만히 내버려두지 않는지', '나는 왜 이렇게 쉽게 화가 나는지' 혼란스럽기만 하다고. 그럴 때마다 나는 컵에 한가득 담긴 물에 우리의 감정을 비유하곤 했다.

물이 한가득 담긴 컵에는 한 방울의 물만 떨어뜨려도 물이 차고 넘친다. 마지막 한 방울의 물은 '이유'가 아닌 '계기'인 셈이다. 우리의 감정도 그와 같다. 가슴속에 표현하지 못한 감정들이 쌓여 있을 때 우리는 아무것도 아닌 일에도 쉽게 폭발한다. 그리고 표현되지 못하고 억압된 감정은 대개 분노감으로 표현되기 쉬운 것 같다. 다른 어떤 감정보다 분노의 감정을 인식하고 표현하기 더 쉬워서이기도 하고, 가장 크게 도드라지는 감정이 분노이기에 그렇기도 하다. 그런데 우리의 분노를 자세히 살펴보면 분노 밑에 다른 감정이 깔려 있는 경우도 많다. 이런 감정은 숨바꼭질하듯 어딘가에 숨어 있거나, 분노라는 가면을 쓰고 나타날 수도 있다. 그런데 일단 이 감정의 보따리를 잘 펼쳐보기 시작하면 우리 자신의 억압된 욕구와 결핍에 대한 놀라운 통찰의 열쇠를 찾을 수 있다.

예를 들어, 남편에게 틈만 나면 화를 내는 아내가 있다고 하자. 그녀의 감정은 화로 표현된다. 그녀는 사실 남편이 자신에게 예전만큼 관심을 보여주지 않는 것 같아서 슬프고 외롭다. 그녀는 그 감정을 표현하는 대신 화를 낸다. "왜 이걸 안 한 거야?"라고 따지면서 말이다.

또 어떤 사람은 자꾸만 식당이나 백화점의 서비스가 형편없다며 화를 낸다. 사람들이 응당 자신에게 해주어야 할 서비스를 해주지 않는다는 것이다. 그런데 이렇게 화가 나는 감정 밑에 깔린 진짜 감정이 어떤 것인지 살펴보면, 숨겨두고 있던 수치심의 감정이 떠오르기도 한다. 그 사람은 어릴 적부터 사람들이 자신을 소중히 다루어주지 않아서 스스로가 소중하다고 여기기보다는, 언제나 부끄럽다는 생각에 젖어 있었을지도 모른다. 그러기에 오히려 타인의 서비스에 더 민감하게 반응할 수 있다. 그런 경험에 타인보다 더 예민한 것이다.

앞서 살펴본 모든 예에서 사람들은 겉보기에는 화를 내고 있지만 실제 그 밑에 깔린 진짜 감정은 실망이나 슬픔, 외로움, 수치심인 것이다. 그래서 우리는 아무것도 아닌 일에 화를 내거나, 과도하게 화를 내는 사람을 보면 그 사람을 사로잡고 있는 감정이 화인지 아니면 '화'라는 가면을 쓴 다른 감정은 아닌지 잘 살펴볼 필요가 있다.

그런데 사실 그렇게 살피고 생각해주기가 어려울 때가 많다. 우리는 누군가가 우리에게 화를 내면 일단 그 감정에 전염되거나 압도당하기 쉽다. 그래서 순간적으로 그 화 밑에 깔린 타인의 진짜 감정이 어떤 것인지 공들여 생각하고 판단을 유보하며 기다리기보다는 비슷한 감정으로 맞받아치기 쉽다. 우리 역시 누군가가 우리의 욕구와 결핍을 알아봐주기를 바라기 때문이다. 그러다 보면 우리는 관계 속에서 서로의 감정을 보듬어주기보다는 갈등과 오해를 반복하며 힘들어진다. 친밀해야 할 관계가 애증으로 뒤덮이는 이유가 바로 여기에 있다. 친밀할수록 '상대가 내 마음을 받아줬으면' 하는 감정적 욕구는 커지며 상대가 내 마음을 살펴주지 않는다고 무턱대고 화를 낸다. 그러면서 더 크게 상처받게 되고 상처를 상처로 앙갚음하고 싶은 마음도 쉽게 생긴다. 사랑하는 관계가 분노를 주고받는 관계로 역행하게 되는 것이다.

진짜 감정을 만나기 위해

마음속에 있는 정말 중요한 감정이 표현의 통로를 찾지 못한 채 우리 안에 머물게 되면 솔직한 감정 대신 심술궂은 감정을 내세우게 된다.

화를 주고받는 관계의 악순환을 반복하는 것이다.

　이런 분노의 악순환 고리를 끊기 위해서는 우리의 분노를 제대로 직시할 필요가 있다. 혹시 지금 나의 분노가 본래 다른 감정으로 표출되었어야 했던 것은 아닌지 잘 돌아보자. 우리 마음속에서 억압되어 쌓여있던 해묵은 감정이 분노의 탈을 쓰고 나를 흔드는 것인지도 모르니 말이다.

　분노를 충분히 휘발시키고 진짜 감정을 만나 표현하는 과정은 쉽지 않다. 하지만 더 생생하고 진실한 내 감정을 만나게 될 때 우리는 무겁게 짓누르는 부정적인 감정들로부터 보다 자유로워질 수 있다. 감정은 억압하고 피할수록 더 집요하고 미묘한 방식으로 우리를 쫓아와서 괴롭힌다. 마주하고 직면해야 비로소 사라지는 끈질긴 역설을 품고 있는 것이다.

진짜 감정을 만나야 진짜 나를 만날 수 있습니다

　감정을 오랜 시간 억압해왔던 사람들은 다른 사람들 앞에서 표정이 쉽게 굳고 숨이 턱턱 막히는 것처럼 느끼게 됩니다. 그럴 때 그들은 웃고 있어도 어딘지 모르게 어두운 모습이 보입니다. 스스로도 생생하게 살아 있다는 느낌을 받기가 어렵고 이유 없이 마음이 무겁게 느껴질 수도 있습니다. 또 아무것도 아닌 일에 쉽게 화를 내게 되기도 하지요. 그러면서도 스스로 어떤 감정을 느끼고 있는지 잘 인식하지 못합니다. 그래서 마음에도 없는 표현을 하게 되지요.

　실제로는 슬프고 외로우면서 화를 내기도 하고, 좋은데 싫다는 표현을 하게 되기도 하고, 화가 나는데도 웃어 보이기도 하고, 외로우면서도 자꾸만 다른 사람들을 멀어지게 하는 표현을 합니다. 오히려 마음과는 정반대로 표현하는 것이지요. 내가 내 감정을 잘 몰라서 그렇기도 하고, 감정 표현이 서투르기에 나타나는 모습이기도 합니다. 이런 모습 밑에는 감정 표현에 대한 경직된 생각이 깔려 있습니다. '이래야 한다', '이러면 안 된다'는 생각이 강할 때 우리는 있는 그대로의 감정을 솔직하게 표현하기 어렵습니다. 그러다 보면 나의 진짜 감정에서 멀어지고 결국에는 자기 스스로를 소외시키는 결과를 초래하게 됩니다.

지금까지 감정 표현에 서툴렀다고 해도, 내 감정을 제대로 표현하는 일이 나는 물론 내가 다른 사람과 맺는 관계에서 그 무엇보다 중요한 일이라는 사실을 알게 되는 순간이 옵니다. 그때는 내 감정을 피하지 말고 솔직하게 표현해주세요. 솔직한 감정 표현이 내가 나를 인정하고 긍정하는 일입니다.

알 수 없는 불안에 흔들리는 마음

너무 불안해서 아무것도 못해요

미애 씨는 깜찍하고 귀엽게 생긴 여대생이다. 그녀는 4학년이 되어 취업을 앞두고 있었는데 진로 문제로 상담실을 찾았다. 취업이 안 될까 봐 두렵다는 것이다. 그런데 그녀가 품고 있는 문제는 단순히 진로만이 문제가 아니었다. 그녀는 충분히 지금도 잘해나가고 있었지만 불안해 하는 마음이 컸다. 너무 불안해서 일상의 사소한 결정에도 많은 마음의 에너지가 필요하다고 했다.

"시험을 볼 때에는 시간이 모자랄까 봐 빨리 대충 다 풀고 나서야 하나하나 다시 보게 돼요. 발표할 때 준비한 대로 못해서 실수할까 봐 떨려서 준비한 것도 못해요. 사람들을 만나는 것도 스트레스예요. 상대방이 내가 한 말을 어떻게 받아들일까 불안해서 내 이야기를 잘 못하니까요."

그녀는 매사에 불안해서 마음을 한곳으로 집중하기가 어려운 것 같았다. 그런데 그녀는 이렇게 불안해질 때마다 자신의 불안을 다독이기보다는 스스로를 채찍질하는 습관이 있었다. 그녀는 조금만 불안해져도 자신의 마음속에서 불안을 몰아내기 위해 필사적으로 싸웠고 그럴수록 그녀는 더 힘들었다. 사람들을 만나면서 긴장했던 마음, 시험지를 받아들거나 발표하기 전에 떨리던 마음은 시간이 갈수록 점점 커져서 그녀의 마음 전체를 흔들고 있는 것이다. 그녀는 이제 스스로를 구제불능이라 여기며 미워한다.

그녀가 불안한 이유

그녀의 이야기는 불안감에 휘말려 사소한 일에도 쉽게 긴장하고 몸을 웅크리게 되는 우리 모습과 닮아 있다. 불안감을 자주 느끼게 되면 하는 일에 집중하기가 힘들고 사람들과의 관계 속에서도 문제가 생긴다. 그리고 무엇보다도 스스로가 행복감을 느끼기 어렵다. 그런데 최근 들어 극심한 불안을 호소하고 불안증 진단을 받는 사람들이 늘어나고 있다. 특히 과도한 업무에 시달리고 경쟁이 더욱 치열해진 직장인들 가운데 이런 불안을 호소하는 경우가 많다. 우리는 이런 불안을 어떻게 이해하고 받아들이며 대처해나가야 할까? 그녀가 불안해하는 이유를

짚어보며 우리의 불안을 살펴보자.

1. 완벽주의, 불안을 불러오는 높은 기준

그녀의 불안을 크게 만드는 가장 핵심적인 요인은 완벽주의였다. 그녀는 스스로에 대한 기준이 높고 까다로웠는데, 자신이 '이 정도는 해내야 된다'는 생각이 강했다. 그리고 자신의 목표만큼 해내지 못할 때에는 낙오자라는 생각에 불안했고, 그런 불안 역시 잘 이겨내야 하는데 그렇지 못한 자신이 한심하게 느껴졌다.

그녀처럼 완벽주의 성향이 강하고 높은 기준과 조건에 따라 자신을 평가하는 사람일수록 불안을 느낄 가능성도, 그리고 시간이 갈수록 불안의 힘이 커져갈 가능성도 크다. 왜냐하면, 높은 기준과 조건은 달성하기가 어려울 뿐 아니라 그 과정 속에서 느끼는 극심한 불안 때문에 이를 달성해낸다고 해도 또다시 더 높은 기준을 스스로에게 요구하기 때문이다. 그러다 보면 우리는 스스로에게 만족을 느끼기가 어렵다.

완벽주의자들은 마치 한 발 다가서면 두 발 멀어지는 어떤 고지를 향해 항상 뛰고 있는 것만 같다. 그러다 보니 항상 노력을 해도 불안이 가해지고 점점 커진다. 그러므로 그녀처럼 높은 기준 때문에 불안이 커진다면, 완벽을 추구하고 높은 기준을 제시하는 우리의 모습을 되돌아볼 필요가 있다. 불안해질 때마다 그 불안의 실체가 무엇인지, 그것이 얼마나 합리적인지 살펴야 한다.

2. 기질, 태어날 때부터 불안에 취약한 사람

사람마다 불안을 느끼는 이유도 저마다 다르고 불안의 내용도 다르다. 그리고 어떤 사람은 날 때부터 불안 수준이 다른 사람보다 높은 사람도 있고, 또 어떤 사람은 지금 불안에 흔들릴 수밖에 없는 상황에 처해 있다. 즉, 어떤 기질을 타고 났는가, 어떻게 길러졌고 자라면서 어떤 경험을 했으며 지금이 어떤 시기인가에 따라 불안을 느끼는 이유와 불안의 모습이 다르다는 것이다.

날 때부터 불안에 취약했던 사람들은 다른 사람들보다 더 쉽게 불안을 느낄 수밖에 없다. 미애 씨 역시 기질적으로 불안한 성향을 타고 난 것 같다. 그녀가 기억하는 어린 시절 자신의 모습은 낯선 사람만 봐도 쉽게 울음을 터뜨리고 엄마를 찾던 불안한 아이의 모습이니 말이다. 그런데다가 맞벌이를 했던 부모님은 이런 그녀를 충분히 달래줄 시간이 부족했고, 그녀는 자신의 불안을 어떻게 해결해야 할지 몰랐다.

3. 부모님, 불안의 대물림

그녀의 부모님 역시 불안이라는 감정에 의연한 모습을 보이지는 않았던 것 같다. 그들 역시 스스로에게는 물론 다른 사람에게 높은 기준을 제시하는 완벽주의 성향이 짙었는데, 특히 불안한 상황에서 이런 성향은 더 강하게 나타난다. 자신의 불안을 잘 조절하지 못하는 부모님은 자녀의 불안에 대해서도 적절한 방식으로 위로해줄 줄을 모른다. 그리고 많은 경우 자녀들의 불안을 표현하지 못하게 함으로써 불안을 원천 봉쇄하려 한다. 그때 자녀들은 자신의 감정을 솔직하게 받아들이고 스스로를 위로할 수 있는 방법을 찾지 못하고 방황하기 쉽다.

4. 경험, 불안은 상처에 대한 신호

부모님의 영향뿐 아니라 불안과 관련된 그녀의 과거 경험을 돌아봐야 한다. 우리의 마음은 매우 과학적이고 체계적이다. 그래서 어떤 감정이 생긴 데에는 그만한 이유와 경험이 있다. 내가 기억하든 기억하지 못하든, 우리가 어떤 상황이나 사람을 만나는 데에 있어 과도하게 불안해지는 것은 그와 관련된 과거 경험의 영향을 받기 때문이다. 어쩌면 우리의 불안은 오래전부터 안고 있는 그의 상처에 대한 신호인지도 모른다.

그녀의 불안 대처법

자신의 불안이 어떤 배경을 깔고 지금의 모습에 이르게 되었는지를 이해하게 되었다면, 우리는 불안을 달랠 수 있는 자신만의 전략을 짜야 한다. 사람마다 유용한 자기 위로의 방식은 조금씩 다를 수 있다. 어떤 사람은 친구에게 자신이 느끼는 불안감을 이야기함으로써 마음이 한결 나아진다고 하기도 하지만, 어떤 사람은 음악을 듣거나 책을 읽음으로써 불안을 잠재우게 된다고 한다.

자신을 불안하게 하는 상황들에도 패턴이 있다. 이를 잘 이해할 때 우리는 불안에 대해 더 큰 통제력을 가진다. 예를 들어, 미애 씨의 시험 불안과 발표 불안은 취업에 대한 기대치는 높은 반면 자신이 제대로 준비하지 못하고 있다는 괴리감에서 나온 면이 컸다. 기대치를 보다 현실적으로 조정하고 차곡차곡 준비를 해나가고 계획을 짜가면서 그녀는 자신의 생활에 대한 더 큰 통제감을 얻을 수 있었다.

자신의 마음을 충분히 이해하고 난 뒤 그녀의 불안은 현저하게 줄었다. 또한, 그녀는 계획이 틀어지면 쉽게 불안해질 수 있는 자신의 모습을 다른 사람에게 알리기 시작하면서 그녀를 지원해주는 든든한 마음의 후원자도 얻게 되었다. 그리고 무엇보다 그녀는 이제 불안해질 때마다 스스로 위로할 줄 안다. 시험지 앞에서 머리가 하얘져서 '빨리 풀지 않으면 다 못 풀고 낼지도 몰라'라는 생각을 하는 대신, "천천히 제대로 집중하면 더 잘할 수 있을 거야"라고 중얼거리며 집중하려고 애썼다. 물론 쉬운 일은 아니었다. 하지만 불안한 자신을 있는 그대로 인정하고 자신의 마음을 가까이서 면밀히 살펴보는 과정에서 실현될 수 있었다.

우리는 그녀가 또다시 불안에 휩싸여 흔들리게 될 것을 안다. 그러나 이제 그녀는 불안이라는 산을 넘어가본 경험이 있는 이상, 흔들렸다가도 다시 자신을 다독이고 위로해가며 전보다 더 의연하게 불안이라는 감정에 대처할 수 있을 것이다.

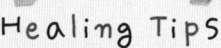

불안을 제대로 해소하기 위해 우리는 다음 세 가지 면에 주목할 필요가 있습니다.

첫 번째, 불안증은 있어도 비불안증은 없다는 것을 기억해야 합니다. 누구나 불안해질 때가 있고 스스로 불안을 해소하기 힘들어할 때도 많습니다. 불안 때문에 힘들어하는 많은 사람들이 자신이 불안을 느끼는 것이 문제라고 생각하고 자신의 힘든 마음을 잘 표현하지 못하는 면이 많지요. 그런데 많은 사람들이 단지 불안한 감정을 표현하는 것만으로 불안에서 보다 자유로워지는 경험을 합니다.

실제로 시험 불안에 시달리던 한 내담자는 '불안할 수도 있다'는 사실을 받아들이고 난 뒤 불안으로부터 조금 더 자유로워질 수 있었습니다. 전에는 불안하면 혼자 경직되어 스스로 불안을 키워나가던 반면, 이제는 주변 사람들과 불안한 마음을 나누면서 많이 편해졌지요. 불안이라는 감정을 이상하고 잘못된 것으로 받아들이기보다는 자연스러운 것으로 받아들이고 표현하고 나서야 오히려 불안에서 벗어날 수 있게 된 것입니다.

많은 사람들이 누군가가 '불안하다'고 하면 그 마음을 들어주려 하기보다는, 위로와 조언이라는 이름으로 불안의 감정을 지우고 빨리 불안에서 벗어나야 한다는 점을 강조합니다. 그러나 불안의 감정이 생길 때 억누르거나 빨리 지나가려 하기보다는 있는 그대로 인정하고 받아들일 때 오히려 작은 불안에서 멈출 수 있습니다.

두 번째, 불안과 걱정을 구분할 필요가 있습니다. 많은 사람들이 불안과 걱정의 감정을 구분하지 않습니다. 그런데 불안은 실체가 없거나 불확실한 것, 혹은 실제보다 부풀려진 감정인 경우가 많습니다. 불안은 모호함과 불확실성으로 우리를 괴롭힙니다. 반면, 걱정은 불안에 비해 이유가 보다 분명한 경우가 많지요. 불안이 실체 없이 막연한 감정에 가깝다면 걱정은 실제로 우리에게 닥칠 수 있는 문제에 대한 구체적인 감정에 가까운 것이지요.

세 번째, 불안이 우리를 집중하지 못하게 하는 면이 있다면 걱정은 우리를 만일의 위기에 대비시키는 면이 있습니다. 막연한 불안은 흘려보내되, 걱정거리가 되는 요소에 대해서는 행동으로 대비할 필요가 있다는 것이지요.

양가감정에 흔들리는 마음

이러지도 저러지도 못하는 양가감정

심리 검사 중에 기질과 성격을 알아보는 TCI라는(Temperament & Character Inventory) 검사가 있다. 사람의 타고난 기질과 자라면서 형성된 성격을 알아보는 검사이다. 그런데 이 검사를 하고 해석해주는 상담을 하다 보면 흥미로운 점이 발견된다. 기질을 구성하는 특성 가운데 '위험 회피'와 '자극 추구'라는 요소 때문이다.

위험 회피 수준이 높은 아이들은 새로운 자극을 싫어하고 낯선 사람만 보면 울음을 터뜨린다. 반면, 자극 추구 수준이 높은 아이들은 세상 모든 것에 대한 호기심으로 충만하다. 이런 기질의 차이는 태어날 때부터 나타난다. 경계하고 머뭇거리며 돌다리도 두드려보는 모습을 나타내는 '위험 회피'와 왕성한 호기심을 안고 이것저것 시도해보는 '자극 추구'는 정반대의 특성이다. 그런데 어떤 사람은 이 두 가지 특성을 모두 타고났다. 무언가를 해보고 싶은 마음이 충만하지만 또 그런 마음 한편에 하면 안 될 것 같은 두려운 마음도 충만한 것이다. 이런 사람일수록 심리적인 갈등과 어려움에 더 자주 직면하는 것 같다.

이 검사에 대해 해석해주는 상담을 할 때뿐 아니라 일반적인 상담을 하다 보면 어떤 감정이 큰 반면, 그 반대에 해당하는 감정도 큰 경우를 자주 본다.

'엄마가 밉다. 그래서 엄마 말을 듣고 싶지 않다. 그런데 한편으로는 엄마가 불쌍하다. 왠지 엄마 말을 잘 들어야만 할 것 같다.'

'애인이 배신을 했다. 어떻게 그럴 수 있는가 싶기는 하지만 그렇다고 이 마음만 붙들고 그를 떠날 수는 없다. 이 사람이 아니면 안 될 것 같은 강렬한 감정이 내 마음속에 들끓고 있으니 어쩌면 좋단 말인가.'

'이 친구, 말하는 게 참 마음에 안 든다. 만날 때마다 자기 잇속만 챙기고 남을 배려할 줄 모르는 게 얄미워 죽겠다. 그런데 또 그렇다고 이 관계를 무 자르듯 확 자르지도 못하겠다. 지금까지 많은 추억이 있다. 어쩌면 내가 너무 까다로운 건지도 모르겠다는 생각에 혼란스러운 마음까지 든다.'

고민에 고민을 거듭하다가 머리가 아파져서 더는 생각하지 않기로 덮어두지만 이 복잡하고 갈등하게 만드는 양가감정들은 주기적으로 찾아온다. 어느 한쪽이 더 우세한가를 가리기 어려울 정도로 강렬한 감정의 버뮤다 삼각지대에서 우리는 길을 잃는다. 이러지도 저러지도 못한 채.

양가감정에 덜미를 잡히는 이유

우리가 이런 양가감정에 덜미를 잡혀 이러지도 저러지도 못한 채 한없이 흔들리는 이유를 생각해보면, 우리가 수행하고 헤쳐나가야 할 과제들이 과거에 비해 급격히 늘었기 때문이 아닌가 싶다. 우리는 쇼핑도 해야 하고, 주변 관계도 챙겨야 하고, 외모도 다듬어야 하고, 커리어도 쌓아야 하고, 나를 사랑해주면서도 친구들에게 소개시키기 부끄럽지 않은 남자 친구도 만나야 한다. 또한, 외국어 성적도 보유해야 하고, 생활비와 품위 유지비, 미래에 대한 불안을 잠재워줄 투자비를 모두 충당할 수 있는 능력, 월급을 또박또박 받으면서도 자기실현을 할 수 있는 직업도 있어야 한다. 어디 가서 바가지 쓰지 않을 정도로 적당히 명민해 보이되 너무 깍쟁이처럼 보이지 않는 유연한 태도도 필요하다. 펜을 쥐던 손으로 칼을 잡고 적당히 음식도 할 줄 알아야 하고 스커트와 구두, 가방의 조합을 잘 맞추는 센스도 있어야 한다.

이런 목록은 끝도 없이 이어질 수 있다. 시대가 빠르게 변화하고 개인에게 요구되는 것이 더 많아지면서 멀티태스킹은 필수가 되었다. 그 많은 과업들 속에서 우리의 감정들은 이쪽으로 쭉 쏠렸다가 저 반대쪽으로 갑자기 무게 중심을 움직인다. 또 때로는 회피와 접근의 스위치를 동시에 누르고, 좋으면서도 싫다고 쏘아붙이며, 그렇게 정신없이 흘러간다. 단순한 양가감정이 아닌 다양한 감정들이 한 번에 치고 올라오는 감정의 쓰나미에 휩쓸린다. 이 속에서 건재하기 위해 우리는 복잡다단한 감정들을 바라보는 좋은 전략을 세울 필요가 있다.

흔들리며 가는 길

그나마 다행인 점은 그런 우리가 모두 닮았다는 점, 나 혼자만 출렁이는 양가감정이나 멀티 감정에 흔들리는 것이 아니라는 점이다. 우리는 모두 살짝 미칠 것 같은 양가감정, 멀티 감정들의 조종에 시달리며 살고 있다.

나만 그런 게 아니라는 점은 크나큰 안도가 된다. 게다가 다채로운 감정들이 없다면 우리 삶이 얼마나 밋밋하고, 우리의 관계와 사랑이 얼마나 평범하겠는가. 감정의 파노라마를 일으키며 질주하는 너와 나의 관계는 우리 삶을 흥미롭고 짜릿하게, 또 때론 처절하고 혼란스럽게 수놓는다.

오늘도 우리는 이러고 싶으면서도 저러고 싶은, 싫으면서도 사랑스러운, 좋으면서도 두려운, 딱 하나로 규정짓기 어려운 감정의 파도들에 몸을 맡긴 채 흔들린다. 나 혼자만 흔들리는 것이 아니라 우리 모두 함께 흔들린다. 이렇게 우리는 흔들리며 결국 자신의 길을 간다.

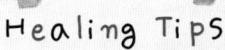

감정이 우리를 힘들게 하는 이유는 한 번에 하나의 감정이 분명하게 떠오르지 않기 때문입니다. 감정은 복잡다단하기도 하고 오묘하고 미묘하지요. 양가감정처럼 양 극단에서 강하게 우리를 잡아당기며 오늘과 내일이 완전히 달라지는 감정도 있습니다. 게다가 양가감정을 느끼는 대상은 대개 우리가 가깝게 마음을 싣고 있는 대상이라는 점에서 우리를 더 힘들게 합니다.

한번 보고 말 사람이거나 가깝게 지낼 필요가 없는 사람이라면 큰 고민 없이 간단하게 마음의 좌표를 세우고 지나가도 무방하지만, 반복적으로 얼굴을 마주해야 하는 사람, 평생을 함께해야 하는 사람, 여러 가지 관계의 사슬로 끈끈하게 연결되어 있는 사람이라면 밉기도 하고 좋기도 한 마음을 어떤 식으로 정리해야 할지 어려워집니다. 그러기에 '좋은 게 좋은 거다'라는 법칙에 기대어 참고 넘어가야 한다는 이야기를 듣게 되고, 또 그 이야기를 따르게 됩니다. 그러나 가까운 사람이고 가깝게 지내야 하는 사람일수록 법칙보다는 솔직함의 법칙에 따라 양가감정을 해결하는 것이 더 필요합니다. 상대의 마음에 들지 않는 면을 솔직하게 표현할 수 있어야 우리는 감정을 숨기는 데에 드는 에너지를 그 사람을 더 좋아하고 이해하는 데 쓸 수 있기 때문입니다.

우리 감정에 조금 더 솔직해진다면 부정적인 감정보다는 긍정적인 감정에 무게 중심 추를 놓고 그 반대의 감정을 이길 수 있지 않을까요? 애증의 감정도 본래는 좋아하는 마음에서 나온 거니까요.

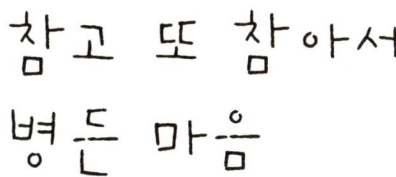

참고 또 참아서 병든 마음

하루하루 쌓여가는 감정의 응어리

회사에 들어간 지 1년도 안 된 신입 사원 시절, 친구 미진은 회사 생활에 적응하는 것이 무척 힘들었다고 한다. 일도 일이지만 관계만 돈독하고 탄탄하다면 일이 힘든 것은 그럭저럭 참을 수 있었다. 그런데 상사와 동료들과의 관계에서 느끼는 감정은 미진이 이때까지 경험해본 적이 없는 것이었다.

직장 상사가 신입 사원인 그녀에게 제대로 된 설명과 교육 없이 능숙하지 못하다고 야단치거나 편잔을 줄 때, 그녀는 부당하다는 생각이 자주 들었다. 그래서 처음에는 무척 혼란스러웠다. 그러다가 그녀는 일단 사회생활을 잘해야 한다는 생각에 적응하려고 애썼다. 하지만 핀잔과 무시가 난입하는 관계에 쉽게 적응하기는 어려웠다. 표현하지 못하는 부정적인 감정의 응어리는 하루하루 쌓여갔고, 잠시 숨을 돌리거나 회피할 여유 없이 매일매일 출근해서 얼굴을 마주하고 일의 부담을 함께 짊어져야 하는 관계에서 마음의 상처만 쌓여갔다. 회식 자리에서 술이 조금 들어갈 때조차 방심할 수 없이 마음의 각을 세우고 있다 보니 그녀의 마음속에 방치된 감정의 무게는 시간이 갈수록 더욱 묵직해졌다.

어느 날 그녀는 퇴근을 하면서 '더 이상 이대로는 안 된다'는 생각에 도달하기에 이르렀다고 한다. 스트레스로 원형 탈모증이 생기고, 불면증으로 피부는 부석부석해지고, 바짝바짝 마른 입술과 1년도 채 안 되는 사이에 생겨버린 미운 표정과 주름, 냉소적인 말투를 얻게 되고 나서의 일이었다. 그날도 억지로 참으려 했지만 도저히 참을 수가 없었다. 온몸에서 식은땀이 나고 가슴이 갑갑해져서 미칠 것 같은 순간 위기의식에 휩싸였다.

다행히 그녀는 그 미칠 것 같은 감정의 진원지가 어디인가를 잘 파악하고 있었다. 심호흡을 하며 마음을 어떻게 가다듬어야 하는지도 찬찬히 생각했다. 그날 그녀는 마음에 난 스크래치만큼 큰 스크래치를 상사의 차나 물건에 내거나 험담을 하는 등 마음속으로만 여러 번 감행해본 수만 가지의 소심한 복수를 실행에 옮길까 고심하기도 했다. 그러나 그보다는 현명하고, 유치하지 않은 방법으로 자신의 심정을 상사에게 알리기로 했다. 그것은 일종의 결투 신청이었다. 퇴근 중인 상사에게 전화해서 할 말 있으니 지금 만나달라고 다짜고짜 말한 것이다.

그날 상사는 어리둥절한 표정으로 그녀 앞에 나왔고, 그녀는 숨도 쉬지 않고 지금까지 마음에 담아두었던 수많은 억울함과 분노의 감정을 속사포처럼 늘어놓았다. 다시는 이 회사에 안 다니고 이 사람을 안 볼 각오로 말했기 때문에 온전히 솔직할 수 있었다.

표현을 통해 얻게 된 세 가지

이 경험을 통해 미진은 세 가지를 얻었다고 한다.

첫 번째, 표현을 안 하면 절대 모르는 사람이 있다는 것. 그녀의 말에 상사는 눈을 동그랗게 뜨면서 "그 정도일 줄은 몰랐어"라고 말했다. 본래 당한 사람이나 위계의 사다리 위쪽에 있는 사람은 두고두고 마음에 쌓아두며 감정의 크기를 키워가지만, 행하는 사람은 자신의 가해 가능성에 무지하거나 알더라도 이를 매우 미미하게 상정한다. 그리고 이를 자연스러운 관계의 법칙, 조직 생활의 규칙이나 상하 관계 속 예의와 도리라고 합리화할 가능성도 크다.

두 번째, 표현한다고 해서 상황이 달라지고 하루아침에 사람이 바뀌는 것은 아니지만 적어도 내 마음이 편해질 수 있다는 것. 감정을 담아두는 게 힘든 이유는 본래 표현되기 위해 만들어진 감정이 표현되지 못한 채 생생하게 살아 있기 때문이다. 이 감정을 담고 있을 때 나의 에너지가 많이 소모되기 때문에, 그 다음에 찾아오는 힘든 감정을 대응하기는 더 어려워진다. 그래서 그때그때 그 생생한 감정 에너지를 발산하지 않으면 우리 마음은 감정에 억압되어 몸과 마음이 축난다. 그 대상에게 직접 표현할 수 있다면 가장 좋겠지만 현실적인 상황을 고려해서 간접적인 방식으로 감정 표출하는 것도 좋다. 그러나 결정적인 순간에는 담아두기만 할 것이 아니라 제대로 방출할 필요가 있는 것이 감정이다.

세 번째, 관계가 흐트러질까 봐 말을 안 하는 것보다는 관계가 끝날 것을 각오하고 말하는 게 더 낫다는 것. 그래야 흐트러진 관계 속에서 흐트러진 감정이 제자리를 찾게 된다. 처음에는 인간관계 속에서 해묵은 감정 때문에 그저 혼자 끙끙 앓는 데 그치지만, 나중에는 두 사람 사이의 관계를 돌이킬 수 없는 악연으로 만든다. 상대를 실제보다 더 악하게 만들고 나 자신을 실제보다 더 약하게 만든다. 관계에 해가 갈까 봐 표현하지 않고 묻어두었다가 오히려 관계가 끊어지게 되는 불상사를 불러오게 된다.

그녀가 상사와의 대면과 감정 표현을 통해 이 세 가지 깨달음은 얻었지만 근본적인 관계의 문제를 해결할 수 있었던 것은 아니었다. 그 후 그녀는 1년을 더 버티다가 결국 이직을 했다. 하지만 초반 1년보다는 후반 1년이 좀 편했으며 상사가 그 후로 그녀의 눈치를 살피며 조심하려고 했다. 솔직하게 표현하는 것이 어느 정도는 효과가 있었던 것 같다.

쉽게 걸리는 화병

그녀가 겪었던 크고 작은 감정의 응어리는 우리 안에도 있다. 표현하지 못하고 삼키는 순간마다 커지는 응어리이다. 어떤 사람들은 표현 못하고 삼키게 되는 감정의 높이를 재보면 63빌딩보다 높을지도 모른다고 말한다. 어른이 될수록 지켜나가야 할 것이 많아지면서 감정을 표현하면 안 될 것만 같은 수만 가지의 이유 때문에 감정을 그대로 드러내지 못한 채 그대로 삼키게 된다는 것이다.

미진이 경험한 가슴이 답답하고 미칠 듯한 마음은 화병을 호소하는 많은 사람들의 이야기와 닮아 있다. '화'라는 감정은 '이제 그만', '거기까지', '더 이상은 못 참아'를 이야기하는 감정이다. 그런데 이런 감정 표현을 그때그때 하지 못하고 입을 닫아야 한다면 우리 마음은 딱딱하고 무거워질 수밖에 없다. 그런 마음의 무게가 무거운 만큼 생기를 잃게 된다.

특히 우리나라에서 여성으로 산다는 것은 참아야 하는 감정이 많음을 의미하기도 한다. 그래서인지 화병을 한의학자들은 '며느리병'이라 부르기도 한다고 한다. 양성 평등 시대에 배울 만큼 배웠고, 여성의 자기주장을 강조하는 분위기가 형성되기도 했지만 일단 결혼을 해서 아내가 되고, 엄마가 되고, 며느리가 되는 과정에서 자신의 목소리를 잃어버리고 감정을 삼켜야 하는 일이 자주 생긴다. 역할이 사람을 만들 듯, 역할이 사람을 제한하기도 하는 것이다.

내가 이런 분위기를 강하게 감지하기 시작한 것은 결혼이라는 큰 사건을 앞두고 있었을 때였다. 결혼할 사람을 친정 식구들에게 인사시키기 위해 집에 데려갔을 때, 나의 친할머니는 나를 방으로 데려가 신신당부를 하셨다.

"이제 결혼하고 시댁에 가게 되면 '이건 아니다' 싶을 정도로 기분 안 좋은 일이 생길 수도 있을 거야. 그래도 아무 말 하지 말고 그냥 넘어가."

이모 역시 결혼한다는 소식에 이 말을 가장 먼저 하셨다.

"시댁 부모님 마음을 잘 헤아려야 한다. 못마땅한 게 있어도 그냥 그러려니 하고 거기에 맞춰라."

여자로 살며 나의 감정에 집중하기보다는 타인의 감정을 잘 헤아리고 보살피는 것이 미덕이며 착한 여자로서 사랑받게 된다는 암묵적인 메시지는 오래전부터 있었다. 하지만 이제는 성별에 관계없이 누구나 자신에게 충실하며 자기계발을 하고 자아실현을 해나가도 되는 시대를 살고 있다는 메시지 역시 있었다. 그래서 나는 여자이기에 내가 감정 표현을 일부러 참아야 한다고 생각하지 않았다. 그런데 결혼이라는 사건을 기점으로 많은 것이 변했다. '너를 표현해야 된다'라고 독려하던 사람들이 '이제 너를 숙여라'라고 반복적으로 강조하는 것이다.

모두들 내가 사랑받는 아내이자 며느리가 되기를 바라는 마음에 그런 조언을 하는 것임을 알지만, 이 조언에만 귀 기울이다 보면 내 감정에 솔직해지기 어려워진다. 그리고 이런 일이 오랜 세월 반복적으로 쌓이다 보면 화병에 걸리기 쉬워진다. 또한, 감정을 표현하지 않고 참기만 한다면 내가 나와 맺는 관계는 물론, 내가 타인과 맺는 관계 역시 불편해진다.

며느리뿐만 아니라 기존의 억압적이고 촘촘한 가부장제 체계 속으로 편입해 들어가서 적응하고 생존해서 살아야 하는 처지에 있는 모든 사람들이 이런 화병에 취약한 조건 속에 있다. 회사에 들어간 지 얼마 안 된 신입 사원들이나, 군대라는 엄격하고 냉혹한 위계체계 속에 던져진 젊은 남성들도 모두 억울하고 부당한 대우에 분노하거나 우울해 하면서도 이런 감정을 적절히 해소하지 못하고 힘들어할 가능성이 크다. 그러기에 우리의 감정을 어떤 상황에서, 어느 정도까지 표현하고, 어떻게 표현할 수 있는가에 대해 잘 생각해볼 필요가 있다.

모든 상황에서 무조건 솔직해지고, 아니다 싶을 때마다 따지라는 이야기는 아니다. 무조건 참으려고 하기보다는 내 감정을 헤아리는 것이 중요하다는 것이다. 참을 때에는 내가 무엇을 위해, 누구를 위해, 어디까지 참을 것인지를 생각하고, 필요할 때에는 모든 것을 한번 뒤집어 엎어 나를 표현하는 것이 필요하다. 억눌린 감정을 표현하고 해소할 수 있는 마음의 통로를 만들어야 하며, 정 참을 수 없다면 터뜨리는 것도 좋다.

타인의 감정을 헤아리지 못하고 마구 퍼붓던 상사의 횡포 아래에서 답답하게 참기만 하면서 감정을 알아주길 기다리는 대신, 감정을 솔직하게 표현하며 '이제 그만'을 외쳤던 친구 미진처럼 말이다.

Healing Tips

참기보다는 다양한 해소 방법을 찾아봅시다

　감정을 억누르고 참는 게 문제가 되는 것은 '스트레스'의 관점에서도 살펴볼 수 있습니다. 우리는 흔히 '스트레스를 받는다', '스트레스가 쌓인다'는 표현을 하면서 스트레스의 존재 자체에 집중하고 문제시합니다. 그런데 '인생은 고난의 연속'이라는 말도 있고 모든 사람이 스트레스를 받고 있기 때문에 스트레스를 받는 것은 중요한 문제가 아닐 수도 있습니다. 중요한 것은 우리가 스트레스를 받는가, 그렇지 않은가에 있는 것이 아니라 스트레스를 해소할 통로가 있는가, 그리고 얼마나 다양한가, 또 그 방법이 얼마나 효과적인가에 있습니다.

　감정적으로 스트레스를 받을 때 여러분은 어떻게 하시나요? 특히 관계나 조직 속에서 감정이 상하는 일들에 치이며 생긴 스트레스를 어떻게 해소하고 계신가요? 그 방법이 얼마나 다양하며 효과적인가에 따라 우리는 마음을 수세로 몰아가는 다양한 삶의 과제들에 보다 의연해질 수 있습니다.

여러분이 동적인 편이라면 운동을 하거나 여행을 가거나 전시회를 관람하는 것과 같이 신체를 움직이는 활동을 통해 스트레스를 해소할 수도 있습니다. 반대로 정적인 편이라면 책을 읽거나 명상을 하고, 정원을 가꾸면서 스트레스를 풀 수도 있습니다. 관계에서 위로를 받는 편이라면 사람들을 만나 실컷 수다를 떠는 것도 좋은 방법이지요. 같은 취미를 공유하고 있는 사람들과의 모임에서 막힌 에너지를 충전하는 것도 좋은 스트레스 해소 방법이 될 수 있습니다.

이 모든 방법을 다 활용하거나 또 다른 자기만의 스트레스 해소 방법이 있다면 인생을 사는 데 큰 무기가 될 수 있습니다. 여기서 핵심은 쌓아두기만 하기보다는 편하게 마음을 풀 수 있는 나에게 맞는 스트레스 해소법, 막힌 감정 발산법을 찾는 일이겠지요.

♥

살면서 우리는 여러 차례 버림받게 된다.
강렬하고 진지하게 애착했던 마음을 그만 접어야 하는 시기를
계속해서 거치며 상실과 이별 연습을 반복하게 된다.
매일같이 새로운 만남을 하는 만큼
또 그만큼의 이별이 우리 일상 곳곳에 좌표처럼 서 있다.

Part 2
흔들리는 자아

타인의 비판과 기대에 집착하는 마음

왜 무엇을 해도 기쁘지 않을까?

나는 언제부턴가 하던 일에 대한 열의가 사라져서 무엇을 해도 기쁘지 않았다. 내가 왜 이렇게 지치는지 원인을 살피다가 두 가지 사실을 알게 되었다. 내가 내 안의 기쁨보다는 타인의 기대와 반응에, 그것도 타인의 긍정적인 기대와 반응보다는 부정적이거나 심드렁하거나 답이 없는 사람들의 반응에 에너지를 쓰고 있다는 사실이었다.

양적으로 치자면 소수인 이들의 작은 표현에 나는 어찌 이리도 많은 신경을 쓰고 있는가? 그 생각을 하니 갑자기 정신이 돌아오는 느낌이었다. 상담을 하고 글을 쓰면서 나는 내담자나 독자에게는 부정적인 감정보다는 긍정적인 감정에, 타인의 반응보다는 나의 욕구에 마음을 집중하는 것이 중요하다고 여러 차례 강조해왔다. 하지만 나도 모르는 사이에 정작 나 자신은 그 사실을 잊고 타인의 비판과 기대에 마음을 쓰며 집착하고 있었다.

방심하고 있는 사이에 우리는 자신도 모르게 이렇게 타인의 반응에 무게 중심 추를 내어준다. 누군가의 반응 하나하나에 신경이 곤두서기도 하고, 타인이 규정한 내 모습을 갑갑해하면서도 쉽게 벗어나지 못한다.

휴대전화를 만지작거리고, 미니홈피나 SNS의 댓글을 확인하고, 스팸이 가득한 메일함을 살피며, 우리는 타인에게 보여지는 나의 모습, 타인이 우리에게 보여주는 사랑과 관심을 기다린다. 그리고 타인의 반응에 따라 순간순간 우리의 인생행로를 바꾸기도 하고, 우리 삶에 대한 의미부여 방식을 고치기도 한다. 또 타인의 평가에 맞춰 나와 어울리지 않는 엉뚱한 시도를 하기도 한다. 우리는 왜 이렇게 타인의 반응에 마음을 쓰며 감정적으로 흔들리는가?

우리는 왜 이렇게 다른 사람의 말에 신경이 쓰일까?

우리가 타인에게 마음을 쓰는 것은 사회적인 동물이기 때문이다. 결혼식 주례를 맡아주신 김민예숙 교수님은 예전에 냈던 나의 책에 이런 추천의 글을 써주셨다.

"사회적인 존재인 인간이 인간관계 속에서 자신과 타인에게 바라는 것 중에 기대가 있다. 인간은 혼자서 다 해낼 수 있는 만능이 아니며, 유능하다고 해도 타인의 사랑이 꼭 필요하기에 그럴 것이다."

아무리 유능하다고 해도 혼자 살 수 없는 이 세상, 그래서 우리는 타인이라는 거울에 비춰 자신을 살핀다. 그러나 그 거울은 지극히 주관적이면서도 변덕스러운 데다가 악의적인 의도 없이 우리에게 상처를 입힌다. 우리는 자주 선량하고 순진한 얼굴을 한 누군가가 내뱉은 자신에 대한 평가와 기대의 말에 상처받는다. 이런 상처의 가능성을 원천봉쇄하기란 어렵지만 되도록 덜 상처받고 가벼워지기 위해 우리에게 필요한 것은 무엇일까?

좋은 거울을 고르듯 좋은 관계를 고른다

올해 스물일곱 살인 유경 씨는 다른 사람들이 무심코 던진 말에 쉽게 흔들리고 상처받는다는 고민을 안고 상담실을 찾았다. 그녀는 스스로를 소심하고 걱정이 많으며 다른 사람이 하는 말에 쉽게 상처받는 편이라고 소개한다. 대학을 졸업한 뒤 전공과 관련된 일을 할 수 있는 회사에서 사회생활을 시작한 지 2년이 되었는데, 최근 들어 그녀는 하는 일이 적성에 맞지 않는 것 같아 대학원에 들어가서 다른 공부를 해보고 싶다고 한다. 그런데 그런 자신의 포부를 어렵게 이야기할 때마다 주변 사람들은 날카롭게 느껴지는 비판을 하며 그녀의 마음을 받아주지 않는다고 했다. 그래서 그녀는 마음이 많이 무겁고 힘들었다. 자신의 마음을 알아주고 지지해주기보다는 미리 비판하고 속단하는 사람들 때문에 힘이 빠지고 자신이 없어진 것이다. 그녀 주변에는 지지해주는 사람이 없는 것 같았다.

그녀는 마치 자신을 예쁘게 비춰줄 예쁜 거울 없이 살고 있는 것과 다름없었다. 그녀 주변 사람들은 그녀의 장점보다는 단점을 더 크게 비춰주며 칭찬보다는 비판을 하기 바쁜 것이다. 무엇을 해도 "잘하고 있다"라는 피드백을 누구에게도 받지 못한 채 하루하루를 살다 보니 그녀가 그리는 자신의 모습은 못나고 약했다. 자아상을 예쁘고 탄탄하게 그리지 못할 때에는 부정적인 감정을 자주 느낄 수밖에 없다. 그래서 그녀에게는 그녀의 장점을 알아봐 주고 다른 관점을 제시해줄 좋은 거울이 필요했다.

타인은 우리를 비춰주는 거울이라 할 수 있다. 따라서 우리는 좋은 거울을 고르듯 좋은 관계를 선택할 필요가 있다. 우리는 무조건 예쁘게 비춰주는 것도, 일방적으로 밉게 비춰주는 것도 아닌, 내 모습을 있는 그대로 비춰주는 거울을 원한다. 그래야 스스로를 객관적으로 살피면서도 자신을 긍정할 수 있기 때문이다. 그런 것처럼 인간관계도 '있는 그대로의 나'를 비춰주는 관계가 좋을 것 같다. 가끔은 있는 그대로의 나보다 조금은 좋게 비춰주는 거울과 같은 그런 관계가 우리 모두에게 필요하다.

때론 주변 사람들이 예쁜 거울이 되어 우리를 비춰주지 않을 때도 있다. 그렇다고 좌절하며 자신에 대한 불만과 타인에 대한 원망의 감정을 안고만 있다면 예쁘고 긍정적인 나를 만날 가능성은 더 멀어진다. 그럴 때 우리는 스스로 예쁘고 건강한 거울을 찾기 위해 노력해야 한다. 또한, 모든 사람은 저마다의 경험과 취약성 그리고 다른 욕구와 불안 때문에 아무리 좋은 사람에게도 한계는 있다. 단 하나의 거울에만 비춰, 단 하나의 각도로만 자신을 보는 것도 좋지 않다. 다양한 관계 속에서 다양한 관점을 가진 사람들의 눈에 비친 내 모습을 볼 수 있을 때, 우리는 타인의 단편적인 반응에 흔들리지 않는 건강한 감정을 가질 수 있다.

비판과 기대에 집착하는 마음

정도의 차이는 있지만 우리는 모두 관계적이다. 다른 사람들과의 관계 속에서 힘을 얻고 영감을 받게 되므로, 다른 사람들의 평가에 어쩔 수 없이 귀를 기울이게 되고 마음을 쓰게 된다. 생각 없이 누군가가 한 말에 상처를 받기도 하고, 좋은 평가를 받기 위해 불가능해 보이는 일에 도전하기도 한다. 그럴 때 우리는 다른 사람의 비판과 기대에 마음을 열어두는 것이 필요하지만, 그렇다고 마음을 무방비로 열어놓을 필요는 없다. 진심과 정성, 관심이 담기지 않은 비판과 기대는 우리의 마음을 축나게 할 뿐이다. 울림이 있는 비판, 마음을 담은 기대가 아니라면 귀 기울이지 않아도 괜찮다. 지금은 어렵게 느껴질지 몰라도 시간이 갈수록 어떤 말에 귀 기울이고 마음을 열어야 하는지 구분할 수 있는 눈을 가지게 될 것이다. 오늘은 오늘 받아들일 수 있는 양만큼만 받아들이도록 하자.

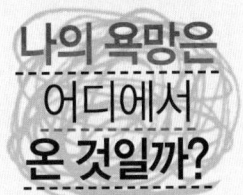

거울 이야기를 하다 보니 백설공주 이야기가 떠오르네요. 백설공주 속에 등장하는 여왕이 거울의 평가에 크게 흔들리고 휘둘리던 사람이었다는 사실이 꽤나 인상적이지 않나요? 그녀는 최고 미녀가 되고 싶다는 자신의 욕망을 실현하고 싶었지만, 자신이 왜 그런 욕망을 가지게 되었는지에 대한 성찰이 없었습니다. 또한, 그 욕망의 기준을 자기 자신이 아닌 거울의 평가에 두었지요. 반복적으로 거울에게 묻고, 또 물으며 거울의 평가를 기다린 것입니다. 그리고 이런 평가에 지나치게 연연한 나머지 백설공주를 해치려고 했지요.

이 이야기 속 왕비의 모습에서 타인의 반응에 영향을 받게 되는 우리의 모습을 볼 수 있습니다. 그녀처럼 내 욕망이 어디에서 왔는지 잘 살피고 성찰하지 않으면, 최고 미녀가 되고 싶은 내 욕망이 어디에서 왔는지도 모른 채, 타인의 반응에 끊임없이 일희일비할 가능성이 큽니다. 그리고 그 욕망에 흔들리고 결핍에 휘말린 순간 타인에 대한 질투와 시기심, 분노, 자신에 대한 불만과 실망, 세상에 대한 짜증과 갑갑함에 밀려 힘든 삶을 살게 됩니다. 그러니 자꾸만 거울을 보며 자문하거나, 다른 사람을 채근하며 묻지 마세요. 대신 나 자신에게 물으세요. '나는 무엇을 원하기에 이렇게 흔들리는가?'라고.

춥고
시린 마음

추워요

몇 년 전에 방영된 드라마 '태양의 여자'의 극중 여주인공은 마음이 힘들 때면 이렇게 말한다.

"추워요."

그렇게 말할 때 그녀는 정말 추워보였다. 몸이 추운 것이 아니라 마음이 추운 것이다. 마음이 쓰리고 아픈 그녀는 추울 수밖에 없다. 이런 추위는 그저 담요로 우리 몸을 덮는다고 해결되지도 않는다. 마음의 추위는 오로지 다른 한 사람의 따뜻한 온기로만 채워질 수 있기 때문이다.

유난히 추위를 많이 타는 나는 밖의 공기가 차가워져서 나도 모르게 '춥다'고 외칠 때마다 그녀가 생각났다. 태어나는 순간부터 부모님의 사랑에 목말랐지만 한 번도 따뜻한 사랑을 받아보지 못한 그녀는 얼마나 추웠을까?

폭신한 엄마가 좋아요

할로우라는 심리학자는 이런 실험을 했다. 그는 엄마가 없는 아기 원숭이들에게 두 종류의 엄마 모형을 만들어주었다. 한 원숭이 모형 엄마는 철사로 만들어진 것이었고, 다른 원숭이 모형 엄마는 폭신폭신한 천으로 만들어진 것이었다. 철사 원숭이 모형 엄마에게서는 젖이 나왔지만, 폭신한 모형 원숭이 엄마에게서는 젖이 나오지 않았다. 그 실험을 바탕으로 그는 두 종류의 엄마 모형에 대한 아기 원숭이들의 반응을 살폈다. 과연 원숭이들이 어떤 엄마를 선호할 것인가?

아기 원숭이들은 철사 엄마 대신 따뜻한 느낌을 주는 폭신한 엄마를 좋아했다. 아기들은 폭신한 엄마와 함께 대부분의 시간을 보냈다. 갓 태어난 아기 원숭이들은 생존을 위해 젖을 필요로 했지만 아기 원숭이들은 푹신한 엄마에게 젖이 나오지 않을 때에도 폭신한 엄마에게 안겨 있었다. 그들은 젖을 먹을 때만 빼고는 철사 엄마 옆에 붙어 있지를 않았고, 몸은 폭신한 엄마에게 붙어 있으면서 목만 쭉 빼서 철사 엄마의 젖을 빨기도 했다. 어떻게든 딱딱한 것은 멀리하고 부드러운 것에 필사적으로 매달려 있는 모습이었다.

철사 엄마의 젖이 부모님의 물질적인 지원을 의미한다면 폭신한 엄마의 감촉은 정서적인 안정감을 의미한다. 원숭이들이 생존을 위해 기본적으로 필요한 것은 젖이었겠지만, 어느 정도 필요한 젖을 먹고 나면 원숭이들은 폭신한 엄마의 곁에서 정서적인 안정감을 찾았고, 그 안에서 더 많은 시간을 보내기 원했다.

이런 아기 원숭이들의 행동은 우리에게 진정 필요한 것이 무언인지에 대한 대답을 해주는 것 같다. 아마도 우리에게 진정으로 필요한 것은 물질, 자원, 환경과 조건 그 이상일지도 모른다. 먹을 것이 풍족한 것만으로는 충분하지 않다. 우리는 따뜻한 정서적 교류를 필요로 한다. 편하게 내 마음을 나누고 펼치는 경험이 필요한 것이다.

우리가 궁극적으로는 원하는 것은 몸의 포만감이 아닌 마음의 따뜻함이다. 아무리 물질적으로 충분한 영양분을 준다고 해도 따뜻하게 안아주지 않으면 철사 엄마처럼 인기가 없다. 계절에 상관없이 찬바람이 쌩쌩 나는 삶의 시련을 견뎌야 하는 우리는 몸이 춥고 배가 고픈 것보다, 마음이 춥고 시려올 때 더 힘들어진다.

마음이 추워서 힘들었던 재은 씨

대학 졸업을 앞두고 있는 스물네 살의 재은 씨는 힘든 마음을 주체할 수 없어 상담실을 찾았다. 그녀의 상담신청서에 적힌 부모님 학력이 다른 사람들보다 도드라져 보였다. 두 분 모두 '박사 이상'이라 표시된 신청서에 대해 언급하자, 그녀는 한숨을 쉬었다. 아마도 부모님의 높은 학력이 그녀에게는 자랑이라기보다는 부담이 되는 눈치였다. 남들보다 뛰어난 성취를 이룬 부모님 밑에서 태어난다는 것은 한편으로는 축복이지만 또 한편으로는 재앙이다. 그들이 잘한 것만으로는 부모님 성에 차지 않을 것이다. 세상에 태어난 모든 자녀들이 그러하듯 태어날 때부터 기준은 부모님이다. 잘해도 더 잘해야만 할 것 같은 압박감이 그들을 따라다닌다.

그녀의 아버지는 명문대 교수님이었고, 어머니는 대기업 연구원이자 대학 강사였다. 어머니는 그녀를 임신하고 키울 때에도 쉬지 않고 학업과 커리어에 매진했을 정도로 자신의 일에 열성적이었다고 한다. 그녀가 성장하는 동안에도 그녀는 외국의 여러 나라를 돌아다니며 살았고, 바쁜 부모님과 함께 시간을 보낼 기회가 별로 없었다. 부모님은 학업과 커리어의 중요성을 강조하며 그녀를 '부족함 없이' 키웠다고 했다. 그렇게 그녀는 풍족한 집안에서 지적이며 엘리트 의식이 투철한 부모님의 방패막 속에 잘 자랐다. 그녀는 부모님이 제공한 교육적 세례를 한몸에 받았고, 또 이를 당연하게 생각하며 살았다.

"정말 부족함이 없이 모든 것이 가능했지요. 갖고 싶은 것을 마음껏 가질 수 있을 만큼 경제적으로 부유해서 학용품이나 문제집을 살 때도 고민하며 선택할 필요가 없었어요. 비용에 신경 쓸 필요없이 다 사면 되니까요. 초등학교 때부터 해외 연수와 여행도 많이 다녔지요. 정말 부모님이 해주실 수 있는 건 다해주신 건데 왜 이렇게 답답하고 억울한지 몰라요."

상담 초기에 그녀는 부모님이 다해주셨는데도 불구하고 부모님을 원망하게 되는 마음이 어디서 오는가를 모르겠다며 스스로를 자책했다. 그런데 자신의 마음을 찬찬히 돌아보면서 그녀는 그것이 사실이 아님을 알게 되었다. 모두 받은 것처럼 보이지만 정작 그녀가 원하는 것은 부모님으로부터 받을 수가 없었다는 것이다.

"재은 씨가 부모님께 원하는 것이 무엇이었을까요?"

"따뜻한 말 한마디, 그리고 괜찮다고 안아주시는 것, 그런 거요."

이 말을 하며 그녀는 많이 울었다. 부족한 것 없이 자랐는데도 왜 자신이 제대로 서지 못할 것 같이 막막한 마음이 드는가 싶었더니 정작 진정 원하는 것은 받지 못했다는 사실을 알게 된 것이다.

그녀가 진정 원했던 것은 따뜻하고 끈끈한 정이었다. 원하는 것은 받지 못했지만 물질적으로 많은 것을 받았기에 그만큼 잘해내야 한다는 생각에 늘 힘들었다.

따뜻하게 안아주세요

따뜻한 격려와 관심은 다른 어떤 물질적 조건보다 우리 마음에 단단한 심지를 심어준다. 그래서 어떤 작가는 이런 말을 했다고 하지 않는가?

"따뜻한 말 한마디로 나는 두 달을 버틸 수 있었다."

따뜻한 말을 듣고 싶어 하는 재은 씨의 마음을 전하기 위해 재은 씨의 어머니를 만나기로 했다. 바쁜 일정으로 짬을 내기 어렵다는 어머니와 겨우 약속을 잡고 마주 앉았는데, 그녀는 얼마 안 가서 눈물을 흘리신다. 어머니는 재은 씨가 어렸을 때 함께 시간을 보내주지 못한 것이 항상 미안해서 죄책감을 느꼈다고 한다. 그런데 재은 씨가 마음 약한 모습을 보일 때면 어머니의 마음이 힘들어서 더 채찍질하게 되었다고 했다.

"부족함 없이 다해줬는데도 왜 이리 힘들어하느냐며 닦달했던 것이 후회가 돼요. 마음을 받아주면 마음이 더 약해지지는 않을까 생각해서 받아주지 않았는데 앞으로는 따뜻하게 받아주고 자주 안아줘야겠어요"

단지, 표현이 어긋나거나 표현이 잘될 때가 있을 뿐, 세상의 모든 부모님 마음은 같다. 재은 씨의 어머니 역시 따뜻하게 안아주고 격려해주고 싶었지만 표현이 되지 않았을 뿐이다.

우리는 모두 따뜻함을 원한다

부모님과의 관계 속에서 갈등하는 사람들을 만날 때마다 공통적으로 발견되는 모습이 있다. 부모님은 자녀들이 몸 따뜻하고 배불리 먹고사는 안정적인 생활을 하도록 만들어주기 위해 노력한다. 그런 삶을 위해 필요한 물질적인 지원을 아낌없이 제공한다. 아마도 우리의 부모님들은 춥고 배고팠던 경험을 한 부모님 밑에 자라서 그 점이 강조되는 것인지도 모르겠다. 반면, 지금 이 시대의 자녀들은 의식주를 해결해주는 데에만 급급한 부모님보다는 마음의 다독임, 따뜻한 관심을 가져주는 부모님을 더 필요로 한다. 그들은 몸보다는 마음이 따뜻한 삶을 원한다. 아마도 자녀들은 추위와 배고픔으로 인한 신체적인 결핍을 경험하지 않은 세대이기 때문에 그런 것 같다.

밥을 든든히 먹는 것도 좋지만, 원숭이 실험에서 본 것처럼 어느 정도 배를 채울 수 있고 몸을 따뜻하게 할 수 있으면 우리는 마음의 따뜻한 온기를 얻는 것에 더 집중한다. 그리고 따뜻함을 마음속에 비축하고, 그 힘으로 어려운 삶의 과제를 극복해 나간다. 그래서인지 그냥 밥만 사주는 사람보다 따뜻한 말과 관심을 보여주는 사람이 우리에게 더 큰 힘을 준다.

사람은 누구나 따뜻한 소통을 원한다. 그런데 가끔 우리는 진정 중요한 것, 필요로 하는 것을 놓쳐버리고 부수적인 것을 따르려고 한다. 폭신한 모형 엄마를 더 선호한 아기 원숭이의 모습을 떠올리면 곁에 있는 사람에게 따뜻한 말과 눈빛, 포옹을 전하는 것이 얼마나 중요한가를 알게 된다. 그 순간 우리 마음속에는 다시 일어서려는 힘과 용기가 '적립'될 테니 말이다.

물질적인 것은 풍족하고 넉넉하고 넘치게 해주셨으나 부모님과 어떤 이야기를 나누기가 힘이 들었다고 말하는 사람들과 만날 때마다, 남자 친구의 조건은 좋지만 마음이 편하지는 않아서 어떻게 해야 할지 모르겠다는 사람을 만날 때마다 나는 폭신한 엄마 품에 폭 안겨 있던 아기 원숭이의 모습을 떠올린다. 따뜻한 마음을 나눌 수 있는 사람을 선택하고 또 누군가에게 그런 사람이 되어 주는 것보다 더 마음 든든한 일이 세상에 또 있을까?

　진정 물질적 풍요가 우리를 행복하게 해주는 중요한 조건이라면 이 세상의 많은 부자들이야말로 진정 행복한 사람일 것 같습니다. 그들의 생활에는 물질적 결핍이 없으니까요. 그런데 그것은 사실이 아닌가 봅니다. 부를 축적하고도 불행하게 사는 사람들, 아무것도 가진 것이 없어도 행복한 웃음을 짓는 사람들을 보게 되니까요.

　마음이 춥고 시릴 때에는 아무리 배가 부르고 등이 따뜻하고, 웃는 사람들 사이에 둘러싸여 있어도 행복하지 않습니다. 겉으로 보기에는 밝고 화려해 보이는데 불행하다고 말하는 사람들은 대부분 이런 '풍요 속 빈곤'을 경험합니다. 마음이 빈곤한 것이지요.

　물질적으로 풍족하고 아무리 많은 사람이 내 곁에 있어도 내 마음을 알아주고 다독여주는 사람이 한 명도 없다면, 우리의 마음은 춥고 시립니다.

　당신에게는 어떤 사람이 옆에 있나요? 딱히 그럴 이유도 없는데 어딘지 모르게 마음에 찬바람이 씽씽 부는 것만 같고, 으슬으슬 떨려와서 자신이 없어진다면 그건 따뜻한 사람과의 따뜻한 경험이 부족하기 때문입니다. 내 마음을 데워 줄 그런 사람을 만나세요.

감정 기복이
너무 큰 마음

상황을 극단적으로 받아들이게 돼요

올해 스물여덟 살인 민정 씨는 사람들과의 관계가 어렵다며 메일을 보내왔다. 그녀는 기분이 좋을 때는 날아갈 것같이 좋지만 금세 기분이 상해서 바닥을 친다고 했다. 그래서 잘 지내던 친구들과의 관계도 갑자기 끊게 되는 일이 잦다고 했다. 그다지 친하지 않은 사람과의 관계에서는 큰 문제가 없었지만, 자신과 조금이라도 가깝게 지내는 사람과의 관계에서는 감정 기복도 크고 쉽게 상처받았다.

최근에 그녀는 남자 친구와 헤어지면서 그런 자신의 문제를 보다 냉정하게 보게 되었다고 한다. 왜냐하면 남자 친구와 헤어지고 난 뒤 친구들에게 기대는 것도 어려웠기 때문이었다.

"힘들어서 친구에게 만나자고 전화했더니 만나기가 곤란하다는 거예요. 뭐, 그럴 수도 있지만 갑자기 너무 화가 나서 주체가 안 됐어요. 막 우울하기도 하고. 머리로는 어쩔 수 없는 걸 아는데도 이럴 때는 정말 섭섭해서 화가 나요."

그녀가 하는 이야기를 듣다 보니 상황을 극단적으로 받아들이는 면이 있는 것 같았다. 그녀는 사람들이 들어주기 힘든 상황에서 부탁을 하고 기대를 했다. 사람들이 이를 그대로 들어주지 않으면 마치 모든 기대가 충족되지 않은 것처럼 크게 섭섭해하고 분노했던 것이다. 친구들이 그저 위로의 마음을 전하는 것만으로는 충분한 위로가 되지 못했다. 그녀는 그들이 다른 일을 제쳐두고 자신을 만나주기를 바랐다. 그녀의 일상에서는 이런 일들이 자주 반복되었다. 그녀는 남자 친구와의 관계에서도 이 점 때문에 자주 싸웠다고 했다.

"제 요구를 다 들어주지 않으면 예전에 잘해줬던 것은 하나도 생각이 나지 않고 그냥 안 해준 것에 집착하게 돼요. 하나도 안 해줬다는 생각이 드는 거예요. 그래서 자주 싸웠죠."

그녀의 남자 친구는 그녀에게 "감당하기가 어렵다"는 말을 남기고 떠났고, 그녀는 친구들조차 자신을 감당하기 어려워하는 것이 아닌가 하는 생각에 괴로웠다고 했다.

민정 씨가 자신의 문제를 모르는 것은 아니었다. 그녀는 지금 친구들에게 드는 섭섭하고 화나는 마음이 이성적으로 생각해보면 억측이라는 것을 알고 있다. 남자 친구와 싸우고 난 후에도 항상 후회를 하곤 했었다. 그녀는 자신이 사람들에게 원하고 요구하는 것이 너무 일방적이라는 사실을 머리로는 알고 있었지만 마음을 조절하기가 어려웠다.

"그런데 그 순간이 되면 주체할 수 없으니 어쩌면 좋을까요? 진짜 그건 못해준다고 하면, '그럼 네가 해주는 게 뭐야!'라는 말이 저도 모르게 튀어나와요. 사실 객관적으로는 잘해주고 있다는 걸 알긴 하거든요."

그녀는 자신의 마음을 다잡기까지는 새로운 남자 친구를 사귀어도 좋은 결말이 나지 않을 것 같다며 일단은 친구들에게 그만 섭섭하고 화가 났으면 좋겠다고 했다. 그녀는 왜 그렇게 자신의 욕구가 '모두', '당장' 수용되지 않는 것 때문에 그토록 화가 나고 섭섭한 걸까? 그리고 그 마음을 어떻게 풀어나가면 좋을까?

비합리적 사고 패턴

그녀의 감정은 비합리적 사고 패턴의 영향을 많이 받고 있었다. 우리의 감정은 우리가 어떤 방식으로 생각하는가에 따라 영향을 받는다. 부정적인 감정은 비합리적인 사고 패턴의 영향으로 나타난다. '비합리적 사고 패턴'이란 말 그대로 합리적이지 않은 방식으로 생각하는 것에 굳어진 것을 의미한다. 이런 비합리적 사고 패턴은 우리의 감정에 부정적인 영향을 미치고 상황을 제대로 인식하기 어렵게 만든다. 이런 사고 패턴을 많이 가지고 있을수록 사람들과의 관계 속에서 쉽게 상처받고 자존감도 낮다.

비합리적 사고 패턴에는 여러 종류가 있다. 그 가운데 대표적인 것만 꼽아보자면 다음과 같다.

1. 성급한 일반화의 오류 : 작은 사건을 확대해석하는 것을 말한다. 예를 들어, 친구가 약속을 취소했을 때 그 친구가 나를 만나는 것을 싫어한다고 해석한다면, 우리는 감정적으로 힘들어진다.

2. 감정적 추론 : 합리적인 이유 때문이 아니라 자신의 느낌에 따라 결론을 도출하는 방식을 말한다. 예를 들어, 내가 기분이 나쁘기 때문에 무언가가 잘못된 것이라고 생각한다. 근거 없는 추론이기에 상황을 바라보거나 문제를 해결하는 데 도움이 되지 않는다.

3. 명명하기 : 스스로나 타인에게 고정적인 이름을 먼저 붙이고 난 후 상황을 해석하는 패턴을 말한다. 예를 들어, 스스로를 '실패자'라고 이름을 붙인 후에 자신의 모습을 살피는 것을 의미한다. 우리가 이런 사고 패턴에 갇혀 있을 때에는 무엇을 해도 '실패자'가 된 듯한 기분에 힘들어진다.

4. 재앙화 사고 : 합리적인 근거 없이 가까운 미래에 부정적인 사건이 발생할 수밖에 없다고 확신하는 것을 의미한다. 예를 들어, 약간 머리가 아픈 것에 대해서 큰 병에 걸린 것이 아닌지 안절부절못하게 되는 모습에서 재앙화 사고를 엿볼 수 있다. 다른 비합리적 사고와 마찬가지로 재앙화 사고 역시 근거 없이 부정적인 감정만 불러올 가능성이 크다.

그 외에도 비합리적 사고 패턴에는 다양한 모습이 있다. 그중 민정 씨는 '전부가 아니면 전무(all-or-nothing)'의 사고 패턴을 보인다. 이 사고 패턴은 '흑백 논리'라는 이름으로 불리기도 하고 이분법적 사고라 불리기도 한다. '전체, 전부, 모두, 항상, 당장'이 아니면 '전무, 아무것도 아닌 것, 없는 것, 안 되는 것, 실패'라고 판단하는 사고 패턴을 말한다. 그래서 그녀는 친구들이 전화로 위로해주고 다음에 만날 약속을 기약하거나, 남자 친구가 해주려고 노력했던 부분은 보지 못한 채 원했지만 이루어지지 않은 부분에만 집중한 것이다.

이런 사고를 고수하다 보면 관계 속에서 섭섭해하고 분노하고 우울해질 일은 많은 반면, 감사하고 감동하고 만족하고 위로를 받을 일은 적어진다. 또한 주변 사람들은 이런 사고를 가진 사람을 부담스러워하게 된다. 어떤 요구이든 당장 다 들어주기를 바라는 사람을 달래는 일은 쉽지 않기 때문이다. 누구든 각자 사정이 있고 뜻한 그대로 되지 않은 면이 있을 수밖에 없는데, 아무리 설명해도 그것을 집요하게 원하는 사람을 만나는 것처럼 기운 빠지고 부담스러운 일도 없다.

어떤 것도 0%이거나 100%처럼 딱 떨어지는 일은 없기 때문에 우리는 조금 더 다양한 스펙트럼의 사고 렌즈로 바라볼 필요가 있다. 원하는 것이 다 충족되지는 않는다고 해도 충분한 의미가 있으며, 세상에는 딱 정의 내리기 어려운 '어중간한' 범위가 훨씬 많기 때문이다.

무의식적이고 자동적인 사고를 의식화하는 것이 필요하다

비합리적인 사고 패턴 경향이 강할수록 부정적인 감정에 시달릴 가능성은 크다. 민정 씨는 자신의 비합리적 사고 패턴을 인식하고 이를 바로잡기 위해 노력해야 한다. 하지만 그 과정은 쉽지 않다. 우리의 사고는 대개 자동적이고 즉각적이며 빠른 속도로 스쳐 지나가기 때문이다. 예를 들어, 지금 전화벨이 울리고 전화기에 발신자 번호와 이름이 화면에 나타난다고 하자. 이를 지켜보는 1초도 안 되는 찰나의 순간 동안 우리의 마음을 살펴본다면, 우리는 얼마나 많은 생각을 단숨에 하게 되는지 알게 된다.

"이 시간에 이 사람이 왜 전화했지? 전에 전화했을 때 곤란한 부탁을 했었는데 이번에도 그런 부탁을 할지 몰라. 피하는 것이 좋지 않을까? 아니면 내가 피한다는 인상을 줘서 나중에 더 곤란해질 수도 있어. 어쨌거나, 이 사람은 상사니까 피하면 안 될 거야. 어쩔 수 없이 받아야 할 것 같긴 한데, 곤란한 부탁은 안 했으면 좋겠네."

단 1초 만에 이렇게 많은 생각이 꼬리에 꼬리를 물고 한꺼번에 떠오르게 될 수도 있다. 그러니 이렇게 빠르게 지나가는 우리의 사고를 바로잡기란 쉽지 않다. 더구나 감정적으로 힘들어진 이후에는 스스로 사고를 되짚어보고 판단하기가 더 힘들어진다. 그래도 우리는 너무 힘들어지기 전에 자신의 생각을 되짚어보고 바로잡는 연습을 할 필요가 있다. 자신의 사고를 의식화하는 연습을 하자는 것이다.

일단 사고를 의식화하는 연습을 하면 잘못된 길에 접어들기 전에 비합리적인 사고의 패턴에서 벗어날 수 있다. 잘 들여다보면 우리의 사고 체계는 그다지 견고하지 못하고 이런저런 허점투성이이다. 그 허점 때문에 우리의 감정은 오락가락 갈피를 못 잡게 된다. 허술한 우리의 비합리적인 사고 패턴을 바로잡아 보다 단단하고 현실적인 사고를 할 수 있어야 감정 역시 안정을 찾게 된다.

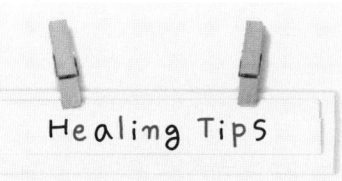

내가 나를 힘들게 하는 내 안의 숨은 신념과 관련해서 받았던 질문이 마음에 깊이 남았습니다. 몸이 자주 아프고 약해져서 힘들다는 이야기를 한참하고 있었는데 한 선생님이 이런 질문을 했습니다. "다른 사람이 같은 어려움을 겪게 된다면, 왜 그런 걸까요?"

처음에 그 질문을 들었을 때에는 아무런 감흥 없이 대답했습니다.

"글쎄요. 몸을 잘 챙기지 않아서 그러겠지요."

그분은 다시 저에게 같은 질문을 했습니다.

"그래요. 그럴 수도 있겠네요. 다시 한 번 질문을 할게요. 어떤 사람이 자주 몸이 아프고 약해지는 것 같은 느낌을 받는다면, 왜 그런 걸까요?"

처음에는 왜 같은 질문을 반복해서 하는 걸까 싶었습니다. 질문에 대한 대답이 그때마다 다르지 않을 거라고 생각했던 것이지요. 그런데 이런 질문과 이 질문에 대한 대답을 네 번 정도 주고받는 동안 저는 각각 다른 대답을 했고, 그에 대한 대답을 하는 동안 저는 마치 마음속 깊은 우물에서 바가지를 던져 물을 길어 올리는 것만 같은 기분이 들었습니다. 더 깊은 내면에 질문을 던지고, 더 힘주어 길어 올린 끝에 네 번째 대답을 하는 동안 '아, 이것이구나' 하고 공감할 수 있었습니다. 그렇게 저는 내 몸을 아프게 하고 약하게 하는 진짜 원인은 앞으로도 그 아픔이 계속될지도 모른다는 두려움에서 비롯된다는 사실을 알게 되었습니다.

짧은 순간이었지만 그 순간 저는 어려움 앞에 직면한 한 사람의 전진을 가로막는 것은, 다른 무엇도 아닌 한 사람의 마음속 깊은 우물에 잠겨 있는 암흑과도 같은 신념이라는 것을 깨닫게 되었습니다. 우리 마음은 단순하지 않기 때문에 여러 번 더 깊이 질문을 던지며 정말 그러한가를 물어야 합니다. 그리고 우리 마음속에서 우리를 흔드는 잘못된 신념을 깨야 합니다. 그러려면 우리가 어려움에 부딪쳐 있는 순간, 그 어려움에서 빠져 나오지 못하게 우리의 발목을 붙들고 있는 신념의 실체를 뚜렷이 직시해야 합니다.

그 후 저는 마음이 힘들어질 때마다 묻습니다. '어떤 사람이 나와 같은 상황에서 힘들어한다면, 왜 그런 걸까?' 적어도 네 번 정도는 같은 질문을 반복하며 마음의 우물에 바가지를 던져야 '아, 이거구나' 싶은 청명한 대답을 얻게 됩니다.

나도 모르게 욱하는 마음

욱하면 나만 손해

"나는 왜 이렇게 욱하는지 몰라, 욱하고 나면 다 내 손해인데."

본래 마음이 여리고 알고 보면 세심하지만 어느 순간 쉽게 흥분해서 자주 욱하는 친구를 만났다. 그녀는 욱하고 나서 후회하는 일이 잦았다. 욱해서 내뱉은 말실수와 행동 때문에 상사와의 사이가 틀어지기도 했고, 친구들과의 관계도 흔들릴 때가 잦았다.

가장 힘든 것은 자신이 '왜, 그때' 그런 반응을 보이게 되었는지 스스로가 이해할 수 없다는 것이었다. 욱하는 마음이 어디에서 온 감정인지 몰라도 실수를 깨닫기 전까지는 자신을 붙잡고 놓아주지 않으니 문제였다. 그러다 보면 그동안 쌓아왔던 좋은 이미지도 한순간에 와르르 무너지게 된다고 했다.

두 아이의 엄마라고 자신을 소개한 태영 씨는 역시 욱하는 성격을 고치고 싶다며 메일로 조언을 구했다. 그녀는 아이들을 키우면서 일을 하는 것도 만만치 않은데 요즘 들어 스트레스가 너무 많아서 견딜 수가 없다고 했다. 그래서 아이들이나 회사 동료, 남편, 시댁식구들에게 부정적인 기분이 담긴 말을 자신도 모르는 사이에 내뱉게 된다고 했다. 돌아서면 후회하고 자책하게 되지만 쉽게 고쳐지지 않는다는 것이다. 그리고 그녀를 가장 힘들게 하는 것은 자신이라고 했다.

그들처럼 욱하는 사람들은 모두 '욱하면 나만 손해'라는 말에 동의한다. 그리고 그 손해는 크게 네 가지로 정리할 수 있다. 첫 번째, 다른 사람과의 관계가 악화된다. 두 번째, 나의 진심을 타인에게 전하기 힘들어진다. 세 번째, 내가 나 자신을 통제하기가 어려워진다. 네 번째, 나 자신을 싫어하게 된다.

욱하는 사람일수록 이 점을 모두 잘 알고 있다. 그럼에도 그들의 욱하는 문제는 해결되지 않는다. 조금이라도 화가 나거나 마음이 안 좋아지면 욱해서 그 마음을 가감 없이 표현하는 데 익숙한 그녀들은 다른 사람뿐 아니라, 자신에게도 상처를 주며 살고 있어서 마음이 더 힘든 것 같았다.

욱하기 전에 알아야 할 두 가지 사실

욱해서 손해 보는 것은 비단 그녀들만의 문제가 아니다. 우리도 순간적으로 자신의 마음을 부정적이고 극단적으로 표현할 때가 있다. 사실은 A라고 말하고 싶었는데 나도 모르게 B라고 말하게 되고, 10만큼 화가 났는데 100만큼 표현한다. 그리고는 돌아서서 후회를 한다. '내가 왜 그랬을까'라고 여러 번 자문해보지만 쉽게 답을 찾기 어렵다. 이유를 알았다면 이렇게 욱해서 실수하는 습관을 갖게 되지 않았을지도 모른다. 그러니 우리가 하는 말과 행동에 통제감을 가지려면 욱할 때 자신의 마음을 잘 살펴보아야 한다. 그럴 때 알아야 할 두 가지 사실이 있다.

1. 욱하는 것은 뇌를 잘못 쓰기에 나타난다

우리의 뇌는 크게 세 겹으로 이루어졌다고 한다. 가장 안쪽에는 생명 중추인 파충류의 뇌이다. 생명과 직결되는 기능을 담당한다. 이를 감싸고 있는 뇌는 동물의 뇌 혹은 원시의 뇌라 불리는 감정적인 뇌(구뇌)이다. 이 뇌는 우리가 위험하고 위협적인 순간 재빠르게 이를 포착하고 싸울 것인지 피할 것인지를 결정한다. 그리고 가장 마지막으로 발달하며 상층부에 위치한 신포유류의 뇌(신뇌)가 있다. 이 뇌는 보다 고차원적인 사고와 판단력, 창조성을 담당한다.

뇌의 작용과 기능을 살펴보면 우리가 나중에 후회할 말을 내뱉거나 행동하는 것은 구뇌의 작용이라 할 수 있다. 구뇌는 심사숙고할 새가 없이 반사적이고 자동적으로 행동할 필요가 있는 일을 담당한다. 학자들은 구뇌가 지름길 역할을 한다고 한다. 위험한 순간 우리가 재빨리 행동해서 우리를 보호할 수 있는 것은 바로 이런 구뇌가 있기 때문이다.

태영 씨가 자신도 모르게 후회할 말과 행동을 하는 이유를 뇌의 기능에서 찾는다면 그녀가 위험이나 위협을 쉽게 지각하기 때문이 아닌가 싶다. 그녀는 반사적이고 자동적인 행동이 필요하지 않을 때조차 감정적인 구뇌에 자신을 맡기는 것 같다. 지금 당장 위험해서 행동할 필요가 있는 일이 아닐 때에도 위험이라 지각하여 생각할 겨를도 없이 행동부터 하고 보는 것이다.

학자들은 우리가 어떤 길을 자주 이용하다 보면 자신도 모르게 그 길로 가게 되듯 뇌도 자주 사용하다 보면 필요하지 않을 때조차 그 길로 접어들게 된다고 한다. 판단 없이 행동하는 일에 익숙해지는 것이다. 그러니 태영 씨는 자신이 왜 많은 상황을 즉각적인 행동이 필요한 위험이나 위협이라고 쉽게 인식하고 행동하게 되는지를 잘 돌아보고 구뇌보다는 신뇌에게 일을 맡길 필요가 있다.

고차원적인 감정 조절을 가능하게 해준다고 신뇌가 구뇌보다 더 낫다고 할 수는 없다. 왜냐하면, 신뇌는 사고와 판단을 필요로 하기 때문에 반사적이고 자동적인 행동이 필요한 순간 신뇌에 일을 맡기면 일처리가 늦어져 오히려 좋지 않은 결과를 얻게 된다. 반면, 심사숙고할 필요가 있는 활동은 신뇌에 결정을 내리고 행동할 필요가 있다. 상황에 맞춰 적절히 자신이 가진 기능을 이용하는 사람만이 진정 건강한 사람이라 할 수 있다.

2. 욱하는 것은 대상이 잘못될 때가 많다

별것도 아닌 일에 감정이 부글부글 올라올 때가 있다. 그리고는 전혀 예상치 못한 상황에서 욱하고는 뒤돌아서서 내가 왜 그랬을까 후회하는 것이다. 이럴 때 감정의 움직임은 미묘하고도 복잡해서 나 자신조차도 실마리를 찾기 힘들다. 그러다 보면 이런 순간에 다른 사람과 갈등하게 되고, 또 뜻하지 않게 상처를 주기도 한다.

이를테면 이런 상황이다. 하루 종일 이런저런 일로 불쾌하고 화가 날만한 상황들이 있었지만 그런 내 마음을 돌이켜볼 새도 없이 집으로 돌아오거나 남자 친구를 만났다. 그리고 엄마 또는 남자 친구와 사소한 대화를 주고받다가 감정이 상한다. 그들의 사소한 말 한마디가 세상에서 나를 가장 힘들게 하고 가장 화나게 하는 일인 것처럼 느껴진다. 순식간에 마음속 감정들이 제자리를 잡지 못해 뒤집히고 휘몰아치게 된다.

왜 다른 사람도 아닌 엄마나 남자 친구 앞에서 자주 그리고 격렬하게 욱하는 것일까? 그것은 그들이 애써 참고 억누르는 에너지 소모가 필요 없는 대상들이기에 그러하다. 그런데 문제는 이들이 우리에게 가장 만만하고 편한 대상들이라고 해도 이들 역시 사람인지라 상처를 받게 된다는 점이다. 그들이 우리의 반응을 액면 그대로 받아들인다면 문제가 커질 수 있다. 더구나 이렇게 욱하는 것이 버릇이 되다 보면 우리는 엄마나 남자 친구 이외에의 만만하면 안 되는 대상에게까지 욱하게 된다.

자주 욱한다는 것은 표현할 말을 그 대상에게 그때그때 하지 못한다는 뜻도 된다. 마음에 쌓인 게 많은 것이다. 그런데 이런 자신의 마음을 못 보고 그저 바로 앞에 있는 사람에게 감정을 풀다 보면 제대로 된 감정 표현이 되지 않을 뿐 아니라 우리를 가장 사랑해주는 사람에게 상처를 줄 수 있다. 그러니 욱하는 순간 그 대상이 잘못되었을 수 있다는 사실을 기억하고 진짜 이유가 어디 있는가를 잘 살피자.

수습할 기회는 있다

자주 욱하는 사람들이 가진 문제는 욱하는 데에 그치는 것이 아니다. 이들은 그 후에 자책하는 데에만 자신의 감정 에너지를 쓴 나머지 자신이 불러온 상황을 스스로 복구하고 수습할 에너지를 품지 못한다. 그러나 사람은 누구나 실수를 할 수 있다. 심한 말을 하고 돌아섰지만 그 말이 진심이 아니었다는 사실은 다른 누구보다도 내가 더 잘 알고 있다. 그렇다면 그저 '그러지 말걸' 하며 혼자 끙끙 앓는 것만으로는 부족하다. 상황을 예전처럼 완벽하게 돌리기는 어렵지만 아무것도 안 해서 다른 사람들에게 상처주고 오해를 사기보다는 늦게라도 제대로 된 진심을 표현하는 것이 더 좋다.

물이 가득 찬 컵에는 한두 방울의 물만 떨어뜨려도 물이 넘친다. 욱하는 사람의 마음도 이와 같다. 자주 욱하게 되는 것은 내 마음에 이미 해결되지 않은 부정적인 감정이 많이 차 있다는 것을 의미한다. 그리고 과거의 어떤 경험으로 인해서 중립적인 상황조차도 즉각적인 대처가 필요한 위협적으로 인식하는 마음이 있다는 것을 의미하기도 한다. 이를 그냥 넘기지 말고 자세히 눈여겨보자. 내 마음을 조금 더 이해하게 된다면 섣불리 표현하고 반사적으로 행동하기보다는 여유를 가지고 차분히 판단하는 신뇌의 기능을 강화시킬 수 있을 것이니 말이다.

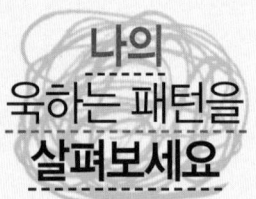

　사람마다 욱하는 순간이 다르겠지만 저는 누군가가 저에 대해 단정 짓는 말을 할 때면 저도 모르게 욱하게 됩니다. 그 말이 어떤 말이든 제 의도와 달리 제멋대로 해석하고 그것이 절대적인 진실인 듯 "그런 거잖아" 하는 누군가가 저를 가장 힘들게 합니다. 왜 그런가를 곰곰이 생각해보면 저는 다른 사람의 의도를 오해하지 않고 단정하지 않기 위해 많이 노력하고, 또 의도를 이해하려는 마음이 다른 사람보다 더 강한편이기에 그런 것 같습니다. 내가 노력하고 배려하는 만큼 타인에게 배려받지 못한다는 생각에 억울한 것이겠지요.

　항상 저의 의도가 통하기는 어렵고, 오해 없이 사는 것은 불가능하다는 것을 알기에 중요하지 않으면 그냥 지나가고 잊어버리려고 합니다. 하지만 어느 순간 괜한 언쟁과 감정 다툼에 휘말려 욱하고 또 욱하게 되는 자신을 발견하게 됩니다.

　여러분은 어떤 말을 들을 때, 어떤 상황 앞에서 욱하게 되나요? 욱하는 데에도 패턴이 있습니다. 내가 어떤 상황에서 욱하게 되고 또 욱하는 마음 밑에 깔린 마음의 욕구가 무엇인지 잘 알 필요가 있습니다. 그 모든 상황을 다 고민하고 내 마음을 파악한 후에라도 욱하는 것을 멈추기는 어렵습니다. 욱하기보다 욱 '안' 하기가 얼마나 어려운지요. 그래도 진정한 마음의 고수가 되려면 욱하는 뾰족한 마음을 잘 가다듬고 욱하는 데 쓸 에너지를 보다 건설적인 곳에 써야겠지요. 우리 마음의 길을 더 견고하고 아름답게 만들어가기 위해서 말이에요.

불편한 진실 앞에서 흔들리는 마음

진실이지만 믿기지 않는 마음

언젠가 드라마 〈섹스 앤더 시티〉를 보며 한참 웃었던 적이 있었다. 남자 친구들과의 관계가 지지부진해서 힘들어진 주인공 캐리는 친구의 추천으로 심리치료사를 찾아간다. 처음부터 심리치료의 필요성에 대해서 그리 탐탁지 않게 여겼지만 친구들에게 떠밀려서 상담을 받게 된 그녀는 심리치료사에게 이런 이야기를 듣게 된다.

"아마도 문제는 항상 잘못된 남자를 고르는 데 있는 게 아닌가 싶어요."

심리치료사는 그때까지 그녀가 남자들과 맺어온 관계에 한 가지 패턴이 발견된다는 점을 지적한다. 그녀가 애초부터 사랑에 대한 의지가 없고 사랑할 만한 여력이 없는 남자들에게 너무 쉽게 빠진다는 점이었다.

캐리는 이 말에 기분이 상해 코웃음을 친다. 그리고 '역시 여기 오는 게 아니었어'라고 생각하며 그곳을 나온다. 그런데 그녀는 대기실에서 같은 심리치료사를 찾아온 한 남자를 만나고는 그와 데이트를 한다. 그녀는 잘생긴 외모와 재치가 있는 그와 데이트를 하며, 자신을 구원해주고 이전 관계의 아픔을 치료해주는 것은 심리치료가 아니라 남자와의 짜릿한 데이트라고 결론을 내린다.

그녀는 그날 그와 함께 황홀하고 환상적인 밤을 보낸다. 그와의 섹스는 달콤했고, 다른 남자들과의 관계로 무너졌던 그녀의 자존심을 조금은 복구시켜주는 것처럼 느껴졌다. 섹스 후, 나란히 누워 있던 그녀는 심리치료사를 함께 비웃으며 갑자기 생각나서 그에게 물었다. 어떤 문제 때문에 심리치료를 받으러 갔느냐고 묻자 그는 대답한다.

"섹스만 하면 그 여자에게 흥미가 없어진다는 것."

그리고 그는 등을 돌려 누우며 그녀에게 건성으로 묻는다.

"넌?"

그녀는 천장을 올려다보며 허망하게 대답한다.

"항상 잘못된 남자와 엮인다는 것."

그녀의 문제는 역시 사랑을 줄 수 없는 남자에게 강렬하게 이끌리고, 제대로 된 탐색 없이 관계에 뛰어들게 되는 데서 비롯된 것이 맞았던 모양이다. 그녀는 그제야 자신에 대한 불편한 진실에 대해 생각해보기 시작한다.

심리치료사의 지적에 대한 캐리의 감정적 반응과 거부는 그녀만의 것이 아니다. 누군가가 우리가 보고 싶지 않고 듣고 싶지 않은 자신에 대한 진실을 이야기해준다면 우리 역시 캐리처럼 그 말에 귀를 기울이지 않을 것 같다. 그리고 그 말을 듣지 않기 위해 더욱 필사적으로 반박하려 할지 모른다. 우리는 자주 우리에게 중요하지만 쓰디쓸 수 있는 타인의 피드백을 감정적으로 받아들이고 만다. 좋은 말도 모두 잔소리처럼만 들려 한 귀로 듣고 한 귀로 흘리게 되는 것이다.

불편한 진실을 받아들여라

요즘 들어 TV 공개 오디션 프로그램이 많아졌다. 누구나 마음속 한 구석에 꿈을 키워가며 살고 있기에 꿈을 이룰 수 있게 기회를 주는 프로그램을 보며 쉽게 감동하고 동화되는 것 같다. 오디션 프로그램에 참여한 사람들은 자신의 재능을 세상에 내보이고 그에 대한 평가를 받는다. 그중 많은 사람들은 탈락하게 되지만 어떤 사람들은 프로그램이 진행되는 과정 중에 놀라운 발전을 보이며 자신의 꿈에 성큼 가까이 간다. 그 둘 간의 차이가 무엇일까?

재능이 모자라거나 노력이 부족해서, 혹은 다른 사정으로 다른 결과가 나오기도 하지만 여기에서 중요한 덕목으로 떠오르는 것이 바로 자신의 약점을 냉정하게 바라보고 이에 대한 타인의 평가를 겸허하게 수용하는가, 그리고 이를 극복하기 위해 노력하는가 그렇지 않은가이다.

한 분야에서 일가를 이룬 사람들을 살펴봐도 그와 같은 모습이 관찰

된다. 그들은 계속해서 세상에 자신을 내놓고 냉정하고 비판적인 피드백을 받으며 자신의 약점과 열등감을 강점과 실력으로 변환시키기 위해 노력한다. 이들은 자신이 못 보고 지나치는 점을 따끔하게 지적받고자 한다. 그래야 발전할 수 있기 때문이다.

이런 피드백을 받아들일 때에도 감정 조절은 필요하다. 어떤 사람들은 타인의 냉정한 평가에 크게 감정이 상해 무너지지만, 어떤 사람은 이를 감정적으로 받아들이지 않는다. 그들은 긍정적이든 부정적이든 자신에 대한 피드백을 적극적이고 열린 마음으로 수용한다.

피드백을 그저 감정적으로만 받아들이는 사람들은 피드백을 귀담아 듣지 않은 채 자신만의 방식을 고수한다. 이들은 특히 자신에 대한 부정적인 피드백에 마음이 닫혀 있다. 그리고 부정적인 피드백을 들으면 그저 감정적으로 반응하느라 그 의미를 곰곰이 생각해보지 못한다. 그러다 보면 자신의 능력을 제대로 가늠하지 못하고 자신을 성장시킬 수 있는 중요한 기회를 놓친다.

잘하기 위해 그저 열심히만 해서는 충분하지 않다. 우리에 대한 냉정한 평가와 불편한 진실도 적극적으로 수용해야 지금 하고 있는 일을 더 잘할 수 있게 된다.

기분 좋게만 하는 말에는 영양가가 없다

나에게도 이를 알려주는 중요한 경험이 있었다. 대학생들을 대상으로 한 '연애 특강' 자리에 초대되어 강연을 한 적이 있었다. 그때는 강의 경험이 많지 않았을 때여서 떨리는 마음으로 강연을 했는데, 준비한 만큼 하고자 했던 말을 잘 전하지 못한 것 같은 아쉬움도 있었다. 그날 많은 학생들이 강연을 열심히 들었고, 강연 후에 함께한 학생들과 저녁 식사를 했다. 강연을 들으며 깨달았던 점과 궁금했던 점, 그리고 강연에 대한 피드백을 들을 수 있도록 마련된 자리였다.

그 자리에 있던 모든 학생들이 차례로 강연이 얼마나 유익했던가를 이야기했다.

"연애 때문에 고민이 많았는데 정말 도움이 많이 됐습니다."

대부분이 이런 비슷한 이야기를 했고, 나는 그들에게 웃음을 지어 보이기는 했지만 어딘지 모르게 아쉬움이 남았다. 그때 한 남학생이 일어나 말했다.

"강연 내용은 좋았는데 솔직히 강연하시는 선생님의 목소리 톤이 너무 단조로워서 지루했습니다. 목소리에 강약과 빠르기를 조절하여 강의를 하셨으면 훨씬 재미있게 들었을 것 같아요."

그 남학생이 직설적으로 또박또박 말하는 순간에 듣고 있던 학생들의 표정이 경직되었다. 모두의 시선이 나와 그 학생에게 향했다. '잘 끝났는데 뭐 그렇게까지 이야기해서 분위기를 망치냐'는 눈빛이었다. 나는 나대로 정신이 번쩍 깨이는 느낌이었다.

한참의 시간이 지나서 이 글을 쓰고 있는 지금, 내 마음속에는 다른 학생들이 했던 긍정적이고 무난한 피드백은 전혀 남아 있지 않고, 용기 내어 나의 단점을 지적해주었던 그 남학생의 피드백이 목소리 톤까지 인상적으로 남아 있다. 그의 피드백은 나의 단점을 상기시켜준 분명 영양가 있는 지적이었기 때문이다. '좋은 게 좋은 거지' 하는 마음으로 좋은 말만 주고받게 된다면 그때는 기분이 좋을지 몰라도 더 나은 방식으로 성장하는 데에는 도움이 되지 않는다. 반면, 들을 때에는 언짢게 들려도 솔직한 피드백을 해준다면 나는 물론이고 상대의 성장에 도움이 된다.

피드백을 받아들이는 태도

내가 아는 한 선생님은 초보 상담 심리사 시절에 슈퍼바이저들에게 매일같이 냉정한 평가를 받았다(초보 상담자들은 상담 방향을 잘 설정하고 내담자들에게 더 나은 상담을 제공하기 위해 '슈퍼비전'이라는 이름으로 평가와 지도를 받는다). 그녀는 슈퍼비전이 끝나고 나면 퉁퉁 부은 눈으로 슈퍼바이저의 방을 나오곤 했다. 나 역시 같은 경험을 반복하던 시기였기에 그녀의 아픈 마음을 잘 알았다.

그녀는 "괜찮아?"라고 묻는 나에게 빨간 토끼눈으로 웃어 보였다.

"쓴 약이 몸에 좋다고 하잖아. 꼭꼭 씹어서 소화를 시켜야지."

그녀는 마음 아프게 하는 슈퍼바이저의 피드백에 감정적으로 대응하는 것이 아니라, 어떻게 하면 더 나은 상담자가 될 수 있을지를 보여주는 '지도'로 삼았다. 그녀의 그런 모습이 좋아 보였고, 나 역시 슈퍼비전이 끝난 뒤에도 누군가에게 혹독한 비판을 받을 때 그녀의 태도를 생각하게 되었다.

물론 어떤 피드백은 마음에 울림도 없고 도움도 안 되며, 그저 기분만 상하게 하는 피드백도 있다. 인터넷을 지저분하게 도배한 악플들과 같이 무의미하게 악의적인 편견만 드러내는 하나 마나 한 말들이 그러하다. 그런 말을 들을 때 기분이 상하는 것은 당연하지만 마음을 쓰지 말아야 한다. 그 말은 나에 대한 말이 아니라 그 사람의 꼬인 마음을 반영하는 말일 뿐이니 말이다. 그래서 피드백을 받아들이는 데에는 두 가지 정도의 기준이 필요한 것 같다. 하나는 '그 피드백을 받아들이면 나에게 도움이 되는가?'이고, 다른 하나는 '내가 그 피드백을 받아들일 준비가 되어 있는가?'이다.

  살다 보면 잡음도, 먹구름도, 흙탕물도 우리에게 다가온다. 나쁜 것은 저 스스로 알아서 떨어져 나가도록 그대로 두고 좋은 것만 꽉 붙잡자. 내 것이 아닌 것은 결국 제풀에 지쳐 나갈 것이다. 이에 마음을 쓰기보다는 내 마음에 울림이 되어 남는, 지금은 쓰더라도 받아들이고 나면 좋은 영양분이 되는 그런 피드백에 귀를 기울이자.

　우리에게는 앎의 특성에 따라 네 가지 부분이 존재한다고 합니다. 나도 알고 남도 아는 내 모습은 '밝은 영역'이라 부릅니다. 반면 남도 모르고 나도 모르는 내 모습은 '어두운 영역'이라 한다지요. 반면 '개인 영역'과 '눈 먼 영역'도 있습니다. 각각 나는 알지만 남이 모르는 부분과 남은 알지만 나는 모르는 부분을 말하지요.

　이런 분류는 우리를 겸손하게 만듭니다. 사실 우리는 내가 나를 가장 잘 안다고 생각하며 살고 있고, 또 그래야만 합니다. 하지만 남들에게는 빤히 보이는데 나에게는 보이지 않는 내 모습이 있습니다. 게다가 나에게는 분명한 사실이 남에게는 보이지 않을 수도 있다는 사실을 보여주는 영역도 있습니다. 그러니 우리는 겸허하고 열린 마음으로 타인의 이야기에 귀를 기울일 수 있어야 나에 대한 앎의 지평을 확장해나갈 수 있습니다.

　타인이 전하는 애정어린 피드백 속에는 분명 자기 이해를 바탕으로 한 더 큰 성장과 성숙을 예고하는 씨앗이 담겨져 있습니다. 아프게 들리는 말이라도 담담하게 받아들이고, 소화되지 않는 말이라도 꼭꼭 씹어서 내 것으로 만드는 태도가 필요합니다.

냉소적인 마음

감출 수 없는 냉소적인 마음

영국에서 교환학생으로 있던 시절, 방학 동안 이탈리아로 여행을 간 적이 있었다. 로마-피렌체-베네치아로 향하는 일정이었는데, 학기가 끝나고 이런저런 종강 파티에 참석하느라 여행 시작부터 나는 지쳐 있었다. 결국 여행 중에 몸살이 나서 콜로세움을 보는 대신, 로마의 민박집에 이틀 동안 누워 있어야 했다. 그리고 그 다음 날, 그 전날 아팠던 것을 만회하기 위해 나는 밤까지 로마의 거리를 걸었다.

그러다가 삐에로 분장을 하고 마임을 하는 한 남성 주변에 사람들이 둘러서 있는 모습을 보았다. 그는 막 공연을 시작하려던 찰나였는데 나는 잠깐 쉬고 싶은 마음에 그곳에 멈춰 섰다. 한참 동안 그의 공연에 시선을 두고 서 있는데 마임을 하던 남자가 갑자기 내 옆으로 왔다. 그리고는 팔짱을 끼고 표정 없는 얼굴로 서 있는 나를 지적했다. 물론 말이 아닌 몸짓으로 말이다. 그가 몸짓으로 하는 말이 분명하지는 않았지만 나는 그가 나에게 전하고 싶은 말이 무엇인지 단번에 알아들었다.

"그렇게 팔짱을 끼고 재미없는 얼굴로 여행을 다니면 쓰나? 더구나 내 공연인데. 마음을 활짝 열고 쇼를 기대해봐. 지금보다 더 멋진 삶이 네 앞에 펼쳐질 테니……."

그 많은 사람 중에서 뒷줄에 서 있는 내가 그의 시선에 걸렸다는 게 신기하고도 놀라웠다. 그에게는 그 자리에 있던 사람 중에 가장 냉소적이고 닫힌 마음으로 그의 쇼를 지켜보는 내가 보였나 보다. 그리고 단지 거리의 쇼를 바라보는 그 모습에서 삶에 대한 나의 태도를 유추할 수도 있었던 것이다.

그의 마음 속에 내 마음을 그대로 보여주는 메시지가 담겨 있어서 뜨끔했다. 그래, 그때 나는 좀 냉소적이었다. 그게 다른 사람에게는 안 비칠 것이라 생각했는데, 나를 처음 본 사람이라도 조금만 주의를 기울이면 다 보이던 감정이었나 보다.

의욕에 찬물을 끼얹는 냉소성

냉소성은 '그래 봤자야', '해봐도 안 될 게 뻔하지', '그게 뭐 어쨌다고?', '뭐 다를 게 있어?'라며 상황과 사람을 위에서 내려다보는 감정이다. 삶에 대해 냉소적일 때 우리는 마치 패배할 것이 뻔한 결과를 다 알고 있는 관중과 같은 모습을 하고 있다. 안 좋을 것을 다 알고 있으니 적극적일 필요가 없다는 것이다. 이런 태도에 물들어 있다 보면 우리는 삶이 축제일 수 있다는 것을 망각하게 된다. 그럴 때 우리 삶은 축제가 아닌 숙제처럼 느껴진다.

이런 냉소적인 태도는 전염성이 강하다는 데에 문제가 있다. 냉소적인 사람이 옆에 있으면 우리는 어떤 시도를 하기 전부터 기운이 빠진다. '자, 우리 이거 한 번 해보면 어떨까?' 하며 눈빛을 반짝이는 순간 '에이, 그거 해서 뭐해?'라며 찬물을 끼얹는 사람이 바로 냉소적인 사람이기 때문이다. 그 말에 할까 말까 고민하던 사람들도 이내 '그래, 하지 말자'라고 말하며 돌아설 것만 같다. 냉소성은 많은 사람들의 의지를 빼앗아 간다.

상처가 불러온 냉소적인 태도

한 여성이 우울증으로 상담실을 찾았다. 그녀는 최근에 사랑하던 사람에게 배신을 당하고 나서 어떤 것도 할 수 없을 것 같다고 했다. 누구나 이별과 배신의 아픔에 주저앉아 엉엉 울게 되는 순간이 있지만 그녀의 슬픔은 생각보다 오래갔다.

상담을 하면서 알게 된 사실은 그녀가 이 일을 겪기 훨씬 이전부터 삶과 사랑에 대해 냉소적이었다는 사실이었다. 그녀는 자신에게 좋은 일이 일어날 수 있으리라는 것을 믿지 않았다. 그래서 애인과의 관계에서도, 친구들과의 관계에서도 소극적이고 냉소적인 모습을 보였다. 친구들에게는 '너희는 필요할 때만 나를 찾는 거지'라는 마음을 품고 있었고, 남자 친구에게는 '결국 나를 떠날 거잖아'라는 마음이 있었다. 문제는 정말 친구들이 그녀를 피하고 남자 친구가 그녀를 배신했을 때 나타났다. 이제 그녀는 더 큰 냉소성에 자신을 묻어버린다. '결국 모두 나를 떠날 텐데 무슨 소용이 있겠어'라면서 말이다.

그녀가 왜 냉소적인 마음을 품게 되었는지 살펴본다면, 분명 그녀의 상처를 만나게 될 것이다. 태어날 때부터 세상에 대해 냉소적인 사람은 없다. 팔짱을 끼고 '어디 한번 해보시지' 하는 태도를 지닌 사람 중에 처음부터 그랬던 사람도, 그 태도가 본심인 사람도 없다. 그런데 자신의 의지와 욕구를 꺾어버리는 사건들을 삶 속에서 겹겹이 경험하고, 이 경험을 제대로 다독이지 못한 채 살다 보니 냉소성은 언제부턴가 그들의 마음에 뿌리 깊게 자리 잡는다.

그녀에게는 부모님의 태도가 중요했다. 어머니가 어렸을 때 사고로 돌아가셔서 그녀는 아버지와 남동생과 함께 살았다. 그녀의 아버지는 자상하고 좋은 사람이라는 이야기를 듣던 분이셨는데, 어머니가 돌아가신 뒤부터는 삶에 대한 의욕을 잃어버린 사람처럼 사셨다고 했다. 엎친 데 덮친 격으로 친구에게 사기를 당하면서 그녀의 아버지는 다시 일어서지 못하셨다. 항상 냉소적인 태도로 세상에 섞이기를 거부하셨고, 감정 조절을 못하고 사람들을 믿지 못하는 태도를 보였다고 했다.

그녀는 그런 아버지의 모습을 볼 때마다 자신이 왜 태어났는지 생각해야 했다. 그래도 성실했던 그녀는 현재 사회적으로는 남들이 부러워할 만한 위치에 있었지만 표정에는 늘 그늘이 져 있었고 태도도 언제나 냉소적이었다. 그녀는 행복하지 않았다. 아버지가 그랬듯이 그녀 역시 상처에 사로잡혀 있었고, 그 상처는 냉소적인 모습으로 나타나 그녀를 조종했던 것이다.

내 안의 냉소성과 싸우기, 싸워서 이기기

돌아보면 로마에서 팔짱을 끼고 마임 쇼를 보고 있던 나 역시 그녀와 비슷한 마음이었던 것 같다. 그녀처럼 뚜렷한 상처가 있었다기보다는 자잘한 일상의 상처들을 돌아볼 여유도 없고, 삶을 보다 넓게 바라볼 만큼 통찰도 부족한, 그저 치기어리고 감정적인 20대였으니 말이다. 그래서 나는 상처를 더 잘 받았고, 상처가 상처 인줄도 모르고 그저 마음에 쌓아두고 살아갔던 것 같다. 그때 나는 내가 냉소적인 줄도 모르고 다른 사람의 냉소성을 보면 눈을 크게 뜨고 마음속으로 냉정한 평가를 내렸다. 정작 나는 못 보고 남을 보며 이런저런 평가를 내리며 '안 된다'는 말을 하기 바빴던 것이다.

나의 냉소적인 태도를 지적받았던 그 로마의 밤 이후 나는 조금씩 내 안의 냉소성을 지워나갔다. 잘 안 될 게 뻔하다고, 다 안다고 단정 짓기보다는 일단 아무것도 모른다고 가정했다. 안 될지도 모른다는 말을 듣더라도 한번 해보겠다고 말하기 시작했고, 마음이 오만하고 뾰족해지려고 할 때마다 고개를 숙였다.

그러다 보니 냉소적인 사람들을 대하기도 훨씬 수월해졌다. 전에는 사람들이 나에게 조금이라도 냉소적인 모습을 보이면 견디기가 어려웠다. 아마도 이전에는 내 안에 꽉 들어찬 냉소적인 태도 때문에 이를 보여주는 사람들을 마주하는 것이 더 힘들었던 것 같다. 이제는 조금 더 참고 기다릴 수 있게 되었다. 그들이 냉소성을 벗고 진짜 상처를 이야기하기까지는 그렇지 않은 사람보다 더 많은 시간이 걸린다는 것을 알게 되었기 때문이다.

일상 곳곳에서 설득되기 어려운 냉소성으로 중무장한 사람들도 여럿 만났다. 처음에도 이들을 대하기가 어려웠지만 나는 냉소성에 점점 덜 흔들리고 덜 상처받게 되었다. 그들 앞에서는 내가 할 수 있는 만큼만 하고 크게 기대하지 않는 수밖에 별다른 방법이 없었다.

가장 큰 도전은 내 안의 냉소성과 싸우는 일이었다. 뭔가를 하려고 할 때마다 어디선가 이런 목소리가 들려올 때가 있다. "해봤자야", "그래서 어쨌다고?" 더 큰 도전을 할 때면 이 목소리들은 더 커졌고, 때론 이런 목소리의 기세에 눌려 한 발짝도 못 나갈 것 같은 두려움에 휩싸이기도 했다. 정말 이렇게 해서 뭘 어쩔까 하는 생각이 들 때가 많았다.

그때마다 나는 팔짱을 끼고 뒤로 물러나고 싶은 충동과 싸워야 했다. 그럴수록 더 열심히 팔을 벌리고 한 발짝 더 앞으로 나와야 했다. 냉소성과 싸우려면 더 열심히 더 적극적으로 사는 수밖에 다른 도리가 없었다.

생각해보면 우리는 여전히 매 순간 세상의 냉소성, 자기 안의 냉소성과 싸우고 있는 것 같다. 어렸을 때에는 다 안다고, 다 뻔하다고 생각해서 미리 마음을 닫고 냉소성으로 나를 무장했지만 점점 더 많이 알게 되면서 나는 알았다. 다 알아서 냉소적인 것이 아니라 아직 모르기에 냉소적이라는 것을.

지금 누군가가 냉소적인 눈빛으로 팔짱을 낀 채 세상을 그저 관망만 하고 있다면 그에게 다가가서 살며시 말해주고 싶다.

"아직 기대할 게 많은 세상, 축제처럼 즐겨요. 더 알게 되면 더 좋아하게 될 거예요"라고. 그날 로마의 밤거리에서 만났던 마임 예술가가 더 어렸기에 더 오만했고, 또 오만한 만큼 상처에 취약했던 나에게 온몸으로 말해주었듯이 말이다.

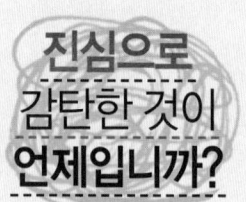

　어른이 될수록 이 세상의 많은 일에 감탄하는 일이 줄어드는 것 같습니다. 점점 거리를 둔 채 냉소적이고도 비판적인 태도를 취하기가 쉽지요. 반면, 아이들은 아주 많은 것에 감탄할 준비가 되어 있습니다. 특히, 세상을 처음 만난 아기는 이 세상과 황홀한 사랑에 빠진 것처럼 보이기도 합니다. 그들은 세상의 때가 묻지 않은 순순하고 호기심 어린 태도로 많은 것에 관심을 가지고 이런저런 자기만의 실험과 모험을 감행하지요. 아이들은 이렇게 감탄을 통해 자라고 또 행복해지는 것 같습니다.

　당신은 최근에 진심으로 감탄해본 적이 있습니까? 만약 이 질문에 대한 답이 바로 떠올랐다면, 그리고 최근에 감탄한 경험이 생생하다면 당신은 세포까지 젊은 사람입니다. 그런데 일상이 감탄 없이 흘러갔다면 당신은 냉소적이고 무미건조하게 일상을 살고 있을 가능성이 큽니다.

그럴수록 일상 속에서 감탄할만한 무언가를 찾아야 합니다. 그것이 어렵다면 감탄 잘하는 사람과 함께 시간을 보내세요. 아이들이 하루하루 무럭무럭 자라는 이유는 바로 감탄하기 때문입니다. 감탄하기를 멈출 때, 우리 삶은 무미건조해지고 성장 역시 멈추게 됩니다.

욕망 때문에
복잡한 마음

명품 가방 사주세요

나에게는 명품을 사고 싶은 욕망은 없다고 생각하며 살아왔다. 그래서 또래 여성들처럼 명품 가방에 관심도 없었고, 많은 돈을 들여 장만해야 할 만큼 멋진 아이템도 아니라고 생각했다. 생각 없이 추종하는 사람들을 보며 줏대가 없다고 속으로 살짝 비웃기도 했다. 그런데 시어머니가 결혼 선물로 무엇을 받고 싶은지 묻는 그 순간 내 입에서는 나조차도 전혀 생각지 못했던 이런 대답이 나왔다.

"어머님 저는요, 예쁜 명품 가방……."

집안 사정이 어려워서 예물을 해줄 수 없다는 말을 듣고 나서 오기가 발동해서 더 강하게 이야기했는지도 모른다. 대신 갖고 싶은 것을 한 가지만 이야기해보라고 말씀은 하셨지만 내 대답이 탐탁지 않으셨는지 어머니는 말끝을 흐리셨다.

"얘, 그거 나는 별로던데……."

고민하는 그 모습을 보며 나는 더 놀랐다. 말을 흘리기가 무섭게 지우고 싶었지만 엎지른 물처럼 이미 발설한 욕망은 온전히 주어 담지 못했다.

이틀 뒤에, 나는 시아버님의 전화를 받았다.

"안남아, 내가 돈 부쳐주마. 가방 좋은 걸로 사라."

어머니께 이야기를 들으신 것이다.

"아니에요. 괜찮아요."

"으이그, 바보! 이럴 때 못 이기는 척 받는 거야."

"진짜, 괜찮아요."

이렇게 전화로 옥신각신하다가 아버님은 결국 남편의 계좌로 돈을 보내주셨다. 가방을 사라고 주신 돈은 무려 200만 원. 그 전까지 확인해서 8만 원 하는 가방을 사본 것이 내 인생의 가장 비싼 가방이었는데, 갑자기 쥐어진 200만 원에 나는 얼떨떨했다. 그 후 전해들은 아버님의 말씀.

"걔가 그런 거 좋아하지도 않는데, 이럴 때 안 사주면 혼자서 사겠어? 우리가 사줘야지!"

넉넉하지 않은 살림인 것 뻔히 아는데 가방 사라고 이런 거금을 주신 아버님의 마음에 나는 감동해서 울컥했다. 그런데 소위 명품 가방이라는 것을 장만하기 위해 이것저것 알아보면서 나는 패닉 상태에 빠졌다.

내 눈에는 그다지 값있어 보이지도 않는 수많은 가방들이 200만 원, 혹은 그 이상의 가격 태그를 붙인 채 즐비해 있었다. 가방 가격을 전혀 모르고 있던 나는 확인을 할 때마다 눈을 크게 뜰 수밖에 없었다.

명품 가방은 그 브랜드와 종류 역시 다양했다. 마음에 드는 브랜드와 디자인, 가격대를 맞춰보기 위해 인터넷을 클릭하고 또 주변에 명품을 가지고 다니는 친구들에게 묻고 또 묻는 과정에서 나는 완전히 지쳐버렸다. 그러면서 알게 된 가장 충격적인 사실! 생각보다 많은 사람들이 엄청나게 비싼 가방을 들고 다니고 있었다. 거리의 한복판에서 몇백만 원 하는 가방을 당연한 듯 들고 다니는 젊은 여성들의 행렬을 본 나는 충격에 휩싸였다. 무엇이 명품이고 또 그 가방이 얼마 정도 하는지를 몰랐을 때에는 보이지 않았던 세상의 한 모습이 내 앞에 거대한 몸체를 드러내는 듯했다. 신발을 사려고 할 때에는 지나가는 사람들의 신발만 보이듯, 가방을 사려고 하자 다른 사람들의 가방이 눈에 들어왔다. 그러다 보니 명품에 대한 우리의 감정과 욕망이 도대체 무엇인가 싶었다.

스트레스를 주는 감정적인 충격과 혼란을 견디기 위해 내가 주로 쓰는 방어기제는 '지식화'였다. '지식화'란 이성적으로 설명하고 분석하고 해석함으로써 그 상황을 이해하는 방식을 의미한다. 그와 관련된 지식과 정보를 섭렵하고 분석해서 조금 더 체계화된 모습으로 상황을 정리하는 것이다. 예를 들어, 나는 감정적으로 압도당할 때 글을 쓰거나 책을 읽는다. 이성적으로 차분하게 설명할 수 있는 해석 방식을 찾는 것이다. 그렇게 떨어져서 남의 일인 듯 바라볼 수 있어야 나는 내 감정을 보다 쉽게 받아들일 수가 있었고 안심이 되었다.

명품 가방을 둘러싼 나와 타인의 욕망을 바라보며 내가 썼던 방어기제 역시 '지식화'에 가까웠다. 나는 명품을 둘러싼 심리학적, 철학적 담론을 담은 책들을 유심히 살피기 시작했다. 별로라고 말해왔으면서도 결정적인 순간 원한다고 말하는 내 마음의 본질이 무엇인지 이해하고 싶었기 때문이었다.

나는 명품 브랜드의 역사와 심리와 관련된 책들을 잡히는 대로 읽었고, 내친김에 백화점의 기원과 문화에 대한 글들도 찾아보았다. 그 후 정리한 명품을 둘러싼 우리의 욕망과 감정은 크게 세 가지로 정리할 수 있었다.

> 첫 번째, 남루한 현실 가리기용
> 두 번째, 귀한 몸 신드롬
> 세 번째, 하이클래스 소속에 대한 열망

전격 해부, 명품에 대한 욕망과 감정

일단 '남루한 현실 가리기용'으로서 명품을 바라보자. 삶은 녹록하지 않고 뜻대로 되지 않으며 심지어 남루해 보일 때도 있다. 그래서 자신의 삶이 마음에 들지 않을 때 우리는 그 마음을 가리고 싶은데, 다른 어떤 것보다 명품은 그 현실을 가장 효과적이고 멋지게 가려준다. 자신이 생각하는 현실의 모습이 마음에 들지 않을 때 이런 자신의 불만과 불안을 무마시키고 스스로를 위로하기 위해 더 화려하고 비싸고 멋진 것으로 자신을 치장하고 싶은 욕망이 생긴다. 우울할수록 화장대 앞에서 더 공들여 화장을 하게 되는 마음과 비슷한 마음일 것이다(물론 우울할수록 치장을 안 하는 사람들도 있기는 하다).

나 역시 그런 마음이었던 것 같다. 더 좋고, 더 번듯한 대접을 받고 싶은데 현실에서 이룰 수 없자 뜬금없이 "명품백 사주세요"라는 말이 튀어나왔다. 불만스런 현실에 대한 위로와 보상 그리고 땜질인 셈이다.

다른 하나는 '귀한 몸 신드롬'이다. 십 년 전쯤부터 불어온 웰빙 열풍과 함께 우리의 마음속에서는 나를 챙기는 지출이 필요하다는 인식이 강해졌다. 열심히 살고 있는 나를 귀하게 여기는 방식으로써 사람들은 명품 앞에서 기꺼이 지갑을 연다. 몸에 좋은 콩나물 한 봉지를 사는 것보다 명품 가방을 사는 것이 훨씬 더 나를 귀하게 여기는 것만 같은 착각이 든다는 것, 그리고 콩나물 값은 아까워서 깎으면서도 명품에 붙은 비현실적인 가격은 당연한 듯 여긴다는 것이다. 엄청난 모순과 역설이 우리 일상에는 이렇게 버젓이 존재한다.

셋째는 '하이클래스에 소속되고자 하는 열망'이다. 명품은 성공적이며 여유로운 삶을 살고 있음을 상징하는 기호로 인식된다. 명품 광고를 보면 명품을 획득하는 것은 소수의 사람만이 누릴 수 있는 특권처럼 포장되어 있다. 누구나 더 좋고 더 멋진 집단에 소속되고 성공하고자 하는 욕망을 품고 있기에 명품에 대한 욕망은 쉽게 사그라지지 않는 것이다.

위의 세 가지 욕망 이외에도 단순히 품질도 좋고 디자인도 검증되었으며 서비스가 좋아 A/S 걱정이 없다는 점을 거론할 사람이 있을지도 모른다. 하지만 명품에 대한 욕망과 명품을 둘러싼 감정이 현실적이기보다는 심리적인 면이 크다는 점은 분명하다.

현실의 크기에 맞춰 조정된 욕망

이렇게 글을 쓰고 보니 결혼 선물로 명품 가방을 받고 싶다고 말한 나의 욕망은 어디에서 왔는가 싶다. 그것은 저 세 가지 이유와 함께 잘 대접받고 싶은 마음이 아니었는가 싶다. 허례허식이라며 다 필요 없다고 말하긴 했지만, 그렇다고 어떤 선물도 못 받는 슬픈 신부가 되고 싶지 않은 마음, 앞으로도 내가 그런 대접을 받는다는 게 싫은 마음, 자존감이 자존심보다 더 중요하다고 주장하곤 했지만 그래도 때로는 자존심도 세워보고 싶은 마음, 그 모든 마음들의 총합으로 "명품백 갖고 싶어요"라는 말이 발설되지 않았겠는가?

그리하여 나는 우여곡절 끝에 값나가는 가방을 갖게 되었다. 온갖 지식화를 통해 내 욕망을 구석구석 살펴본 나는 결론적으로 내게 필요한 것은 명품백이 아니라는 것을 알게 되었지만, 꼭 필요한 것이 아니라도 내 삶의 남루한 부분을 가려주고, 나 자신을 귀하게 여겨주고, 또 때론 하이클래스에 소속된 것 같은 우쭐한 기분 역시 내 삶에 플러스가 되리라 믿었기 때문이었다.

그래도 너무 무리하지는 않았다. 친구들은 이참에 제대로 비싼 것을 사지 않으면 앞으로 결혼 후에는 나를 위해 물건을 사는 것이 힘들 것이라고 강력하게 이야기했지만 나는 알았다. 너무 비싸고 도도한 명품은 나에게 어울리지 않을뿐더러 까딱 잘못하면 가방이 나를 보조해주는 것이 아니라, 내가 가방을 모시고 다녀야 할 것 같았기 때문이다. 우리 욕망이 아무리 크다고 해도 현실의 크기에 맞춰 조정할 필요가 있지 않을까?

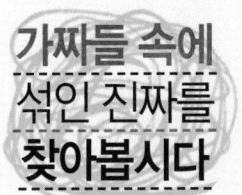

우리의 마음속 욕망을 '하고 싶다'라고 번역한다면 그 모든 '싶음'은 어디에서 온 것일까요? 내 마음속 깊은 곳에서 온 것인지, 타인이 우리에게 얹어놓은 것인지. 우리가 우리의 것이라 착각하는 것인지에 따라 욕망도 여러 이름을 가지게 됩니다. 우리는 욕망들을 거르고 또 걸러내어 가짜 욕망과 유사 욕망 사이에 섞인 진짜 욕망을 찾아 나서야겠지요.

그 다양한 욕망들 가운데 내가 진실로 욕망하는 것은 무엇일까요? 당신이 진실로 욕망하는 것은 무엇입니까?

제 안에서 출렁이는 많은 욕망을 살펴보면 애초부터 온전히 내 것이었던 욕망은 없다는 생각이 듭니다. 다만 지금까지 제가 만나왔던 다양한 사람들의 욕망이 섞이고 또 섞여 마치 본래부터 내 것이었던 것처럼 제 안에 자리 잡게 된 것이 아닌가 싶기도 합니다. 그럼에도 그 모든 욕망의 욕망을 모두 따라가다 보면 결국에는 사랑이라는 단어로 모이게 되는 것이 아닌가 싶기도 합니다. 사랑받고 싶고, 사랑하고 싶다는 그 본질적이고 근원적인 욕망을 실현시키고 싶기에 우리는 그와 연결되었다고 생각하는 다양한 욕망들에 자극받고 출렁이는 것이 아닐까요?

때론 진짜 욕망인 척하는 욕망이 많아서 그 본질을 잃게 될 때도 많은 것 같습니다. 우리는 언제나 가짜는 탈락시키고 진짜를 찾아야 합니다. 그 욕망을 좇는 여정은 삶이 지속되는 한 계속됩니다. 참된 욕망을 따르는 삶이야말로 진정 행복한 삶입니다.

버림받을까 봐 두려운 마음

그가 나를 버린 걸까요?

한 여자가 다리 수술을 앞둔 남자 친구를 병원에 데려다 주고 보호자 대기실에서 수술이 끝나기를 기다리고 있다. 그녀는 대기실에서 다른 환자의 보호자와 이야기를 나누기도 하고, 책을 읽기도 하면서 남자 친구의 수술이 끝나기를 기다린다. 그런데 수술이 끝날 시간이 지났는데도 남자 친구는 수술실에서 나오지 않는다. 초조해진 그녀는 병원 간호사에게 가서 확인을 한다. 그런데 이게 웬일인가. 병원 전산망에 남자 친구의 이름이 잡히지 않는다. 게다가 남자 친구 담당 의사는 오늘 휴진일이라고 한다.

남자 친구에게 나쁜 일이 생긴 것이라는 예감에 당황한 그녀는 병원 관리자까지 불러 남자 친구의 행방을 찾는다. 하지만 병원 전체를 다 뒤져도 남자 친구의 자취는 찾을 수가 없다. 대체 그녀의 남자 친구는 어디로 간 것일까?

배우 브리트니 머피의 유작이 되어버린 영화 〈어벤던드〉에 나오는 이야기이다. 영화는 제목 그대로 그녀가 버림받은 자인지 아닌지를 풀어나가는 과정을 그리고 있다. 병원 관계자들은 처음에는 남자 친구가 사라졌다는 그녀의 말을 믿고 그녀와 함께 수색 작업을 벌인다. 그리고 경찰까지 동원하지만 시간이 갈수록 그들은 그녀 말의 진의를 의심하기 시작한다.

"혹시 남자 친구가 헤어지고 싶은 마음에 거짓말을 한 것은 아닐까요?"
"그럴 리가 없어요. 그런 사람도 아니고, 우리 관계는 탄탄했거든요."
그녀는 단호하다.
"만난 지 얼마나 됐지요?"
"세 달이요."
"세 달이면 한 사람을 알기에 충분한 시간이 아니지요."

시간이 갈수록 그녀는 점점 궁지에 몰리고, 영화를 보고 있는 나 역시 어지럽고 혼란스러워지기 시작한다. 남자 친구에게 나쁜 일이 생긴 것이 틀림없다고 생각하고 병원 구석구석 돌아다니는 그녀의 절박한 모습 속에 다른 사연이 숨겨져 있는 게 아닌가 싶기도 하다. 그녀는 남자 친구가 자신을 버린 것이 아니냐는 사람들의 말에 완강히 저항하지만 이때부터 영화는 현실과 환상을 넘나드는 미스터리물이 된다.

그녀가 최근에 어머니를 잃었고 예전부터 우울증 약을 복용해왔다는 사실이 밝혀지면서 그녀 말이 사실인지 아닌지는 점점 모호해진다. 그녀 역시 남자 친구와의 관계에 대한 자신의 기억을 되짚어보기도 한다. 나의 일상의 공기처럼 함께 있던 누군가가 갑자기 사라질 때만큼 그에 대한 기억이 간절해지는 순간도 없다.

"그가 널 버린 것"이라 말하며 그녀의 말을 의심하는 사람들과 "그럴 리가 없다"며 절박한 몸짓으로 남자 친구를 찾아 헤매는 그녀의 팽팽한 접전을 보다 보니 관계가 깨어지고 버림받을 때 우리가 받는 감정적 상처에 대해 다시 한 번 생각해보게 되었다.

버림받음에 대한 두 개의 극단적 반응

이 세상 어떤 사람도 버림받는 상황에서 의연할 사람은 없다. 우리는 관계 속에서 버림받지 않기 위해 필사적으로 저항하고 관계 속에 있으면서도 관계가 깨어지면 어떡하나 고민하며, 혹시 모를 버림받음의 상처에 대비하며 누군가를 만나기도 한다. 관계는 우리에게 너무나 중요하고 좋은 탓에 역설적으로 우리를 그토록 안절부절못하게 만든다. 이럴 때 우리가 흔들리지 않으려고 노력해도 흔들릴 수밖에 없다.

그 흔들림이 두려운 사람에게 주로 나타나는 두 가지 모습이 있다. 하나는 버림받기 전에 먼저 버리는 것이고, 다른 하나는 버림받을까 봐 상대를 시험하는 것이다.

1. 먼저 버린다

《삼국지》 속에 등장하는 다양한 인물 가운데서 조조만큼 극단적인 평가를 받는 인물도 없다. 그는 명민했고, 자신의 권력을 획득하고 유지하고 확장해나갈 수 있는 방법이 무엇인지 본능적으로 알고 있었다. 수단과 방법을 가리지 않고 자신의 욕망을 실현시키기 위해 싸웠던 만큼 냉혹한 인물이기도 했다. 이런 그의 특성을 잘 보여주는 여러 편의 에피소드가 있지만, 그를 돌봐준 일가족을 몰살시키는 장면을 보면 그의 냉혹함이 강인함에서 나온 것이 아니라 버림받음을 두려워하는 나약함에서 나온 것이라는 사실을 알 수 있다.

한 장면에서 그는 자신을 거두어준 사람들이 자신의 편인지 아니면 적의 편인지 몰라 모호하고 혼란스러운 상황에 처했다. 다른 선택의 여지가 없다고 생각한 그는 인정사정 볼 것 없이 그들을 죽이는 쪽을 선택했다. 그런데 그곳을 빠져나오면서 그들이 자신의 편이며 자신을 잘 돌봐주려 했다는 것을 뒤늦게 알게 된다.

다른 사람이었다면 갈등했을 순간에도 가차 없이 몰살을 택했던 그는, 또 다른 사람이라면 통렬한 죄책감을 느꼈을 순간에도 스스로를 이렇게 합리화한다.

"세상이 나를 버리기 전에 내가 먼저 세상을 버린다."

이 말에는 먼저 버리고 처단하는 사람은 될지언정, 뒤늦게 버림받고 공격받는 사람은 되지 않을 것이라는 비장한 결의가 담겨져 있다. 이런 조조의 마음은 버림받기 전에 먼저 헤어지자고 말하고 이별을 고하는 사람들과 닮아 있다. 다음에 소개된 재인 씨의 마음을 보자.

재인 씨는 친구들 사이에서 '여왕벌'로 통한다. 예쁜 얼굴과 자신감 있는 태도를 가진 그녀는 많은 남자 친구를 만나왔지만 어느 한 사람도 진심을 담아 좋아해본 적이 없었다. 그러다 보니 어떤 관계든 석 달 이상 지속되기가 어려웠다. 그녀는 관계가 깊어질 무렵이면 아무런 문제가 없는데도 상대에게 먼저 헤어지자고 말했고, 현재 남자 친구와의 관계가 끝나기도 전에 다른 관계를 시작하기도 했다.

여자 친구들과의 관계 역시 척박하기는 마찬가지였다. 그녀의 친구들은 그녀를 질투하거나 선망하기는 했지만, 그 누구도 그녀의 진짜 속내를 알지는 못했다. 그녀가 버림받을까 봐 두려워 항상 마음의 문을 굳게 닫으며 관계를 수집하는 데에만 열을 내고 있었기 때문이다. 당당하고 도도한 얼굴 밑에 버림받을까 봐 두려워하는 여린 마음이 있다는 사실은 그녀 주변 사람들뿐 아니라 자신도 몰랐다.

이런 재인 씨의 마음은 《삼국지》 속 조조와 같다. 그들은 공통적으로 버림받음에 대한 두려움 때문에 마음의 문을 굳게 걸어 잠그고 있다. 겉으로 보기에 이들은 화려하거나 강해보일지 모른다. 허나 이들의 내면을 살펴보면, 사실은 자신의 연약한 면을 어느 누구에게도 내비칠 수 없을 만큼 약하다는 사실을 알 수 있다. 그러기에 그들은 두꺼운 방어의 벽을 쌓고 공격 당하기 전에 먼저 공격해야 한다고 생각한다. 방어하고 타인을 공격하는 데에만 에너지를 쓰느라 타인과 진실한 관계를 맺지 못하고 자신의 여린 진짜 감정을 만날 기회도 얻지 못한다.

2. 상대를 시험한다

버림받는 것에 민감한 사람들은 상대의 중립적인 행동마저 자신을 버리는 신호가 아닌지 지레 짐작하고 크게 불안해한다. 이들은 항상 안절부절못한다. 아직 상대는 떠나지 않았지만 그들의 감정은 버림받음의 상처를 강렬히 느꼈던 과거의 숲을 서성이고 있다.

또한, 이들은 아직 일어나지 않은 버림받음의 과정을 먼저 가서 경험하기도 한다. 객관적으로 관계가 안정적이라도 이들은 이미 마음속으로 여러 번 버림받는 장면을 상상했고, 그 아픈 상처를 느꼈고, 그 상처에서 벗어날 수 있는 방법을 연습했다. 그러다 보니 현재의 관계를 있는 그대로 받아들이기가 어렵다. 지금 관계가 충분히 평화롭고 행복해도 불안해한다. 사소한 단서 하나에도 최악의 시나리오를 상상하며 불안해하는 것이다.

이런 불안을 잠재우기 위해 이들은 상대의 마음을 반복적으로 확인하고 또 확인한다. 자신이 불안한 것을 상대의 모습에서 비롯된 것이라 생각하고 한 번 더 확인하고 확신의 말을 들어야 직성이 풀린다. 이런 예에 해당하는 진성 씨와 그의 여자 친구의 이야기를 들어보자.

올해 스물한 살인 진성 씨는 한 살 어린 여자 친구와의 반복된 다툼에 지쳐가고 있다고 말한다. 그의 여자 친구는 그가 자주 연락해주고 만나주기를 바라지만 뜻대로 되지 않을 때 그를 심하게 비난한다. 그는 여자 친구의 마음을 이해하고 자신도 스스로가 무심한 편이라고 생각하기는 하지만 중요한 일을 하느라 전화를 못 받을 때조차 예민하게 반응하는 여자 친구가 점점 불편하다. 그런데 불편해하는 그의 반응에 여자 친구는 더 상처받는다. 그는 그의 관계가 마치 끝나지 않은 줄다리기처럼 느껴진다고 말한다.

이런 관계 속 줄다리기는 그가 시간이나 상황을 따지지 않고 무리를 해서라도 여자 친구의 집 앞으로 가서 사과를 해야 끝이 난다고 했다. 막상 얼굴을 보고 이야기를 하면 감정이 풀리는 것 같기는 하지만 그러기까지 감정 소모를 많이 해야 한다. 그래서 그는 관계 속에서 점점 지쳐간다. 전화를 못 받은 일로 크게 싸우고 헤어지기를 여러 번, 그는 이제 정말 이별을 해야 하는 것은 아닌지 고민한다.

 진성 씨의 여자 친구가 연락에 예민해지는 이유는 그녀가 과거에 같은 방식으로 버림받은 적이 있기 때문이었다. 공교롭게도 그녀가 과거에 만났던 두 명의 남자 친구는 모두 정식으로 이별을 고하지 않고 연락을 피하는 방식으로 그녀와 이별을 했고, 그중 한 명은 그녀를 만나는 동안 그녀의 친구와 만나기도 했었다. 그래서인지 그녀에게 버림받음의 상처는 다른 사람들보다 더 깊게 다가왔고, 또 그랬기에 그녀는 진성 씨와 연락이 안 될 때마다 과거의 상처가 생각나서 괴로웠다.

 연락이 안 될 때 그녀가 느끼는 고통은 상상을 초월할 만큼 크다. 이는 마치 엄마가 눈에 보이지 않을 때 온 행동으로 불안을 표현하는 아이의 마음과 같은 것이다. 과거의 관계가 그녀에게 안정감을 주지 못했고, 우리의 감정에는 시간 감각이 없기 때문에 그녀는 진성 씨와 연락이 닿지 않을 때마다 과거의 상처받은 그 감정으로 돌아가는 것만 같다. 그래서 그녀는 최악을 상상하며 안절부절못하는 것이다.

 자주 확인하고 싶어 하는 여자 친구의 마음은 지금 현재 그의 관계나 그의 사랑에서 비롯된 것이 아니라 과거의 버림받아 상처받은 마음에서 비롯된 것이다. 그래서 상처받은 경험이 있는 그녀에게는 남보다 더 큰 안정과 확신을 주는 말과 행동이 분명 필요하다. 하지만 과거의 감정이 현재의 관계에 영향을 미치고 있다는 사실을 인식하지 못한 채 현재 내 앞에 있는 사람에게 자신의 불안한 마음을 전가시킨다면 그 관계에는 반복되는 싸움만 일어날 것이다. 진성 씨는 나름대로 여자 친구의 마음을 이해해주기 위해 노력해야겠지만, 더 큰 노력이 필요한 사람은 진성 씨의 여자 친구이다. 버림받을까 봐 불안한 마음을 잘 알아봐줘야 할 사람은 상대가 아닌 나 자신이기 때문이다.

버림받음이 아닌 관계 맺기에 집중하기

살면서 우리는 여러 차례 버림받게 된다. 애착하는 마음을 그만 접어야 하는 시기를 여러 차례 거치며 상실과 이별 연습을 반복하게 된다. 매일같이 새로운 만남을 하는 만큼 또 그만큼의 이별이 우리 일상 곳곳에 좌표처럼 서 있다. 그 좌표는 무시하기 어려울 정도로 또렷하고 또 익숙해질 만하면서도 결코 익숙해지지 않는 모습을 하고 있다. 이별은 무거운 숙제이고 여러 번 버림받았으면서도 우리가 버림받음과 이별에 익숙해질 수 없다는 것을 아프고 나서야 알게 해준다. 아마 지금보다 열 살, 스무 살을 더 먹는다고 해도 이별이 아픈 건 어쩔 수 없다.

앞서 버림받음이라는 사건이 불러온 예리한 아픔과 상처에 대응하는 두 가지 잘못된 대처 방식을 이야기했었다. 우리는 이 두 방식 모두 버림받았던 우리의 과거 상처를 드러내는 동시에 그 상처를 더 깊게 하는 방식이라는 사실을 알 수 있다. 헤어지자는 말을 들을까 봐 먼저 헤어지자고 말하는 것도, 버림받기도 전에 마치 버림받은 듯 행동하는 것도, 버림받고 싶지 않은 우리의 진짜 마음과 욕구를 반영하고 충족시켜주지는 않는다.

  우리가 할 수 있는 일은 다만 현재에 더 충실해지는 것밖에는 없다. 우리가 진정 마음 써야 할 부분은 '버림받음'이 아닌 '관계 맺기'인 것이다. 그러는 와중에도 여러 사람이 우리를 버릴지 모른다. 그중 어떤 이별은 우리의 감정만이 아니라 우리의 존재 자체를 무너뜨릴 만큼 강력할지도 모른다. 하지만 그건 그때가 닥치면 해결할 일, 여러 번 이별을 하고 버림을 받았음에도 아직 건재한 우리다. 지레짐작하고 미리 불안해하는 대신 사랑하는 사람에게 나의 진심을 담아 다가가자.

    옛 물건을 버리지 못하는 습성을 지녔다고 고백하는 사람들을 여럿 만난 적이 있습니다. 쓸모없어진 물건에 마음이 가서 버려야 할 순간이 와도 버리지 못한다는 겁니다. 어떤 친구는 예전에 쓰던 노트를 버리지 못한다고 했고, 또 어떤 친구는 너덜너덜해진 물건들을 쌓아두느라 새로운 물건을 들일 자리가 없다고도 이야기합니다. 책상 서랍을 열어볼 때마다 미련 때문에 치우지 못한 물건들이 많은 걸 보면 저도 그 친구들과 크게 다르지 않습니다.

    그런 이야기를 듣거나 '미련'이라는 감정이 붙어버려야 하는 버리지 못하는 물건들을 볼 때면 저는 '미련' 이외에도 우리가 물건들에 버림받을까 봐 두려워하는 마음을 투영시키고 있는 것이 아닌가 싶기도 합니다. 보통 우리가 당하고 싶지 않은 것을 다른 사람에게 안 하려 하잖아요. 버림받는 것이 두려울 때 쉽게 버리지도 못합니다.

    그런데 '버리고 버림받는' 행위 없이 잘 굴러가는 삶은 없는 것 같습니다. 버림으로써 새 것을 얻고 버림받음으로써 새로운 관계가 형성되는 것인데, 한 상태에 머물러 있겠다고 고집스럽게 잡고 있어서는 안 된다는 것이죠. 물건도 물건이지만 관계에서는 이 순환 법칙이 더 중요하게 작용하는 것 같습니다. 그러니 이제 그만 놓아줍시다. 놓으세요. 잘 버릴 수 있어야 잘 얻을 수 있습니다.

사람을 만나도
허전한 마음

친구를 만나고도 헛헛한 날

작정하고 친구들 모임에 나갔다. 작정하고 나갔다는 것은 오랫동안 그 관계를 소홀히 한 것 같은 생각에 약간의 미안함, 그리고 약간의 설렘을 안고 약속 장소에 나갔다는 의미이다. 오랜만에 만난 친구들과 즐거운 시간을 보낼 수 있었다. 그런데 집으로 돌아오는 길에 왠지 모르게 허전한 마음이 들었다. '오늘 맛있는 것을 먹고 오랜만에 반가운 사람들도 만났는데 왜 이리 허전할까?' 헛헛한 마음에 괜히 다른 친구에게 연락을 하고 그 친구와 만날 약속을 잡으며, 나는 내가 왜 이런 마음이 드는가를 알았다. 오늘 친구들과의 만남 속에서 내가 정말 하고 싶은 이야기를 하지 못했고, 또 내가 정말 듣고 싶었던 이야기를 듣지 못했기 때문이었다.

오랜만에 만난 친구들인 만큼 우리는 각자의 일상에 대해 잘 몰랐고, 또 하는 일도 제각각이라서 공통점을 찾기가 어려웠다. 우리들의 대화는 표면적인 이야기를 반복하다가 끝이 났다. 그 나름의 의미도 있었지만 내가 관계 속에서 원하는 것은 표면적인 대화가 아니라 그 이상이었다. 그렇게 허전하고 헛헛한 마음에 만날 약속을 잡게 되고 보고 싶어지는 친구는 그런 내 마음을 자세히 말하지 않아도 금방 이해하고 내가 듣고 싶어 하는 그런 이야기를 해줄 수 있는 친구였다.

몸속에 비타민이 부족할 때에는 나도 모르게 비타민을 찾게 되는 것처럼 친구의 위로와 공감이 필요할 때에는 딱 그것을 줄 수 있는 그런 친구를 만나야 마음이 꽉 찬다. 여럿이 함께 만나는 오래간만의 모임에서는 이런 마음이 충족될 수가 없었다. 그래서 나는 많은 시간을 함께 보내고 나서도 뭔가를 잃어버린 듯 마음이 허했고, 허한 마음을 채울 수 있는 다른 친구와의 만남을 기다리게 된 것이다.

머리 커서 만난 친구가 더 좋기도 하더라, 마음만 맞으면

대학에 들어갈 때만 해도 '머리 커서 만난 친구는 어릴 적에 만난 친구만큼 친밀하기 어렵다'는 말을 되새기며 씁쓸해했다. 그런데 사회생활을 하다 보니 그 마음은 또 반전을 맞았다. 이제는 내 일상과 비슷한 일상을 살고 있고, 그러기에 지금의 나를 설명하는 데에 에너지를 쏠 필요가 없는 '머리 커서 만난' 사람들이 더 좋기도 하다. 나이를 더 먹으면 생각이 달라질지 몰라도 지금은 같은 꿈과 비전을 나눌 수 있는 친구가 아니면 만날 때마다 어딘지 허전하고 오히려 지치는 느낌을 받게 되기도 한다. 나만 그런가 해서 다른 친구들에게 물으니 그들 역시 고개를 끄덕인다. 그리고 그들과 이야기를 나눠본 결과, 나는 단지 이 마음이 '머리 크기 전에 만난 친구 VS 머리 크고 난 후 만난 친구'의 구도가 아니라는 것도 알게 되었다. '감정적으로 채워지는 만남인가, 비워지는 만남인가'는 '유사성 그리고 유사성을 공유하고자 하는 의지'에서 나왔다.

상대가 나와 같은 공감대를 형성하고 있거나 나의 관심사에 대한 호기심과 관심이 없으면 대화는 겉돌기 쉬웠다. 나와의 공통점이 없으면 아무리 많은 대화를 해도 마음이 헛헛한 것이다. 그래서 많은 사람들은 친해지고 싶을 때 자신과 비슷한 점이 무엇인가를 찾고 이를 강조하려 하는 것 같다. 같은 고향, 같은 환경과 교육 배경, 같은 관심사, 같은 비전, 같은 생활 방식을 가진 사람에게 더 안정감을 느끼고 끌리게 되는 것이다. 서로 사랑하는 사람이 닮아 있는 것도, 사실은 애초부터 자신과 닮은 사람에게 끌리는 마음의 작용 때문이 아니겠는가.

나의 친구 중 한 명은 언젠가부터 연락도 없이 친구들 모임에 나오지 않는다. 나중에 건너서 듣게 된 이야기는 "더 이상 너희랑 나랑은 공감대가 없는 것 같아"였다. 예전 같으면 그 말에 충격이나 상처를 받았을지도 모르지만 '그렇겠다' 싶기도 했다. 나 역시 공감대를 찾지 못하는 모임과 만남에 회의를 느끼고 있었고, 그런 만남을 애써 유지하는 데 너무 많은 에너지를 들일 수가 없었기 때문이다.

달라진 관계, 받아들여야지 별수 있나

처음에는 나도 이렇게 달라지는 관계의 모습에 허한 마음, 씁쓸한 마음을 안고 관계를 냉소적으로 바라보기도 하고, 누군가에게 섭섭하다고 이야기하기도 했다. 또 그 이야기를 상대에게 직접 할 수 없으면 내 이야기를 들어주는 다른 사람에게 온 마음을 담아 "어쩜 그러니?"라고 이야기하기도 했다. 그런데 생각해보면 이렇게 달라지는 관계 양상이 감지되는 그런 순간마다 내가 열을 낸다면, 아마도 나는 매일같이 평온함을 유지하기 어려울 것 같다. 너무 많은 것, 불가능한 것을 기대한 이유로 매일같이 실망할 테니 말이다.

생각해보면 사람은 달라질 수밖에 없고 나 역시 시시각각으로 변신 중이다. 그러니 내가 몸담고 있는 관계의 모습 역시 변할 수밖에 없지 않은가. 공감대를 가졌던 사람을 잃게 될 수도, 공감대를 가진 사람을 얻게 될 수도 있지 않을까? 오늘은 이런 공통분모로 너와 나를 엮었던 친근한 감정이 내일이면 달아나지 않을까? 혹은 다른 공통분모로 너와 나를 엮게 되지 않을까?

아마도 내가 걱정하고 실망해야 할 관계는 지금 공감대가 없는 사람과의 관계라기보다는 나와 공감대를 형성하고자 하는 의지가 전혀 보이지 않는 그런 사람과의 관계에만 한정된 것일 것이다. 그런 관계의 헛헛함을 탓하기 전에 나는 그 사람의 관심사에 대해 얼마나 알아봐주기 위해 노력했는가를 먼저 살펴야 할 때가 필요할지도 모른다. 그리고 아무리 노력해보았지만 그저 헛헛하기만 한 관계라면 그 감정을 잘 다독이며 일어나야 할 것이다.

　우리가 세상에 태어난 이후부터 지금까지 몸 담아온 모든 집단은 유사성에 기대어 형성되고 만들어졌습니다. 유사성이 기초가 되지만 물론 다양성과 차이도 많을 것입니다. 그리고 우리가 품고 있는 이상과 비전을 따라가는 과정에서 관계는 조금씩 달라질 수밖에 없습니다. 친하다고 생각했던 사람과 멀어질 수도 있고, 멀게 느껴졌던 사람과 친밀해질 수도 있습니다. 그리고 최근에 알게 된 사람이 가장 편하게 느껴지기도 합니다.

　달라지는 관계의 양상에 자주 출렁이며 마음 쓰게 된다면 관계가 고정적인 것이 아니라 유동적이라는 것을 깨달아야 합니다. 관계가 달라진다는 것은 이상과 관심사가 달라진다는 것을 의미한다고 생각하고 이를 긍정적으로 받아들여야 합니다. 대신 나와 닮은 점이 많아서 공유할 수 있는 친구, 헛헛할 때 이를 나눌 수 있는 나와 닮은 친구가 있는지 자주 주위를 살펴보세요.

우리의 관계가 달라진다는 것은 곧 우리가 성장하고 있다는 것이기도 합니다. 지금 이 관계가 좋아도 우리가 어떤 길을 가게 되는가에 따라 관계는 진화되거나 멸종합니다. 이를 편안하게 받아들이지 못하면 사람들을 만나면서 자주 실망하고 헛헛해할 것입니다. 그래서 오랜만에 만난 친구들과 많은 이야기를 나누고도 헛헛한 마음을 느꼈던 그 어느 밤처럼, 내 마음을 채워줄 다른 친구와의 만남을 기다리게 됩니다. 굳이 입이 아프게 부연 설명을 붙이지 않아도 나에게 온 마음의 귀를 기울이며 고개를 끄덕여줄 그런 누군가 말입니다.

안 착한 마음

착한 여자 컴플렉스

지은은 '착한 여자'였다. 어렸을 때부터 어른을 공경하는 마음이 깊었고, 친구들 사이에서도 먼저 배려하는 모습이 돋보였다. 무엇이든 열심히 하려고 애썼고 그만큼 인정도 많이 받았다. 그런데 그녀가 최근에 한숨과 함께 이런 고백을 했다.

"난 내가 그렇게 착한 사람이 아니란 걸 이제야 알겠어."

그 애는 자신의 마음속을 부유하는 부정적인 감정과 나쁜 생각 때문에 괴롭다고 했다. 이전에는 애써서 누르고 지우는 것이 가능했던 것 같고, 누구보다 착하게 살려고 애썼던 것 같은데 이제는 그 힘이 달리는 것 같다고 했다. 자신도 모르게 다른 사람들에 대해 악랄하고 독한 마음을 품는 자신의 모습에 스스로 놀랐다고 했다.

나는 그 이야기를 들으면서 잊고 있던 한 장면이 떠올랐다. 그 장면 속에서 나는 지은과 함께 단둘이 버스를 타고 시내에 나갔다가 집으로 돌아가고 있다. 버스 안에는 사람이 많았는데 우연치 않게 내 앞에 자리가 났다. 지치고 힘들었던 내가 자리에 앉으려는데 친구가 말도 없이 나를 밀쳤다. 그 애는 단호한 표정으로 그 자리에 내가 앉으면 안 된다고 했다. 저 쪽에 서 있던 누군가에게 자리를 양보하라는 것이다.

엉겁결에 밀린 나는 알겠다고 고개를 끄덕였는데 그 애가 지목한 사람은 할머니라고 하기에는 너무 정정한 아주머니였다. 아주머니는 놀란 표정을 짓더니 이내 웃으며 그냥 앉으라고 말했다. 나는 안심하고 자리에 앉으려고 했다. 그런데 그 친구가 나를 또 밀쳤다. 친구는 아주머니에게 한 번 더 앉으라고 권유했다. 그 친구의 의지는 너무 확고했고 말투는 너무 친절했다. 그 기세에 밀린 나는 아픈 다리를 주무르며 자리를 포기해야겠다고 생각했던 것 같다.

아주머니는 손을 내 저으며 다음 역에서 내린다고 괜찮다면서 "참 착한 학생이네"라고 말했다. 결국 그 자리는 나의 차지가 되기는 했지만 어렵게 자리를 앉고 지친 다리를 뻗을 수 있게 된 나는 혼란스러웠다. 어른을 공경하고 자리를 양보하는 것은 내 의지에 달린 일인데 그 의지가 강요당한 느낌이 들었다. 그 장면 속에서 나는 시선을 차창 밖으로 둔 채, 그게 정말 착한 것인가라는 의문을 품고 있다.

그날 어렵게 버스에 앉아서 생각에 잠겼던 나는 지은이 품고 있는 착함이 원칙 같다는 생각을 했었다. 그날 그 애의 행동은 자신이 정해놓은 원칙에서 나왔기 때문이다. 그 애는 '해야 한다'는 착함의 원칙을 남보다 더 열심히 고수하는 사람이었다. 그래서 나는 생각했다. 그 애는 그냥 착한 게 아니라 원칙을 고수하는 착함을 간직하고 있다고.

십오 년이 지난 뒤 문득, 그녀가 스스로가 그렇게 착한 사람이 아닌 것 같다는 고백 아닌 고백을 했을 때 나는 내 기억 속에 잠자고 있던 이 장면을 다시 떠올렸다. 그리고 "착하네"라는 말을 들은 사람이 내가 아니라 그 애였다는 사실에 내가 분하고 억울해했다는 것을 알게 되었다. 나 역시 사실은 그 애처럼 착하다는 칭찬에 목마른 아이였던 것이다. 그 애와 나뿐 아니라 많은 사람들이 이런 착함의 이데올로기와 인정에서 완전히 자유롭지 못하다. 그렇다면 우리에게 착하다는 평판은 왜 그리 중요할까?

누구나 타인의 인정 없이는 심리적인 죽음에 이르게 된다. 그래서 생존을 위해 타인의 인정을 받기 위해 필요한 어떤 행동 강령들을 따른다. 이 행동 강령에 따르면 우리는 칭찬도 받을 수 있고 그 칭찬이 우리 마음에 쌓여 '그래, 나는 괜찮은 사람이야'라는 자기만족도 느끼게 해준다. 그런데 때론 그 행동 강령이 우리가 생각하고 느껴야 할 범위를 제한하고 하나의 역할과 원칙 속에 우리를 속박한다.

나는 그 애만큼이나 '착함'의 덕목과 '착해야 한다'는 행동 강령에 지배당해 살아왔다. 지금도 그러하고 세월과 경험이 쌓이면서 조금 달라지는 면이 있기야 하겠지만 앞으로도 계속 '착해야 한다'는 착함 지향성이 나의 행동 방향과 지향성을 설정해주는 중요한 좌표가 될 것 같다. 나도 착한 사람을 좋아하고 착하게 행동할 때 나도 자신이 좋아지며, 착하게 살아야 많은 사람에게 사랑받을 수도 있다. 착함을 유지하는 것은 그렇게 나에게 큰 도움이 될 것 같다. 그런데 착한 마음과 행동이 내 마음에서 우러나오는 것이 아니라 착해야 한다는 원칙 아래서 실행된다면, 그리고 남에게만 착하게 구느라 나 자신에게 착하게 굴지 못한다면 결국엔 스트레스만 받게 될 것이다. 그러면서도 스스로의 착함에 대한 확신보다는 의구심에 시달릴 가능성이 크다. 세상의 착한 사람들이 사람들에게 치이고 이런저런 부정적 감정에 시달리는 모습만 봐도 알 수 있다.

착함이 독이 될 때

착한 사람으로 살려고 하다 보면 자신이 원하는 것을 돌아보고 자기주장을 하기가 어려워진다. 그리고 자신에 대한 다른 사람의 느낌과 평가가 중요해지기 때문에 마음이 약해지기 쉽다. 착함이 지나치면 다음 세 가지 면에서 힘들어진다.

1. 고민이 많아진다

누군가가 나를 어떻게 생각하는지, 그 사람을 만족시키기 위해 어떤 것이 필요한지 고민하며 많은 시간을 보내본 적이 있다. 그럴 때 생각은 꼬리에 꼬리를 물고 이어진다. 아무리 해도 언제나 타인의 마음을 알고 그 마음에 맞춰 행동하기란 불가능하기 때문이다.

인간관계는 똑 떨어지는 답이 있는 것이 아니기에 착하고 배려심이 많이 나타나는 사람들은 고민의 크기가 커질 수밖에 없다. 전혀 도움이 되지 않는 줄 알면서도 같은 생각을 반복적으로 하는 지리멸렬한 '고민의 되새김질(rumination rut)'에 빠지는 것이다.

이를 연구한 대표적인 학자는 《생각이 너무 많은 여자》라는 책을 내기도 했던 수전 놀랜 훅스마이다. 그녀는 고민의 되새김질이 우울증과 불안증과 같은 정신질환과 깊은 관련이 있다고 말하며, 관계에 관한 반복적인 고민을 하는 것이 우리에게 얼마나 부정적인 영향을 미치는가를 이야기했다. 다른 사람들에게 너무 착하게 굴며 너무 배려하는 데 많은 에너지를 쓰는 만큼 나 자신에게 착해지고 나를 배려하기란 어려워진다는 것이다.

2. 자기주장이 힘들어진다

'자기주장성(assertiveness)'이란 자신의 생각과 느낌, 의견을 명확하고 적절히 표현하는 능력을 말한다. 레스토랑에서 밥을 먹는데, 주문한 음식이 조금 탔다고 하자. 그러면 어떻게 대처하는 것이 좋을까? 혹은 친구가 나에게 어떤 이야기를 했는데 명백히 틀린 말이라서 마음이 불편해졌다면 어떻게 하는 것이 좋을까?

배려해야 한다는 착한 마음에 얽매이다 보면 적절히 항의하지 못하고 속으로 참게 될 가능성이 크다. 또한 자기주장성을 펼치기가 어려워진다. 타인의 잘못을 이야기해서 시정해줄 것을 요구하는 감정을 표현하기보다는, 갈등을 회피하고 관계를 유연해 보이게 만드는 데 집중하는 것이다. 그러다 보면 정말 '아니'라고 이야기해야 될 때 '좋아'라고 말하고는 속으로 끙끙 앓으며 잠 못 드는 밤을 보내게 된다.

3. 나대로 살지 못한다

나대로, 나답게 살지 못하는 것은 너무 착하게 살려고 하는 데서 나타나는 근본적인 문제이다. '진짜 자기(true self)'가 아닌 '가짜 자기(false self)'의 모습으로 살게 되는 것이다. 이는 타인에게 배려하는 데 치우쳐서 나 스스로를 배려하지 못하게 되고, 무게 중심의 위치가 '나'가 아닌 '너'에 맞춰진다. 그러다가 어느 순간 "나는 사실은 전혀 착하지 않아", "사람들은 나를 너무 몰라"라고 말하며 죄책감과 원망을 토로하게 되는 것이다.

착함의 독성, 칭찬의 중독성

착함 속에는 독성이 있다. 사실 착한 행동을 하면 칭찬을 받고, 그런 칭찬이 우리를 많이 기쁘게 하기 때문에 착함이 가진 독성, 칭찬의 중독성을 잘 보지 못한다. 그런데 잘 보이지 않고, 겉으로는 좋아 보이기에 그 힘은 더 크다. 그러니 우리는 모두 '착함'의 해악을 잘 알고 착함의 이데올로기에 깊게 빠지지 않아야 한다. 너무 착한 것보다는 적당히 착한 것이 좋고, 꼭 '이래야 할 것 같아서'가 아니라 '이러는 게 좋아서' 하는 것이 좋다.

우리 사회의 '착함' 이데올로기가 얼마나 강력한가를 알고 올곧게 실천하는 것이 얼마나 어려운가도 알기에 친구가 "나 안 착한 것 같아"라고 고백했을 때 저는 사실 그녀에게 위로해주고 싶었습니다. 이렇게 위로해주고 싶었지요.

"그래, 맞아. 너 안 착해. 근데 그렇다고 나쁜 것도 아니지. 누가 미울 수도 있고, 내가 더 갖고 싶을 수도 있고, 재수 없다고 흘겨보고 싶을 수도 있고, 약속해놓고 안 나가고 싶을 수도 있고 그런 거잖아. 착한 게 좋지만 때로는 안 착한 게 더 인간적이고 친근해"라고.

그러면 이 친구도 자기 자신에 대한 무거운 마음을 내려놓고 조금 더 편하게 자신을 바라볼 수 있지 않을까 싶었지요. 그리고 오랫동안 너무 착하게만 살아온 그녀에게는 그렇게 가볍게 자신을 바라볼 필요도 있는 것 같습니다. 그런데 예전에 그 친구가 나를 밀쳤던 기억이 한순간 떠올라서 위로를 해주고 싶었던 그 마음을 표현 못하고 입을 다물었지요. 갑자기 그 생각을 하니 새삼 억울하고 혼란스러운 감정이 확 올라왔기 때문입니다.

　십오 년 전의 아주 사소한 에피소드에 감정적으로 흥분하던 저 자신이 재미있어서 그 친구가 가고 난 뒤 한참 동안 혼자 웃었습니다. 단지 그 기억이 불러온 부정적인 감정에 휩싸여 위로해주고 싶은 마음을 딱 접는 나의 유치한 마음을 보며 '나 역시 마냥 착하기는 힘들어'라는 생각을 했지요. 정말 그렇습니다. 누구나 항상 착할 필요는 없습니다.

예민해지는 마음

예민하신가요?

책 출간을 즈음해서 라디오 프로그램의 초대를 받은 적이 있었다. 처음 만나는 PD와 작가, 진행자와 인사를 나누고 모여 앉았는데 작가가 나에게 웃으며 이렇게 말한다.

"작가님, 성격이 좀 예민하고 민감하신 편이시죠?"

"아니요"라고 대답하려다가 말을 고쳐 "맞아요"라고 했다. 그런데 사실 하고 싶은 대답은 이러했다.

"아니요, 그렇지 않을 때도 있는데 마른편이라 그런지 보통 처음 만나면 그렇게 보시네요. 그런데 오해예요. 예민한 면도 있지만 안 그런 면도 많아요."

하지만 라디오 시작 전까지 시간도 촉박했고 정말 그렇게 대답하면 '역시 예민한 게 맞아. 저 짧은 질문 하나에 저토록 발끈하는 걸 보니. 지금 힘주어 말하고 있잖아'라는 생각을 불러일으킬까 봐 그만두었다. 그런데 정말 예민하냐는 간단한 질문 하나에도 지금 이 모든 심리적 계산을 하고 있는 나 자신을 보니 내가 예민한 편이긴 한 것 같기도 하다.

예민해지면 이렇게 혼자 대화를 주고받고 시나리오를 쓰면서 쓸모없는 많은 감정을 소모하게 된다. 뿐만 아니라 나의 예민함에 집중하느라 타인과의 관계에 집중할 에너지도 부족해지고 자연스럽고 매끄럽게 친해지기도 어렵다. 예민함은 다양한 심리적 문제의 원인이자 결과가 된다. 그래서 일레인 N. 아론이라는 심리학자는 《타인보다 더 민감한 사람》이라는 책을 내놓기도 했다.

그 책에서 그녀는 '민감함'을 재정의한다. 그녀 자신도 민감한 사람이라서 사회에 적응하기 힘들었고, 자신의 성격을 제대로 보기까지 많은 시행착오를 경험했다고 이야기한다. 그래서 그녀는 민감한 사람들의 특성을 제대로 검토해보고, '민감해도 괜찮다'는 메시지를 주기 위해 이 책을 썼다고 한다. 그리고 그녀의 연구와 책은 큰 반향을 불러일으켰다. 그만큼 '너무 예민하다', '너무 민감하다', '너무 유별나다'는 평가에 힘들었던 사람들이 많았던 모양이다.

나도 내가 타인보다 더 민감한 사람이라 느끼며, 민감함 때문에 불편할 때도 있지만 민감함의 덕을 볼 때도 있으니 괜찮다고 생각한다. 그럼에도 나는 단지 깡마른 체질을 타고 났다는 이유로 겪어보기도 전에

'아, 이 사람 민감하고 예민하고 깐깐하겠다'며 지레짐작하는 상황이 싫었다. 그래서 "오해예요. 알고 보면 저도 털털하고 푸근한 사람이랍니다"를 보여주기 위해 일부러 관대하게 행동하기도 하고, 사람을 처음 만나는 자리에서 더 환하게 웃었다.

우리는 이렇게 타인이 우리에게 씌워놓은 보이지 않는 이미지에 저항하기 위해 말도 안 되는 에너지를 쓴다. 한 집단의 사람들에게 고정관념이 섞인 강력한 이미지를 씌워놓으면 그 집단에 속한 사람들은 크게 순응과 저항의 두 가지 반응을 보인다고 한다. 그 이미지에 완벽히 순응하거나 그 이미지를 떨치기 위해 일부러 과도하게 아닌 척하거나, 완벽한 모범생이었던 누군가가 남보다 더 큰 일탈을 꿈꾸고 행하는 모습을 보게 되는 건 바로 이런 순응과 저항을 보여주는 것이 아닌가 싶다. 내 나름대로 저항을 해보기도 하지만 사람들은 여전히 내가 예민할 거라 짐작한다. 그리고 사실 그 짐작은 '어느 정도' 맞다.

예민함을 둘러싼 오해와 진실

한번은 이런 일도 있었다. 지인들에게 남편을 소개하는 자리였는데 한 선배가 남편을 보자마자 기다렸다는 듯이 이런 농담을 한다.

"예술 하는 사람들은 가까운 사람들에게 더 예민하게 굴 텐데 앞으로 어떻게 살려고 그래요?" 그 말에 나는 또 예민해졌다. 모든 농담에는 약간의 진담이 포함되어 있는 것이 아닌가.

여기에도 전혀 아니라고 말을 할 수는 없었기에 나는 기분이 언짢

아졌다. 남편과 나의 관계를 생각해보면 주로 나는 이런저런 사소한 불만과 불평거리를 세세히 살피며 호들갑을 떨고 감정을 쏟아내는 편이었고 남편은 그 반대였다. 그는 그런 나의 반응에 함께 예민해지며 내 감정을 나에게 되돌려주기보다는 "그래, 그랬구나" 하고 내 감정을 담아주는 편이었다. 나는 때로 그의 이런 '무딘' 면이 답답하게 느껴질 때도 있기는 했지만 사실은 그런 면이 나를 얼마나 편안하게 해주고 위로가 되었는지 모른다. 마음껏 예민해져도 되는 마음의 운동장이 되어주는 남편을 만났기에 나는 점점 덜 예민해지는 것 같기도 했다.

그래서인지 어떤 선배 언니는 어느 날 나를 잡아끌며 이런 이야기를 한 적이 있었다.

"얘, 나는 네가 왜 우아할 수 있는지 알고 있어. 잘 받아주는 사람이 있으니까 네가 우아해진 거라고 봐."

무슨 말인가 했더니 이것 역시 예민함에 대한 이야기이다. 사실 예민하게 굴다 보면 우아함을 유지하기가 어렵다. 항상 날이 선 듯 신경이 곤두서 있고, 초조하게 서성이고, 하나하나 따지다 보면 스스로는 물론 주변 사람들도 피곤하게 할 수 있다. 그런데 이런 예민함을 받아주는 사람이 있다면(더구나 일관적이고 안정적인 태도로) 천성적으로 예민한 사람이라도 우아함을 유지할 수 있다. 선배 언니의 분석에 따르면 아마도 천성적으로 예민한 내가 곰같이 무디고 푸근한 사람들에게 자석처럼 끌리는 이유는 바로 여기에 있다. 우아함을 유지하기 위해?!

예민함이 싫어 곰이 되고 싶은 그녀

　천성적으로 예민한 사람들도 있지만 어떤 경험이 우리를 더 예민하게 만들기도 한다. 예민한 사람에게 혹은 예민해지는 시기에 그런 마음을 받아주는 사람이 옆에 없다면, 예민함의 강도와 범위는 더 커진다. 그리고 그럴 때 예민한 마음은 단지 우아함만 앗아가는 데에 그치는 것이 아니다. 우리를 상처에 취약하게 만들고 그러면 우리는 전보다 더 예민해진다. 너무 예민해진 우리는 마치 온 마음에 화상을 입은 듯 사소한 일에 쉽게 발끈하고 감정이 상할 수 있다. 예전에 모임에서 만났던 주희 씨처럼 말이다.

　나는 주희 씨를 한 모임에서 만났다. 그 모임에서는 처음 왔을 때 자신을 동물에 빗대어 소개하기로 되어 있었는데 주희 씨는 자신을 곰으로 소개했다.

　"제가 곰이라서가 아니라 곰이 되고 싶어서요. 전 너무 예민한 제 성격이 마음에 안 들어요. 작은 일에도 쉽게 예민해져서 앞으로 좀 무뎌지고 싶습니다."

　그 시기에 나 역시 같은 고민을 하고 있었기에 다른 누구의 소개보다 그녀의 소개가 더 기억에 남았다. 그리고 후에 그녀가 다른 사람들과 관계하는 모습에서 왜 곰이 되고 싶은지 알게 되었다. 그녀는 사람들의 사소한 이야기에도 쉽게 얼굴이 빨개져서 발끈했다. 뭔가 하고 싶은 말이 항상 많은 것 같았지만, 말을 해도 그 마음이 완전히 풀리는 것 같지는 않았다. 아마도 예민한 그녀는 다른 사람보다 느끼는 것이 더 많지만 또 한편으로 그런 자신의 성격을 싫어 하기에 제대로 표현하지 못하는 것 같았다.

그 후 나는 그녀뿐 아니라 상담실에서 그녀와 비슷한 이야기를 하는 사람들을 많이 만나게 되었다. 주희 씨나 나처럼 예민한 사람들일수록 자신의 성격에 대한 고민을 더 많이 한다. 그리고 이런 예민함을 받아주는 사람이나 또 이런 특성을 활용할 수 있는 환경을 만나지 못하면 다른 사람보다 더 크게 좌절하는 것 같았다. 그런데 예민한 것이 그렇게 나쁜 것일까?

내 성격의 장점을 파악하기

그렇지 않다. 예민함은 나름대로 큰 장점이 있다. 어떤 현상에 대해 강렬하게 기억하고 이 기억을 세세히 되짚어보는 예민함이 없다면, 이 세상에 예술이라 불리는 모든 행위는 없을지도 모른다. 또 자신과 타인의 마음속에 흐르는 미묘한 감정의 소용돌이를 포착해내는 예민함이 없다면, 자신과 타인의 마음을 잘 알고 배려하기도 어려울 것이다. 사소한 부분까지 깐깐하게 따지고 드는 예민함이 없다면, 우리는 세상의 모든 작품과 서비스에서 완벽을 기대하기 어려울 것이다. 작년에 작고한 스티브 잡스의 예민함이 오늘날의 '아이폰'을 탄생시키지 않았던가. 이처럼 예민하기에 힘든 면이 있을 수도 있지만 또 예민해서 놓치지 않는 면이 분명 있다. 그래서 나는 예민함을 힘들어하며 이를 무조건 고쳐서 곰처럼 무뎌지고 싶다고 말하는 사람들에게 그 마음을 다시 돌아보라고 하고 싶다. 타고나기를 예민한 칼을 쥐고 태어난 사람이라면 일부러 그 칼을 무디게 할 필요는 없다고 생각하기 때문이다. 게다가 그런 변화는 애초부터 불가능한지도 모른다. 오히려 그런 성격이 싫어서 바꿀 수 없는 것을 바꾸려 애쓰는 데 에너지를 쏟느라 자신이 쥐고 있는 칼을 제대로 활용하지 못하고 있는 건지도 모른다.

칼을 잘 휘두르기 위해서는 그 칼의 특성을 알고 그 칼의 효용을 믿어야 하듯이, 자신의 성격을 잘 활용하기 위해서 우리는 자신의 성격을 잘 받아들이고 이를 잘 활용할 수 있어야 한다. 물론 칼을 잘 갈 듯 성격을 잘 다듬어 예민함을 필요 없는 곳에 낭비하지 않고, 필요한 곳에 잘 쓰는 노력도 함께해야겠지만 말이다.

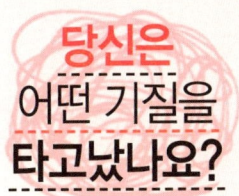

　제가 어른이 되고 나서야 어머니는 저를 얼마나 힘들게 낳으셨는지 이야기해주셨습니다. 임신 내내 입덧이 심했고, 출산예정일에서 스무 날을 넘기고야 생사를 오락가락하며 힘들게 저를 낳았다고 합니다. 뿐만이 아니라 저는 세상에 나오고 나서도 오랫동안 밤낮이 바뀌고, 무엇을 해도 까다롭고 예민하게 굴어서 손도 많이 타고 마음이 많이 쓰였다고 합니다. 그래서 저의 어머니는 제가 성장하는 동안 뾰족하지 않고 동글게 살도록 일부러 더 엄격하게 키웠다고 합니다.

　어머니는 "우리 딸은 앞으로도 더 많이 깎이고 다듬어져야 해"라는 말씀을 많이 하시곤 하셨습니다. 이제 그 이유를 안 이상 그 말이 예전만큼 섭섭하게 들리지 않습니다. 그리고 그런 예민함 덕에 '사람들의 감정적 상처를 이해하고 마음을 살피는 글을 쓰는 작가가 되었겠구나' 하는 생각에 감사한 마음도 듭니다.

　타고난 기질은 우리에게 많은 영향을 미칩니다. 내 안의 날카롭고 뾰족한 감정의 촉수가 언제부터 왜 나타났는지 살펴봐도 도저히 알 수 없다면 부모님께 다가가 슬며시 물어보세요. "나, 아기 때 어땠어요?"라고. 나는 기억할 수 없지만 엄마가 기억해주는 과거의 내 모습 속에서, 현재의 내 모습에 대한 실마리와 미래에 나아가야 할 방향키가 되는 단서를 찾게 될지도 모르니까요.

표현할 수 없어서
힘든 마음

표현할 수만 있다면

처음으로 내담자를 상담하기 시작하던 시절에 나는 방향을 잃고 헤맬 때가 많았다. 상담 심리사로서 첫발을 내딛는 만큼 꽤나 의욕적으로 내담자의 이야기를 충실히 들어주며 도움이 되기 위해 애썼다. 하지만 내담자를 몇 번을 만나면서도 내가 과연 잘하고 있는지 알 수가 없어서 혼란스럽고 두려웠다. 그래서 상담에 대한 점검을 받기 위해 경력이 더 많은 슈퍼바이저 선생님의 지도를 받기도 했는데 이를 '슈퍼비전'이라 부른다. 슈퍼비전은 나와 같은 초보 상담 심리사가 방황하거나 압도되지 않고 내담자에게 도움이 되는 상담을 할 수 있도록 주어지는 안전장

치인 셈이다.

처음 슈퍼비전을 받던 날, 나는 내가 가진 상담자로서의 능력에 대한 무기력감, 상담 자체의 효용에 대한 의구심에 크게 흔들리는 마음을 슈퍼바이저에게 이야기하며 많이 울었다. 제대로 하지 못할 것 같은 두려움과 막막함이 나를 가로막고 있었고, 내가 선택한 길이 나에게 맞는지 혼란감을 느끼며 흔들리고 있었던 것 같다. 나의 슈퍼바이저는 그런 내 마음을 가만히 들어주었고, 울고 있는 나에게 어떤 이야기도 하지 않았다.

얼마나 울었을까? 한참을 울고 난 뒤 고개를 든 나는 내 마음이 많이 가벼워졌다는 것을 느꼈다. 그저 울기만 했을 뿐인데 마음의 짐이 많이 덜어진 것이다. 그전까지 내 몸과 마음에 무겁게 실려 있던 부정적인 감정의 에너지는 어느샌가 어디로 가고 없었다. 마술처럼 신기한 일이었다. 나는 그때 알았다. 감정에 흔들려 눈물을 흘리는 순간, 우리에게 필요한 건 어떤 위로나 설명 혹은 빼어난 상담 기법과 치료 이론이 아니라는 것을. 그저 가만히 들어주며 충분히 울 수 있도록 티슈 한 장 건네주며 기다려주는 마음이라는 것을.

슈퍼바이저는 내 마음이 진정되기를 기다린 뒤에 내가 왜 상담을 계속해도 되며, 또 계속해야 되는지를 말해주었다. 그때 나의 첫 내담자는 상담 초기에는 답답한 한국 사회와 가부장적인 부모님에 대한 불만과 분노, 억울함을 많이 내비쳤었다. 그런데 어느 순간 그 감정을 표현하는 일이 줄어들었고, 그 감정의 에너지를 보다 건설적인 방향으로 쓰고 있었다. 슈퍼바이저는 이 점을 짚어주며 이 상담이 내담자에게 얼마나 도움이 되고 있는가를 말해주었다.

"표현할 수 없어서 더 힘들었던 거예요. 일단 표현하고 스스로 헤쳐 나갈 힘이 생기니까……. 뭔가를 해줘야 한다고 생각하지 말고 그저 들어주세요."

나는 그 말씀을 가슴 깊이 새겼고, 그 후 감정적으로 격양된 사람들을 만나도 함께 동요하지 않고 충분히 표현할 수 있도록 기다려줄 수 있게 되었다. 물론 표현하는 것만으로 모든 것이 나아지지는 않는다. 하지만 표현할 수 없어 생겼던 마음속의 부정적 감정을 분출하고 나면, 무거웠던 우리 마음이 놀랍도록 가벼워지고 그 힘으로 뭔가를 해볼 힘이 생기는 것 같다. 중요한 것은 감정 그 자체의 무게에 있는 것이 아니라 표현할 수 있는가, 그렇지 않은가에 있었던 것이다.

카타르시스의 효과

그날 내가 충분히 눈물을 흘린 뒤에야 나아질 수 있었듯이, 그리고 내가 만난 많은 사람들이 충분히 표현한 뒤에야 감정을 지나갈 수 있었듯이, 표현의 힘은 강력하기 때문이다. 이런 표현의 힘을 나타내는 말이 바로 '카타르시스'이다.

카타르시스는 크게 두 가지 관점에서 볼 수 있다. 연극, 영화를 통해 극적인 감정을 만나고 표현되고 난 뒤 마음속의 부정적 감정이 씻겨 내려가는 것 같은 느낌을 이야기하기도 하고, 또 다른 한편으로는 억압되었던 감정의 응어리를 분출함으로써 감정정화를 하는 심리치료 요법을 이야기하기도 한다. 어느 쪽이든 표현하지 못했던 감정 표현을 함으로써 마음이 개운해지는 느낌을 말한다. 아마도 우리가 예술 활동에 열정을 가지고 있는 이유도, 심리치료를 받게 되는 이유도 이 카타르시스와 밀접한 연관이 있다.

카타르시스는 감정 전환을 가능하게 해주기에 치유적이다. 한 가지 감정에 맺혀 이러지도 저러지도 못한 채 갇혀 있을 때, 그 감정을 풀어주게 되는 순간 우리는 카타르시스를 느끼며 전율하게 된다.

내가 아는 한 지인은 결혼을 앞두고 삶의 무게를 감당하기 힘들어졌을 때 매일같이 연극을 보러 다녔다. 왜 하필 연극이냐고 물었더니 그녀는 이렇게 대답했었다.

"내 감정을 실어주는 것 같아서 보고 나면 가벼워지거든."

그녀는 연극 관람을 통해 카타르시스를 느꼈던 것 같다. 사람마다 카타르시스를 느끼는 방식과 방법은 다르다. 어떤 사람은 영화를 보며, 어떤 사람은 책장을 넘기며, 어떤 사람은 수다를 통해, 또 어떤 사람은 격렬한 운동을 함으로써 카타르시스를 느낀다.

다양한 카타르시스의 방법이 있고 사람마다 선호하는 방법이 다르겠지만, 나는 모든 사람에게 통용되며 가장 효과적인 방법이 '눈물'이라고 생각한다. 충분히 울 수 있는 공간, 울고 있는 동안 나를 지켜봐주는 사람, 그리고 그 울음의 의미를 정리할 수 있는 시간만 있다면 우리는 어떤 삶의 사건 속에서도 끝끝내 건재할 수 있을 것이다.

눈물이 건네는 말

우리 사회는 눈물에 대해 야박하리만큼 냉정하다. 우는 것을 약하게 보는 편이고, 여자의 눈물에 대해 의구심이 담긴 시선을 보내기도 한다. 또한, 우는 사람이 있을 때 섣불리 그 눈물을 해석하려 하거나 막으려고 하는 사람들도 많다. 그래서 사람들은 눈물이 나도 충분히 울지 못하고 서둘러 눈물을 닦거나, 눈물이 차오르려 할 때 다른 사람의 눈을 피하기에 바쁘다. 그러다 보니 눈물을 흘리면서도 그 눈물에 집중하기보다는 눈물을 흘리지 않으려고 노력하는 데 에너지를 쏟느라 자신이 왜 눈물을 흘리는지 모르게 될 때가 많다.

소설가이자 정신분석의인 어빈 얄롬은 그의 책에서 '우리가 눈물의 의미를 잘 이해할 때에야 진정한 치유를 경험할 수 있다'고 보았다. 그는 울고 있는 순간에 이런 질문을 던진다.

"지금, 당신의 눈물이 당신에게 어떤 말을 건네고 있나요?"

눈물을 그냥 흘리고 지나가지 말라는 것이다. 눈물이 나는 순간 눈물이 우리에게 어떤 말을 건네고 있는지 그 의미를 알 수 있다면, 눈물은 그저 약하고 흔들리는 마음을 표현하는 수단 그 이상이라는 것을 알게 된다. 눈물은 메신저이다. 그리고 눈물은 우리가 진실에 한 걸음 더 다가갈 수 있도록 촉진하는 촉매제이다. 제대로 울 수 있는 사람이야말로 진정 강한 사람인 것이다.

무엇을, 어떻게 표현하고 있는가를 돌아보세요

언젠가 한 잡지사 여기자의 인터뷰 요청을 받은 적이 있었습니다. 그녀는 인터뷰를 하며 본인의 고민을 저에게 이야기했습니다. 오 년 동안 사귄 남자 친구, 그리고 그의 부모님과의 관계 때문에 힘들다는 이야기였습니다. 그녀에게 이야기를 듣던 중에 저는 그녀가 자신의 마음을 표현하는 데 있어서 품고 있는 중요한 전제가 무엇인지 알게 되었습니다.

그녀에게 "보통 사람들은 다른 사람을 거부하거나 다른 사람들에 대해 부정적으로 느끼는 마음을 툭 터놓고 말하기 힘들어 하잖아요"라고 말하고 있을 때였습니다. 그녀는 갑자기 얼굴이 붉어지더니 그 반대가 사실이 아닌지 물었습니다.

"어머, 그래요? 저는 사람들이 좋은 마음은 잘 표현 안 하지만 부정적인 감정에 대해서는 쉽게 말한다고 생각하는데……."

그녀가 생각하는 보통 사람들의 특성에 대한 전제에는 평소 그녀의 모습, 그리고 그녀와 가까운 사람들의 모습이 담겨 있는 듯했습니다.

그녀는 좋은 마음을 표현할 필요성을 잘 못 느끼고 표현하지 않지만, 기분이 나빠지거나 힘들 때에는 표현을 많이 하고 또 자신의 마음에 들지 않는 것에 대해 거침없이 말하는 편이라고 했습니다. 그러다 보니 자연히 관계 속에서 갈등이 자주 생겨나는 것 같았습니다. 한참 동안 생각에 잠겨 있던 그녀는, 이 우연한 발견을 통해 자신이 왜 사람들과 자주 갈등하고 상처 주게 되는지를 생각해봐야겠다고 말했습니다.

그녀와의 인터뷰를 마치고 집으로 돌아오는 길에 그런 생각이 들었습니다. 사람마다 표현을 하는 패턴도 다르고, 표현을 더 잘하거나 더 어렵게 생각하는 부분이 확실히 다른 것 같습니다. 그러니 나 자신의 표현 패턴을 돌아보고, 내가 잘못하는 표현이 어떤 것인가를 아는 것도 참 중요한 것 같습니다. 어쩌면 관계 속 갈등은 다른 마음의 문제라기보다는 표현의 문제에서 일어난 면이 많을지도 모르니 말이에요.

허영과 자존심 사이

허영과 자존심이 불러온 크나큰 대가

　모파상의 유명한 소설 《목걸이》의 주인공 마틸다는 가난한 하급 공무원의 부인이다. 하지만 그녀는 자신의 현실과 어울리지 않는 허황된 욕망을 품고 있다. 그녀는 상류층들이 모이는 파티에 초대받고 자신을 부유하고 아름답게 보이고 싶어 한다. 그런데 이런 욕망과 달리 가난하고 남루한 실제 현실과 큰 차이가 있었기에 그녀는 친구에게 목걸이를 빌린다. 그리고는 자신이 원했던 대로 파티에서 즐거운 시간을 보낸다. 원하는 것을 얻었다는 만족감도 잠시, 파티에서 돌아온 그녀는 이내 목걸이를 잃어버렸다는 사실을 알게 된다. 그리고 잃어버린 목걸이로 인해 그녀의 삶은 '어딘지 만족스럽지 않음'에서 '비극'으로 떨어진다.

그녀는 친구에게 차마 목걸이를 잃어버렸다고 말할 수가 없어서 비싼 목걸이를 사서 친구에게 준다. 목걸이의 값은 그녀가 감당하기 어려울 정도로 비쌌고, 결국 그녀는 그날 몇 시간 동안 착용하고 잃어버린 그 목걸이 값을 벌기 위해 이십 년 동안 남보다 더 많은 일을 하며 고단한 하루하루를 보냈다. 또 그만큼 늙어갔다. 단 하룻밤 젊고 아름다운 모습을 세상에 전시하기 위해 치른 대가치고 너무 가혹한 것이 아닌가 싶었다. 그런데 소설의 마지막 부분에서 우리는 놀라운 진실을 알게 된다. 그녀가 친구에게 빌렸던 그 목걸이가 사실은 진짜가 아닌 가짜였다는 사실이다.

목걸이와 같이 값나가는 물건을 대하는 태도 밑에 깔린 마음과 더불어, 그녀를 더 큰 비극으로 몰아간 건 친구에게 목걸이를 잃어버렸다는 말을 하지 않고 진짜 목걸이를 사주었다는 데에 있다. 그때 만약 솔직하게 진실을 말했다면 그 후 그녀의 삶은 달라지지 않았을까? 그랬다면 그녀는 적어도 그 목걸이가 가짜라는 사실을 알 수 있었을 테고, 이십 년에 걸친 고단한 노동도 그녀의 인생에서 지워졌을 테니 말이다.

마틸다의 인생을 비극으로 몰아간 그녀의 두 가지 감정은 허영과 자존심이다. 두 감정의 영향력 아래에 있을 때 우리는 타인의 반응에 초점을 맞춰 행동하고 결정을 내리게 된다. 이 두 감정은 우리가 진실로 원하는 것을 보지 못하게 하고 우리를 허황된 욕망에 사로잡혀 어리석은 실수를 하게 만드는 역할도 한다.

마틸다는 자신의 처지에 어울리지 않게 고위 관료들의 파티에 참여

해서 뽐내고 싶은 허영심 때문에 친구의 목걸이를 빌렸고, 또 목걸이를 잃어버렸으면서도 친구에게 자신의 곤경과 어려움을 알리고 싶지 않은 뻣뻣한 자존심을 지키느라 엄청난 빚을 져서 목걸이를 새로 샀다. 그리고는 마치 아무 일도 없었던 듯이 친구에게 목걸이를 돌려줬지만 그날 밤 이후 그녀의 삶은 엄청난 빚으로 인해 망가졌다. 하룻밤의 허영과 한 번의 자존심치고 대가가 너무 컸다.

허영과 자존심 바로 보기

그녀처럼 우리도 남들 앞에서 좋은 인상을 남기고 싶고, 멋지게 보이고 싶은 마음에 자신을 힘들게 할 때가 많다. 그리고 이런 모습이 지나칠 때 우리의 허영심은 이성적인 판단력을 저해하고 합리적인 결정을 못 내리게 만든다. 허영심이 커지고 자존심을 내세우려다 보면 타인 앞에서 우리 자신을 솔직하게 보이기가 어렵다. 또 그러다 보면 우리의 관계는 피상적인 수준에 머무른다.

우리 자신을 보호하기 위해 두른 허영심과 자존심이 결국에는 더 초라한 결과를 안겨줄 수 있다. 그럼에도 우리는 허영심과 자존심으로부터 완전히 자유로워지기가 어렵다. 과연 우리는 허영심과 자존심을 어떻게 바라보는 것이 좋을까?

1. 이상적 자기-현실적 자기

허영심이 강한 사람일수록 현실적 바탕이 없는 이상적인 자신의 모습에 집착하는 면이 크다. 마틸다의 경우를 보자. 마틸다의 현실은 가난한 공무원의 아내라는 것이다. 하지만 그녀는 현실과는 다른 화려하고 멋진 삶을 동경한다. 값비싼 드레스와 장신구를 하고 멋지게 꾸민 사람들과 어울리며 우아하게 사는 모습을 '이상적 자기'로 생각하는 것이다.

사람은 누구나 이상적으로 생각하는 자신의 모습이 있고, 이는 우리가 꿈꾸는 욕망과 맞닿아 있다. 우리는 이를 '이상적 자기'라 부르며 이 모습에 가까워지기 위해 이런저런 노력을 한다. 그런데 우리의 '이상'은 너무 크고 현실적 자기와 이상적 자기 간의 간극이 클수록 성취를 이룰 수 없다.

또한, 현실을 못 보고 '이상'에만 집착할 때 우리는 자신의 모습에 만족하지 못해 힘들어진다. 그럴 때 우리는 마치 오를 수 없는 산을 매일 쳐다봐야만 하는 것과 같은 아득한 감정을 느낀다. 마틸다의 문제 역시 현실보다는 '이상'에만 집착한다는 데 있었다.

2. 자기 수용

항상 이상적인 모습으로만 살 수는 없기에 우리에게 필요한 것은 '자기 수용'이다. 자신의 모습을 있는 그대로 받아들이는 것이다. 마틸다처럼 허영심이 강하고 자존심이 강한 사람일수록 자신의 부족하고 힘든 점을 그대로 받아들이지 못한다.

스스로 받아들이지 못하기에 타인에게도 부족하고 힘든 점을 이야기하지 못한다. 또 자신의 부족하고 힘든 면을 스스로 받아들일 수 없어서 이를 타인에게 이야기하지 못하기에 필요할 때 타인의 도움을 받기도 어렵게 된다.

현실적 이상주의자, 이상적 현실주의자

많은 사람들이 허영과 자존심 때문에 힘들어한다. 어떤 사람은 원대한 꿈이 있지만 두려움 때문에 현실적인 시도를 전혀 못해서 힘들어하기도 하고, 또 어떤 사람은 '내가 이 정도는 되는 사람인데' 하는 마음에 타인의 반응 하나하나에 민감하게 반응하고 방어하며 자신의 에너지를 다 써버리느라 지치는 사람도 있다. 그리고 또 어떤 사람은 자신의 사정에 전혀 맞지 않는 장신구를 사는 데에 금전적, 심리적 에너지를 탕진하면서까지 쇼핑을 멈추지 못한다. 이런 사람들은 현실적인 자신의 모습을 있는 그대로 수용하는 과정에서 더 나은 삶을 살아갈 실마리를 얻게 된다.

꿈을 꾸는 것은 좋다. 멋지고 화려한 꿈을 꾸는 것도 괜찮다. 그런데 우리가 꿈을 꿀 때 반드시 살펴야 할 것이 있다. 바로 우리의 현실이다. 꿈은 언제나 우리 현실이 확장된 모습이어야 한다.

우리는 모두 현실과 이상 사이에서 적절히 균형을 맞춘 이상적 현실주의자이자, 현실적 이상주의자가 되어야 한다. 우리가 현실이라는 공간에 두 발을 단단히 붙이고 이상을 향해 열심히 팔을 뻗는 노력을 계속할 때, 부정적 감정에 출렁이는 대신 우리가 원하는 모습, 원하는 삶을 얻게 된다.

화려함보다는 실속과 자존감을 챙겨요

허영이라는 단어를 볼 때마다 저에게는 떠오르는 장면이 있습니다. 수컷 공작새가 아름다운 날개를 뽐내고 있는 모습입니다. 우리가 흔히 생각하는 멋진 자태를 가진 공작새는 암컷이 아닌 수컷이라고 합니다. 그들은 암컷을 유혹하기 위해 화려한 깃털을 멋지게 펼치고 있지요. 그런 깃털은 보기에는 예쁘지만 불편하고 갑갑할 것 같습니다. 더구나 이렇게 화려한 외모 때문에 공작새를 노리는 적들의 눈에 띄기도 쉬워져서 수컷 공작새를 위험에 빠뜨리기도 한다고 합니다.

이 이야기를 해준 선생님은 그런 위험을 감수할 만큼 유혹과 구애가 중요하다는 말을 하고 싶으셨던 것 같아요. 그런데 저는 이 이야기를 허황된 허영과 실속 없는 자존심에 대한 은유로 들었습니다. 있는 척, 괜찮은 척, 멋있는 척하다가 스스로를 불편하고 갑갑하게 만들고 제 덫에 스스로 갇히게 될 때 적들의 레이더망에 쉽게 걸려드는 화려한 수컷 공작새와 비슷하지 않을까요?

나에게 분명 해가 된다면 허영과 자존심을 지키는 것보다는 실속과 자존감을 챙기는 게 더 중요하겠지요. 수컷 공작새의 깃털은 암컷에게 구애를 할 때 도움이 되는 면이라도 있지만 우리의 허영과 자존심은 마틸다가 빌렸다 잃어버린 목걸이처럼 그저 우리를 힘들게만 할 수도 있거든요.

♥

♥

태어나는 순간부터 지금까지 우리는 끊임없이 관계를 맺어왔다.
관계 욕구만큼 끈질기며, 또 관계 욕구만큼 우리를 사람답게 하는
욕구도 없다. 그래서 관계를 어떻게 맺을 것인가는 우리 모두의 중요한 화두이다.

Part 3

뜻대로 안 되는 관계

가까운 사람의 구박에
괴로운 마음

친구의 말에 상처 받았어요

옛 어른들은 친구의 중요성을 자주 강조했다. 속담에 '끼리끼리 다닌다'는 말도 있고, '친구 따라 강남 간다'는 말도 있다. 그 사람의 친구를 보면 품성이 어떤지 알게 되고, 앞으로 그 사람이 나아갈 방향도 알 수 있다는 것이다.

우리는 이를 감정의 관점에 적용해보는 것도 가능할 것 같다. 우리의 감정은 친구의 영향을 받기 때문이다. 한 사람이 주로 어울리는 친구가 어떤 사람인가에 따라 그 사람의 감정은 긍정적인 색조를 띨 수도 있고, 부정적인 색조를 띨 수도 있다.

상담실에 찾아온 자영 씨는 중학교 시절부터 단짝 친구였던 은주 씨와의 관계에 대한 이야기부터 하기 시작했다. 그들은 같은 학교를 다녔을 뿐 아니라 같은 동네에 살았고, 서로 같은 밴드 음악에 관심을 가지면서 친해졌다고 한다. 그들은 대학을 마치고 사회에 나온 지금도 자주 연락하며 만나고 있다. 그런데 최근 들어 자영 씨는 은주 씨를 만나는 것이 부담스러워졌다고 했다.

"몰랐는데 은주가 하는 말에 제가 은근 상처받고 있었던 것 같아요."

은주 씨는 자영 씨와 친한 만큼 격의 없는 말을 많이 하는 편이었다. 자영 씨보다 키가 크고 늘씬한 은주 씨는 작고 통통하고 식탐이 많은 자영 씨를 자주 놀렸고, 그녀에게 다이어트를 하라고 강요하기도 했다. 행동이 느린 편인 자영 씨에게 이래라 저래라 간섭하는 일도 많았다.

"얘, 넌 좀 몸을 좀 움직여야 돼. 어떻게 등에도 살이 있니, 넌?"

때론 자영 씨가 하려고 하는 일에 대해 은주 씨가 부정적인 말을 해서 기를 꺾는 일도 잦았다.

"헬스장에 등록한다고? 너 전에도 삼 개월 등록하고는 몇 번 안 갔잖아. 디스카운트해준다고 많이 끊지 말고 일단 한 달만 끊어서 해."

은주 씨는 자영 씨가 자신을 생각해서 그러려니 하고 받아들이기는 했지만 각자의 남자 친구들과 더블데이트를 하고 온 날, 그녀는 이 말들을 그냥 넘겨서는 안 된다는 것을 알았다. 그날 자영 씨는 남자 친구가 한 말에 충격을 받았기 때문이었다.

자영 씨의 남자 친구는 그녀가 왜 은주 씨의 구박을 '헤헤 웃으며' 실없이 넘기는지 이해할 수가 없다고 말했다. 더불어 그는 자영 씨에게 은주 씨를 만나지 않는 것이 좋겠다고 이야기했다. 그는 은주 씨 때문에 자신감이 별로 없어 보인다는 분석까지 해줬다. 그 말에 기분이 상한 그녀는 남자 친구와 크게 다투었다. 그런데 돌이켜 생각해보면 이런 남자 친구의 말이 일리가 있어서 더 발끈했던 것 같다고 말했다.

"대수롭지 않은 말이면 '그런 거 아냐'라고 넘어갈 텐데, 괜히 기분이 나빠져서 나를 생각해주는 남자 친구에게 화를 낸 거죠. 남자 친구가 한 말이 틀린 말이 아니었거든요."

그때부터 그녀의 고민은 시작되었다. 그녀는 자신의 오랜 단짝 친구가 그녀에게 좋지 않은 영향을 미치고 있다는 사실을 받아들이기가 힘들었지만 그녀도 결국 남자 친구의 말에 동감했다. 그동안 은주 씨의 지적을 들을 때마다 기분이 나빴고, 이런 감정이 자신에게 도움이 되지 않는다는 것을 느꼈기 때문이다. 그녀는 더 이상 이런 감정을 느끼고 싶지 않았다. 그리고 자신이 상처받지 않는 방식으로 은주 씨와의 관계를 새롭게 정리하고 싶었다.

우리는 가까운 사람에게 영향을 받고 또 영향을 주면서 살고 있다. 그런데 때로는 가까운 사람이 한 말에 상처받게 된다. 우리와 가깝지 않은 사람의 부정적 의도가 빤한 말은 반박하기도 쉽지만, 가까운 사람의 구박은 쉽게 인식하기도 어렵고 이를 알아채기도 어렵다. 인식하지 못하는 순간 가까운 사람의 날카로운 말은 우리의 마음속에 스며들어 힘들게 한다. 그럴 때 우리는 어떻게 하면 좋을까?

감정에 이름 붙이기

일단 자영 씨는 은주 씨가 자신을 구박할 때마다 느끼는 자신의 감정을 '수치심과 부적절감'이라고 이름 붙였다. 이렇게 이름을 붙이고 나자, 은주 씨의 말이 자신에게 이런 감정을 불러일으킨다는 점을 보다 명확히 알 수 있었다. 그전까지 그녀는 그저 불편하고 찜찜하다 느끼고는 은주 씨의 말이 결국에는 자신을 생각해서 해주는 말이겠거니 하고 그냥 넘어갔다. 오히려 이런 말들을 잘 받아들이지 못하는 자신이 속이 좁거나 못돼서라고 생각했다. 머리로는 이해가 되었지만 가슴으로는 답답함이 쌓여갔다.

그녀는 은주 씨를 대할 때마다 감정적으로 분열되는 것만 같은 마음을 애서 참아왔을 것이다. 또 그럴수록 그녀는 자신의 감정에 명확한 이름을 붙이지 못해서 혼란스러웠고, '수치심과 부적절감'은 그녀의 마음속에서 커져갔을 것이다. 하지만 일단 그녀가 자신의 감정에 이름을 붙이고 정당성을 부여하자 그녀는 이 감정들이 자신의 부정적인 자아상에 큰 영향을 미친다는 사실을 알게 되었다. 또한 그녀는 은주 씨와의 관계에서뿐만 아니라, 다른 사람들과의 관계 속에서도 이런 감정을 그저 참고 지나가는 일이 많다는 것도 알게 되었다.

"다른 사람들이 좋지 않은 말을 해도 그냥 웃고 넘어갈 때가 많았어요. 그냥 싫으니까 피한다고 생각했지만 되돌아보면 제가 제대로 표현 못하고 방어 못했구나 하는 생각도 들어요. 그러니까 사람들은 저에게 상처가 된다는 걸 모르고 그런 말을 계속하는 걸 수도 있었죠."

그녀가 이렇게 인식하고 반박하지 못했던 이유, 역시 그녀의 마음속에 자리 잡고 있던 '수치심과 부적절감' 때문이었다. 수치심과 부적절감은 스스로를 부끄러워하고 마음에 들어 하지 않게 만드는 감정이다. 이런 감정을 자주 느낄수록 우리는 불행해진다. 자신감도 사라지고 자기애 역시 바닥을 드러낸다. 그럴 때 우리를 끌어내리는 말을 들어도 쉽게 반박하지 못한다. 이미 우리 자신이 스스로를 그렇게 부끄럽고 부적절하게 보기 때문에 누군가가 이를 자극하는 말을 해도 반박하지 못하는 것이다.

수치심과 부적절감은 한 사람이 부정적 자아상을 품게 되는 가장 큰 이유이자, 그 자아상을 고정시키거나 악화시키는 가장 해로운 감정이다. 이 감정을 바로 잡을 수 있어야 우리는 자아상을 긍정적으로 변화시키고 자신을 사랑할 수 있다.

상처에 대해 말하기

그 후 자영 씨는 은주 씨와의 관계를 어떻게 할지 여러모로 고민했다. 그녀는 은주 씨를 만나지 않거나 만남을 피할 수도 있었다. 오랫동안 고정된 관계가 자신을 힘들게 만든다면, 때론 만남을 피하거나 줄이는 것이 현명하다. 그러나 그녀는 오랜 친구 관계를 잃고 싶지 않았고, 정면 돌파해서 다른 관계 속에서도 흔들리지 않고 자신을 지키는 힘을 얻고 싶었다. 그래서 그녀는 은주 씨가 또 한 번 자영 씨를 구박하는 말을 할 때 이전처럼 웃거나 얼버무리는 대신 이렇게 말했다.

"은주야, 내가 전부터 느낀 거지만 나는 그렇게 말하는 것이 기분 나빴어. 그런 이야기를 들으면 정말 내가 못난 것처럼 느껴지거든. 앞으로는 그러지 말고 나를 대해 줬으면 해. 대신 좋은 이야기를 해줬으면 해."

정색하고 말을 하는 자영 씨의 모습에 은주 씨는 많이 놀란 것 같았다. 은주 씨는 알았다고 하긴 했지만 그들 사이에 잠시 어색한 순간이 지나갔다. 그 순간을 견디기가 어려워서 자영 씨는 '괜히 이런 말을 꺼냈나?' 하는 후회를 하기도 했다고 했다.

그런데 그 다음 날 자영 씨는 은주 씨가 보낸 장문의 문자를 받게 되었다. 자영 씨의 말을 듣고 은주 씨 역시 곰곰이 생각해본 모양이었다. 은주 씨는 그동안 절친한 친구인 자영 씨가 편해서 습관적으로 약간 놀리듯 장난스럽게 말했고, 그녀가 잘되길 바라는 마음에 해준 말이 상처가 될 거라고 깊이 생각을 못했다고 했다. 그리고 앞으로는 자신도 말을 조심해서 하겠지만, 혹시라도 기분이 나빠진다면 자영 씨가 그렇게 표현을 해줬으면 좋겠다고 당부하기도 했다.

이 일은 새로운 방식으로 사람들과 관계하고 스스로에 대한 부정적인 감정에서 벗어나고 싶었던 자영 씨에게 큰 자극이 되었다. 그녀는 자신의 마음을 인식할 수 있었다는 것, 그리고 표현할 수 있었다는 것이 신기했고 또 그런 마음을 표현했을 때 상대가 자신의 마음을 받아준다는 것 역시 좋았다.

그 후에도 그녀는 이때 느낀 점을 생각하며 누군가가 자신에게 부정적인 이야기를 할 때 스스로를 못났다고 여기는 대신, 상대가 한 말의 적절성을 따지게 되었다. 부정적인 감정의 굴에 들어가는 대신 정면으로 그 말을 살펴야 한다는 것을 알게 된 것이다. 또 그녀는 필요할 때에는 직접 따지기도 했고 사과를 요구하기도 했지만, 그 관계가 자신에게 그다지 중요하지 않으면 피하는 것이 더 좋다는 것도 알게 되었다. 그러면서 그녀는 차츰 스스로를 못났다고 여기는 마음에서 벗어나게 되었다. 그녀는 자신에게 닥쳐온 감정적 동요를 슬기롭고 현명하게 해결해나간 것이다.

표현할 수 있는 용기

살다 보면 이런저런 말로 상처받고 또 상처를 주게 되는 일이 반복된다. 절대로 상처를 주고 싶지 않았던 사람에게 큰 상처를 주게 되기도 한다. 분명 응원해준다고 한 말인데 상대가 이 말을 불쾌하게 받아들일 때이다.

엄마로부터 끊임없는 지적을 받는 딸들도 그렇고, 사랑하는 사람의 핀잔을 자주 듣는 사람들도 그렇다. 가장 가까워서 사랑이나 우정이라는 이름으로 대변되는 관계일수록 이런 상처를 제대로 직시하지 못하고 지나가는 경우가 많다. 앞서 은주 씨도 친구가 더 나아지기를 바라서 구박하고 지적하는 말을 했기는 하지만 아이러니하게도 친구 자영 씨는 그 말에 상처를 받고 힘들졌다. 언제 어떤 상황이든 우리는 자신의 마음을 잘 인식하고 그 마음을 표현할 수 있는 용기를 내야 한다. 그럴 때에야 우리는 상처받은 마음을 다독이고 내 마음속 의도와 닮아 있는 결과를 얻게 된다.

의도와 다른 결과가 나타날 수도 있다

마음속 깊은 곳에 있는 이야기를 해보면 '난 왜 이 모양일까'라는 생각에 힘들어하는 사람들이 많다는 것을 알게 됩니다. 아마 정도의 차이일 뿐 모든 사람들은 때론 자신이 못났다고 생각하며 스스로를 부끄러워하는 마음에 흔들릴 때가 있는 것 같아요. 그런 생각의 뿌리를 살필수록 언젠가 가까운 사람에게 들었던 "넌 왜 이 모양이니"라는 말이 떠오릅니다. 대개는 부모님이나 선생님과 같이 가까운 사람들이 했던 말이죠.

사실 부모님이나 선생님은 '수치심과 부적절감'을 심어주고 싶어서가 아니라 오히려 그 반대의 이유 때문에 무심코 한 말입니다. '더 잘하고, 더 잘됐으면' 하는 마음에 "넌 왜 그 모양이니"라고 이야기하게 되는 것이지요. 문제는 어리고 여릴수록 가까운 사람들의 평가가 절대적으로 들린다는 데에 있어요. "넌 왜 그 모양이니"라는 표현 밑에는 '네가 잘 되었으면 좋겠어'라는 숨은 의도가 있지만 그게 잘 보이지 않을 때가 많다는 것이지요. 표현되지 못한 마음은 보지 못하고 그저 표현에 상처받을 때 우리는 지금 자신의 모습을 부끄럽게 여기고 자신을 믿지 못하게 됩니다.

많은 관계 속에서 우리는 너무 사랑하고 아끼는 마음에 의도와 달리 어떤 사람의 마음속에 비수처럼 꽂혀 상처를 주는 경우를 많이 보게 됩니다. 그러니 아무리 좋은 의도를 품고 하는 말이라도 이 말을 듣는 누군가에게 상처가 될 수도 있고, 심지어 그 의도와는 전혀 다른 결과를 얻을 수 있다는 점을 기억해야 합니다. 또 듣기에는 아픈 말이지만 사실은 좋은 의도를 담고 시작된 일일 수 있다는 점도 잘 살펴야겠지요. 진심은 통한다고 하지만 제대로 표현해야만 통하는 진심도 있습니다. 의도대로 표현하고 의도대로 받아들일 수 있어야 우리는 더 행복해집니다.

감정 노동에 지친 마음

사람 대하는 일이 참 힘들어요

얼마 전에 항공사에서 스튜어디스로 일하고 있는 후배 수빈을 만났다. 큰 키에 단아한 외모를 한 후배는 성격도 착하고 순했다. 그 애와 함께 시간을 보내면 나도 덩달아 착해지고 순해지는 것 같아서 좋았다. 그런데 그 애는 요즘 이 일을 계속해야 할지, 그만두어야 할지 고민 중이라고 했다. 그 말을 하는데 순한 그 얼굴에 어두운 그림자가 드리워졌다. 스튜어디스가 되기 위해 얼마나 노력했는지를 알고 있어서 그만둘 생각을 한다는 말에 놀랐다.

"많이 힘든가 보네. 그래, 쉬운 일은 아닐 것 같아."

"체력적으로 힘들기도 하지만 진짜 힘든 건, 사람 대하는 거예요."
"그래, 사람 대하는 게 제일 힘들긴 하지. 별별 사람 다 있지?"
"그렇기도 한데, 진짜 힘든 건 같이 일하는 선배들 때문이에요."

스튜어디스를 시작한 지 얼마 되지 않은 후배는 비행시간 내내 선배와 마주 보고 앉아 긴 여행을 가야 하는 것이 부담스럽고 힘들다고 했다. 비행하는 동안에 기내에서 스튜어디스 간의 위계는 엄격하면서도 미묘한 면이 있어서 조심해야 할 점이 한두 가지가 아니라고 했다.

그 애는 비행시간 동안 선배의 기분을 살피며 재잘거려야 한다고 했다. 서로 마주 보며 앉아 있는 상황에서 적당히 재미있고 감정 상하지 않을 이야기를 더 직급이 낮은 후배가 해야 하는 것이다. 그런데 본래 내성적이고 말수가 별로 없는 편인 수빈은 기내 서비스가 끝난 후에 선배와 보내야 하는 시간이 가장 곤혹스럽다고 했다. 탑승객을 대하는 일이야 무조건 친절하면 되지만, 자신이 눈치가 없고 빠릿빠릿한 편은 아니라서 인간관계가 어렵다고 했다.

"처음에는 제가 눈치가 없어서 아무 말도 안 하고 그냥 비행만 했는데, 그 뒤로 몇몇 선배들에게 찍혀서 지금은 좀 조심하고 있어요. 그게 참 어렵네요."

상대방이 말을 안 하고 무표정으로 있으면 자신의 의도를 오해하고 존중받지 못한다고 생각하는 사람들 때문에 후배는 일부러라도 웃고 재미있는 이야기를 지어내야 할 것 같다고 했다. 이렇게 자신과 다른 모습을 꾸며내야 하는 것이 쉽지 않았다. 그런데 이렇게 일을 하면서 쌓인 스트레스를 풀만한 편한 친구도 별로 없었고, 친구들과 일하는 시간이 다르다 보니 스트레스가 풀리지 않고 점점 쌓이는 것 같다고 했다. 요즘엔 누구를 만나도 자신의 감정에 대해 들어주는 사람보다는, 자신이 감정 상하지 않게 눈치 봐야 하는 사람들뿐이라 편하지가 않다는 것이다. 그래서 자신의 성격에 맞지 않는 일을 택한 것은 아닌지 고민했다.

이야기를 듣다 보니 '감정 노동자'라는 말이 생각났다. 스튜어디스는 기분이 좋지 않은 상황에서도 '웃음 가면'을 쓰고 다른 사람들을 장시간 대해야 하는 직업이기 때문이다. 어떻게 보면 가장 힘든 노동을 하는 셈이었다. 그리고 업무 이외의 관계에서도 그와 같은 방식으로 사람을 대해야 한다면 그 후배의 노동시간은 가늠되지 않을 정도로 길다. 그녀가 지치는 것은 당연한 일이었다.

우리는 모두 감정 노동자

'감정 노동'은 타인의 기분을 좋게 하기 위해서 자신의 진짜 감정보다는 즐겁고 친절한 모습을 유지해야 하는 노동의 형식을 말한다. 앨리 러셀 혹실드라는 사회학자가 여객기 승무원의 웃음과 친절을 분석하여 개념화한 뒤로 다양한 노동의 장면에 적용되었다. 흔히 '노동'이라고 하면 육체적·정신적 측면을 생각한다. 그런데 감정 노동이 개념화되면서 우리가 생각하는 노동에 감정적인 면이 있다는 것, 그리고 그 면이 생각보다 크다는 사실이 다양한 연구를 통해 밝혀졌다. 또한, 현대 사회는 서비스의 사회라고 할 만큼 고객의 기분을 맞춰주는 서비스의 질이 강조된다. 미소와 친절은 그런 서비스 노동의 핵심이다. 그런데 우리가 자신의 감정과는 무관하게 노동의 이름으로 감정을 억제해야 할 때, 사랑하는 마음이 전혀 없는 사람들에게 억지로 밝은 미소를 띤 채 '사랑합니다. 고객님!'을 외치는 일이 반복될 때, 우리는 자신의 감정을 소외시킨다. 억지로 지은 웃음과 강요된 친절의 이면에 우울과 소외감이 따라오며, 감정 노동 종사자들이 일반 사무직 노동 종사자들에 비해 심리적인 질환을 경험할 가능성이 크다고 한다.

사실 느슨하게 정의하자면 우리는 모두 감정 노동자이다. 우리는 주변 사람들이 즐겁고 편안했으면 하는 마음에 자신의 생각을 그대로 표현하기보다는 타인의 기분을 맞춰주는 방식으로 관계한다. 감정 노동자도 아니면서 감정 노동을 하게 되는 것이다.

어떤 사람은 친구의 목걸이가 예쁘지도 않은데 "와, 예쁘다!"라고 말한다. 또 어떤 사람은 엄마의 기분을 맞춰주기 위해 해야 할 일이 산더미처럼 쌓여 있는데도 아버지와 다투고 낙담한 엄마를 위로하기 위해 달려간다. 그리고 어떤 사람은 무뚝뚝한 남자 친구의 반응을 얻어내기 위해 스스로 '오바'라고 생각하면서도 쉴 새 없이 말을 하고 과장된 행동을 한다. 어떤 사람은 상사의 비위를 맞춰주기 위해 상사의 재미없는 농담에도 크게 웃어주고는 말도 안 되는 제안에도 크게 맞장구를 친다. 또 어떤 사람은 친구의 하소연을 들어주느라 전화기가 자주 뜨거워진다.

이런 면에서 우리는 모두 감정 노동 종사자이다. 적당한 감정 노동은 관계의 윤활유가 된다. 누구든 자신의 기분을 살펴주는 사람과 함께 있고 싶을 테니 말이다. 그런데 이런 감정 노동을 시간과 공간의 제한 없이 매순간 하게 된다면 우리의 감정 노동은 독이 된다. 노동의 범위가 정해져 있지 않고 노동의 대가가 지불되지 않는다는 점에서, 우리가 일상에서 이런 감정 노동을 과하게 하는 것만큼 큰 일상의 비극은 없다.

감정 노동, 지나치면 문제가 된다

스튜어디스와 같은 서비스업일수록 감정 노동이 많이 요구되지만, 노동 강도에 비해 정당한 보상을 받지 못하는 일도 많고 직업 수명이 짧으며, 사회적 힘이 없다. 그리고 여성일수록 어떤 직종에 종사하든 감정 노동을 하도록 요구받는 경향이 있다. 어느 정도의 감정 노동은 누군가에게 기쁨과 활력이 될 수도 있고, 다른 사람에게 사랑받고 인정받는 좋은 수단이다. 그러나 직업을 떠난 일상적 관계 속에서 감정 노동의 범위는 정해져 있지 않기 때문에, 내가 어느 정도까지 타인의 기분을 맞춰줄 것인가에 대해서는 진지하게 고민해볼 필요가 있다.

관계 속 감정의 문제는 개개인의 기질과 성격, 그가 처한 상황과 관계의 역동에 따라 모두 다르기 때문에 모든 상황에 적용되는 절대적이고 명확한 답은 없다. 어떤 조직문화 속에서 나에게 부당하게 느껴지는 일이라도 그 조직 내 구성원들에게는 당연하게 여겨지는 면이 있다면, 일단은 그 조직 전체를 변화시키는 것은 어렵기 때문에 그 특성을 어느 정도는 받아들여야 한다. 다만 어디까지 받아들이고 어디서부터는 안 받아들일 것인가에 대한 개인적인 기준을 정하는 것이 필요하다. 또한, 직업에서뿐 아니라 내가 속한 모든 관계 속에서 나도 모르게 감동 노동을 하고 있다면 이를 문제시할 필요가 있다.

어떤 사람들은 자신이 감정 노동을 과도하게 하고 있다는 사실조차 모른 채 친절과 봉사, 희생정신이 자신의 장점이라고 생각한다. 이런 면이 지나칠 때, 직업으로 인한 감정 노동이 성격으로 굳어져 친구, 가족, 애인과의 관계에서도 그 직업적 탈을 쓰게 되는 한계를 넘어서지 못한다.

관계를 보다 다양화한다

안타깝게도 많은 감정 노동자들이 일상적인 관계 속에서도 감정 노동을 멈추지 못한다. 자신의 감정을 표현하기보다는 타인의 기분을 맞춰 주는 것이 자신에게 너무 익숙한 나머지 모든 관계에서도 같은 역할을 반복하는 것이다. 이들에게는 새로운 관계 패턴이 필요하다. 그래서 나는 후배에게 지금 당장 일을 그만두기보다는 지금까지와는 다른 관계를 맺을 수 있는 새로운 시도를 해보라고 했다. 직장에서야 어쩔 수 없지만 직업 이외의 관계에서 마음껏 나를 펼칠 수 있고, 타인의 기분이 어떤지 눈치 보고 조심스러울 필요 없는 관계 경험이 필요하다는 것이다.

그녀뿐 아니라 감정 노동에 지쳐 있는 우리는 다양한 방식의 관계를 필요로 한다. 관계는 우리의 모습을 펼쳐 보이고 새로운 시도를 해볼 수 있는 실험 판이기 때문이다. 그 실험 판을 넓게 써야 한다. 한 가지 역할에만 매여 다양한 역할을 펼쳐나갈 수 없다면 우리 삶은 갑갑해진다. 갑갑한 우리에게는 더 많은 실험이 필요하다.

 감정을 쓰는 일이 노동으로 분류될 수 있다는 개념을 처음 접했을 때 참 많은 것이 설명되는 것 같아 신선했습니다. 세상 사람들의 욕구와 태도가 워낙 다양한지라 사람을 대하는 직업이 힘들다고 하지요. 하지만 다른 사람의 기분을 맞춰주는 일만큼 스스로에게 좋은 기분으로 메아리치는 일도 없습니다. 우리의 정성과 친절, 배려로 기분이 좋아진 사람들의 모습을 볼 때 덩달아 기분이 좋아지고 행복해집니다. 다만 상대방이 너무나 까다롭고 억지를 부려 우리의 노력을 전혀 알아주지 않고 불평만 할 때, 그럴 때만큼 우리가 감정적으로 지치게 되는 일은 없습니다. 더구나 일상 또는 사회에서 이런 사람들을 많이 만나야 한다면, 만날수록 휴대전화 배터리가 방전되듯 힘들어질 거예요.

 생각해보면 세상 어떤 일이든 우리의 감정을 필요로 하지 않는 일은 없는 것 같습니다. 까다로운 고객 때문에, 매일같이 얼굴을 맞대고 일을 해야 하는 사람 때문에, 나에게 어딘지 화나 있는 것만 같은 친구 때문에, 나를 탐탁지 않게 여기는 윗사람 때문에 이런저런 감정에 치이게 된다면 그럴수록 우리는 내 감정을 자주 돌아보고 다독여줄 필요가 있습니다. 그리고 직업이 우리의 일상을 무너뜨리지 않도록 노동의 경계와 범위를 확고히 할 필요가 있습니다. 고단한 감정 노동으로 방전된 당신에게 필요한 것은 '충전'이니까요.

거절에
상처받은 마음

그 애는 왜 나를 거절할까?

고등학교 때 교회 수련회에 간 적이 있었다. 나는 종교가 없었지만 교회를 다니는 친구 때문에 수련회에 가게 되었다.

나는 답답했던 공간을 떠난다는 것만으로 충분히 설렜고, 수련회에서 처음 만나게 된 교회 사람들도 대부분 호의적이었다. 그럭저럭 편했는데 유독 한 여자아이가 나를 불편하게 대했다.

하얀 얼굴에 고양이 눈을 하고 있던 그 아이는 다른 사람들과 있을 때면 친절하고 밝은 얼굴로 나를 보다가도 단 둘이 있는 순간에 표정이 싹 바뀌었다. 말투도 무뚝뚝했고 나를 바라보는 눈빛이 찬바람이 부는 듯 차가웠다. 처음에는 '내가 너무 예민한 거겠지' 하고 신경을 쓰지 않으려고 노력했지만 그 아이는 여러 번 나에게 그런 표현을 해서, 나를 온몸으로 거절하고 있다는 생각이 들었다. 여러 번 내가 먼저 말을 걸어도 대답이 돌아오지 않고 난 뒤 알게 된 사실이었다.

그 후 그 아이가 있을 때면 괜스레 불편하고 위축되었다. 활발하고 인기가 많은 그 아이가 사람들에게 미치는 영향력은 큰 반면, 처음 본 사람들과 어울려야 하는 나의 힘은 상대적으로 약했다. 그 애가 새침한 얼굴로 나를 흘겨볼 때에는 '나를 왜 밉게 보나', '어떻게 하면 저 눈빛을 다정하게 바꿀 수 있나' 싶어 고민스럽기도 했다. 나 역시 아무렇지 않은 척하기는 했지만 그 시간은 무척이나 곤혹스러웠다.

그 후 나는 그 교회를 가거나 수련회에도 참석하지 않았다. 그 애 한 명이 보인 냉정한 거절로 인해 수련회의 경험이 완전히 불편하고 껄끄러운 감정으로 뒤덮였기 때문이었다. 더 많은 사람들이 나를 환영해주었는데도, 한 사람의 거절은 그 환영의 기쁨을 지우게 했다. 내가 어렸기 때문에 그렇기도 했겠지만 나이가 몇이든 어디에서 무얼 하든 간에, 거절당하는 상황에서는 작은 것도 크게 느껴질 수밖에 없다. 만약 그 사람과 친해지고 싶은 마음이 있었다면 더더욱.

거절이냐 환영이냐

상담을 하다 보면 이런저런 거절의 경험이 불러온 상처에 대한 이야기를 자주 듣게 된다.

우리는 살면서 여러 집단에 발을 들여놓게 되는데, 처음에는 가족이라는 집단, 그리고 학교, 직장, 그 외에도 동아리나 모임, 클럽 등에 말이다. 아주 독립적이고 개인적인 성향을 지닌 사람이라도 한두 개의 집단 속에 있기 마련이다. 누구에게나 자신이 속한 집단의 소속감은 중요하다.

자신이 속해 있는 모든 집단에서, 그 집단에 속한 모든 사람과 잘 지내면 좋겠지만 그러기는 쉽지 않다. 어느 집단에서든 한두 명쯤 불편하거나 어색한 사람이 있기 마련이다. 그리고 때로는 한두 명이 아니라 여러 명과 관계가 불편해져서 집단 전체로부터 거부당하는 것만 같은 느낌을 받을 때도 있다. 이런 소외의 경험은 우리에게 깊고 진한 상처로 남는다.

그중 소외의 경험이라고 일컫는 소위 '왕따 경험'은 우리에게 가장 치명적이고 큰 감정적 상처를 남기는 것 같다. '왕따'는 개인이 집단에게 거부되는 현상을 가리키고 어느 정도의 신체적, 정서적 폭력을 함의하고 있는 말이다. 예외적인 사건처럼 보이지만 의외로 왕따 경험을 이야기하는 사람이 많다. 깊은 상처로 남을 정도가 아니더라도 살면서 누구나 한번쯤은 집단 속에서 잘 어울리지 못하고 집단원들에게 배척당하는 경험을 하게 된다.

특히, 처음으로 가족을 벗어나 친구들 속에서 나를 찾기 시작하고 마음의 힘이 단단하게 형성되지 않았을 초·중·고 시절에 경험한 왕따 경험은 그 파급이 더 크게 남는다. 아무래도 집단 속의 한 사람을 소외시키는 것은, 집단에 속한 사람들이 경험하는 스트레스가 큰 집단일수록 더 빈번하고 폭력적으로 나타나는 것 같다. 스트레스를 어떻게 풀어야 할지 몰라 누군가를 일부러 소외시키는 미성숙한 방식으로 취하는 것이다. 그런데 정작 소외되는 사람은 자신이 그런 상황을 불러왔다고 생각하며 죄책감이나 수치심을 느끼기 쉽다.

'내가 다른 애들과 달라서', '내가 다른 사람의 심기를 건드려서', '내가 잘못한 게 있어서' 이런 일이 일어났다고 생각할 때 이 경험은 더 큰 상처로 다가온다. 또 이런 경험을 반복적으로 하다 보면 그 사람은 스스로 대인 관계 속에 문제가 있다고 생각해서 먼저 다가가지 못하고 관계를 쉽게 포기하게 된다. 그러다 보면 소외의 문제는 더 심각해지고 소통은 더 어려워지고 나쁜 경험 속 상처가 내면에 깊이 각인된다. 단지 경험이 나빴던 것인데 내가 나쁜 것이 아닌지 스스로에 대해 부정적인 감정을 갖는 것이다.

소외 받게 된다면

다른 사람들과의 관계에서 느끼는 어려움 때문에 자신이 경험한 과거의 관계 패턴을 면밀히 되짚어본 사람들은 과거의 경험이 현재에 미치는 크나큰 영향에 놀라게 된다. 과거가 현재에 영향을 미칠 것이라는 점은 당연히 알고 있었지만, 그 영향의 파급이 이렇게 크고 철저할 줄 몰랐다는 것이다. 특히 과거의 경험이 불러오는 불편한 감정이 싫어서 일부러 과거를 돌아보려 하지 않는 사람일수록 그 불편한 감정을 제대로 보기 힘들다. 보기만 해도 너무 아프기 때문이다. 그런데 그들은 그 경험과 감정을 제대로 바라봐야 안 좋은 영향력에서 완전히 벗어날 수 있다.

관계 속에서 소외되었던 과거의 경험은 보통 다음 네 가지 모습으로 나타난다. 현재, 관계 속에서 반복적으로 거북하고 불편한 마음을 느끼게 된다면 소외와 거절에 대한 나의 과거 경험을 되짚어보는 것이 필요하다.

> 1. 새로운 사람을 만나는 상황에서 크게 걱정하고 불안해한다.
> 2. 거절당할까 봐 두려워 관계 속에서 제안을 하지 않는다.
> 3. 다른 사람의 심기를 건드리지 않기 위해 어려운 일을 도맡아 한다.
> 4. 누군가 나를 탐탁지 않게 여기는 것 같으면 불안하고 걱정스럽다.

과거의 관계 속 소외 경험이 현재의 관계에 미치는 영향은 두 가지 통찰과 함께 온다. 하나는, '그때는 그렇게 큰 상처인 줄 모르고 지나갔던 일이 지금 내 모습에 생생히 남아 있구나' 하는 통찰이고, 또 다른 하나는 '그때는 세상의 전부인 것만 같았던 커다란 일이 그저 인생의 한 부분에 불과했구나' 하는 통찰이다. 이를 알게 되면 이들의 마음이 조금 더 편해질 것이다.

과거가 현재에 미치는 영향의 방식과 패턴을 제대로 알 때, 우리는 현재 관계 속에서 느끼는 불편한 소외감을 잘 건널 수 있다.

경험이 나빴던 것일 뿐 내가 나쁜 것은 아니라는 것, 누군가가 나를 거절하는 것은 내가 잘못해서가 아니라 상대방과 내가 달라서 일어난 알 수 없는 감정이라 생각하면 조금은 편해질 수 있다. 내가 그 감정에 흔들릴 필요가 없다고 마음속 깊이 받아들일 수 있을 때, 우리는 거절과 소외의 경험을 치유 받고 새로운 관계를 잘할 수 있다. 우리는 모두, 환영받기 위해 태어난 사람이다.

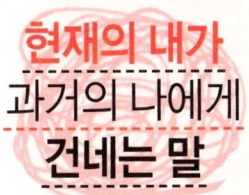

 과거에 타인으로부터 소외를 당한 경험을 이야기하는 내담자에게 "과거의 나에게 지금의 나는 어떤 말을 해주고 싶나요?"라는 질문을 하게 됩니다.

 그러면 그 경험을 충분히 이야기할 수 있고, 이제 다른 관점에서 그 상황을 바라보게 된 내담자들은 이런 이야기를 합니다.

 "맞을 수밖에 없는 상황에선 당당히 맞아, 넌 잘못한 게 없으니까. 네가 잘못한 게 아니라 걔네가 나쁜 거야. 고개 숙이지 말고 빳빳이 들어."

 "외롭고 힘들었겠다. 근데 봐라, 너 참 잘했어. 지금도 잘 살고 있잖아."

 "결국 넌 좋아질 거고 돌아보면 아무것도 아닌 일이야. 정말이야, 그러니까 너무 크게 생각하지 마. 다 잘될 거야."

 이 이야기를 할 때 상처 때문에 힘없이 고개를 숙이고 있던 상처가 많은 아이에서 벗어나 힘 있고 의젓한 어른이 된 것 같습니다. 물론 이렇게 이야기를 한다고 상처받았던 사실이 없어지거나 과거의 모든 상처가 모두 지워지지 않습니다. 하지만 이런 말을 스스로에게 건넴으로서 과거를 바라보는 방식이 완전히 달라진다는 점이 중요하지요.

다양한 관계 속에서 크고 작은 거절과 소외의 경험을 할 수밖에 없는 우리에게도 같은 질문을 할 수 있다고 생각합니다. 소외의 감정에 힘들었던 과거의 나에게 현재의 나는 어떤 조언을 해줄 수 있을까요? 다른 사람들이 나를 소외시킨다고 해도 내가 나를 소외시키지 않는 한, 우리는 어떤 거절의 상처에도 이겨낼 수 있습니다. 지금의 내가 십 년 전의 나에게, 그리고 지금의 나에게 십 년 후의 내가 따뜻한 말로 안아줄 수 있다면 우리는 세상 모든 거절의 상처에도 의연할 수 있는 탄탄한 마음을 갖게 되는 것입니다.

경쟁심 때문에 힘든 대인관계

경쟁심, 친밀한 관계를 막는 걸림돌

몇 년 전인가 '타인과 친밀한 관계를 유지하는 것이 중요하다'는 주제의 강연을 마치고 집으로 돌아가려고 하는데 정장을 멋지게 차려입은 한 여성이 다가와 이런 질문을 했다.

"저는 일에 있어서는 자신이 있어요. 그런데 사람들과의 관계 문제는 너무 어렵거든요. 특히 여자들과의 관계가 더 어렵다는 생각을 해요."

그녀의 이야기가 익숙했다. 일이라면 자신 있는데 관계 문제에 있어서 힘들다고 했던 어떤 내담자의 말도 생각났다.

"저는 일은 아무리 많아도, 아무리 어려워도 그럭저럭하겠는데요,

다른 사람들과 관계에 대한 건 너무 어렵고 힘들어요. 감정이 생기니까 일에도 지장 받아요."

이렇게 말한 내담자는 학교에 다닐 때나 사회에 나가서 성실했기 때문에 하고자 하는 것을 쉽게 이룰 수 있었다고 한다. 그래서 어떤 일을 하든 간에 자신감과 성취감을 느끼며 잘해나갔지만 유독 관계에서만은 자꾸만 막히게 된다고 말했다. 사람들의 사이에서 문제가 꼬이면 마치 초등학생이 수능시험 문제지를 집어든 것처럼 머리가 하얘진다는 것이었다.

나는 이전에 만나던 내담자의 말을 떠올리며 내 앞에 있는 그녀에게 관계가 어려운 이유가 무엇인지에 대해 되물었다.

"글쎄요. 경쟁심 때문인 것 같아요. 특히 조직에서 관계를 잘하기 힘들고 어려운 게, 뭔가를 잘하면 사람들이 경쟁심을 느끼고 질투할까 봐 걱정하게 돼요. 전에 그런 경험을 많이 했거든요."

나는 그녀의 말을 들으며 내가 자주 머물게 되는 경쟁하는 마음을 보게 되었다. 나 역시 경쟁심 때문에 친밀해지는 데에 한계를 느끼고 괴로울 때가 많았다. 친구가 잘됐을 때 기꺼이 곁에서 축하해주고 격려해주지 못하는 마음, 언제 어디서든 내가 가장 돋보이는 사람이었으면 하는 마음에 다른 사람을 끌어내리고 싶었던 마음, 또 한편으로는 누군가가 나에 대해 격려나 지지가 아닌 경쟁심을 내비칠 때 실망하거나 상처받게 되는 마음, 그 모든 마음들이 내 안에 있었다. 그러고 보니 경쟁심은 분명 타인과 친밀한 관계를 맺는 데에 큰 장애물이었다.

타인의 행복을 내 일처럼 기뻐하고 축하할 수 있다면, 내 일상의 좋은 감정은 두 배로 늘어날 것이다. 또, 눈치 보지 않고 나의 행복을 드러내고 축하받을 수 있다면 전보다 두 배로 더 많은 성취를 이룰 수도 있을 것이다. 그러기에 경쟁심은 그녀의 화두일 뿐 아니라 나의 화두, 그리고 우리 모두의 화두이기도 한 것 같다. 그렇다면 그녀와 나는, 혹은 경쟁심 때문에 타인에게 기꺼이 박수치지 못하고 나에게 좋은 일이 생겨도 타인의 모습을 경계하고 살피게 되는 우리는, 이 경쟁심을 어떻게 바라봐야 할까?

경쟁심의 개인사를 살핀다

사람이라면 누구나 경쟁심을 느끼는 순간이 있다. 하지만 경쟁심을 느끼는 정도와 영역, 대상과 표현 방식은 저마다 다르다. 경쟁심을 잘 조절하기 위해서는 자신의 경쟁심을 여러 면에서 살펴볼 필요가 있는데, 특히 경쟁심과 관련된 개인사를 돌아보는 것이 큰 도움이 된다.

강연장에서 만났던 그 여성은 가부장적이며 남아선호 사상이 강한 집안 분위기 속에서 자랐다. 그녀는 1남 2녀 중 둘째로 태어났는데, 첫째인 언니는 공부를 잘했고 책임감도 강했을 뿐 아니라 얼굴도 그녀보다 예쁘다고 했다. 또 막내인 남동생은 '남자라서' 혹은 '어려서' 관심을 받았다고 한다. 그런데 자신은 그 사이에 끼어 그만한 관심과 인정을 못 받는 편이었다고 한다. 그런 그녀가 주목받기 위해 할 수 있는 일은 그저 '공부를 잘하는 것'과 '다이어트에 성공하는 것'밖에 없었다고 했다. 그녀는 자신의 경쟁심을 이렇게 이해하고 있었다.

그녀는 자신이 왜 유독 같은 성별인 여성에게 경쟁심을 느끼는지 이유를 알 수가 없다고 했는데 아마도 남동생과 비교를 당하기보다는 언니와 더 자주 비교를 당했기에 그런 것이 아닌가 싶다. 우리가 자주 비교당하고 어떤 자원을 얻기 위해 경쟁해야 하는 처지에 놓이게 되면, 그 경쟁심은 우리 마음속에 심어진다. 경쟁이 내면화되는 것이다. 그녀가 의식하든 의식하지 못하든 그녀는 언니를 경쟁 상대로 여기며 살고, 그녀와 언니를 닮은 다른 여성들의 경쟁심을 민감하게 받아들이는 것 같았다.

생각보다 형제·자매(그리고 더 넓게는 사촌들)가 우리의 경쟁 심리에 미치는 영향은 크다. 우리는 어쩔 수 없이 자신의 위치를 가족 속 자신의 위치로 가늠하게 되기 때문이다. 다른 사람들과의 관계에서 자주 느끼는 감정 패턴의 그 뿌리를 살펴보면, 어린 시절 가족 안에서 주로 느끼던 감정의 패턴을 그대로 답습한 경우가 많다. 의식하지 못하는 사이 가족 속에서 해왔던 역할, 감정, 관계를 그저 재현하는 것이다. 가족은 평생 동안 우리의 마음속을 크게 차지하며 많은 영향을 미친다. 따라서 우리는 어떤 마음에 부딪힐 때마다 그 마음에 얽힌 자신의 개인사를 살피는 것이 필요하다.

역사를 배우는 이유는 역사가 되풀이되기 때문이다. 되풀이하고 싶지 않은 역사가 있고 삶을 보다 창조적으로 살고 싶다면, 우리가 가장 먼저 해야 할 일은 바로 역사를 배우고 살피는 일일 것이다. 역사가 현재에 미치는 의미를 이해하고 과거가 그대로 되풀이되지 않도록 하는 것이다. 혹시 가족 내에서 굳어진 경쟁심의 역사를 다른 관계에서도 무작정 반복하고 있는 것은 아닌지 잘 살펴보자.

경쟁심의 효용을 놓치지 말자

경쟁심은 부정적이기만 한 감정이 아니다. 경쟁심이 없는 사람은 하고자 하는 일을 끝까지 해내려는 힘도 부족할 수 있으며, 남보다 나은 성취를 하기도 어렵다. 경쟁심 덕분에 우리는 중간에 포기하지 않고 스스로를 채찍질하며 많은 것을 해낼 수 있다. 그리고 그런 감정은 우리를 현실에 안주하기보다는 조금 더 발전하고 성장해나가도록 도와준다. 그렇지만 경쟁심은 다른 사람과 친해지는 데에 걸림돌 역할을 하는 면이 있기는 하다. 앞서 경쟁심 때문에 관계의 문제가 힘들다고 했던 두 여성은 그런 경쟁심이 있었기에 사회적으로 유능했고, 열심히 노력해서 목표한 바를 이룰 수 있었다. 경쟁심은 부정적인 면만 있는 것이 아니다. 적절히 활용한다면 경쟁심은 성취의 연료가 된다.

내 것을 다른 사람에게 돌리지 말아야

한참 동안 경쟁심에 대한 이야기를 나누던 그녀는 문득 이런 말을 한다.

"사실 예전에는 다른 사람들이 저에게 경쟁심을 느낄까 봐 두려워서 너무 가까워지는 것을 피해왔어요. 그걸 살피고 경계하는 게 너무 피곤하다 느끼면서요. 그런데 사실 그게 제 마음인 것 같아요. 제가 경쟁심을 자주 느끼니까 누가 나에게 경쟁심을 느낄까 봐 싫은 거지요. 친해지기 어려운 건 제 탓이 큰 거 같아요. 누가 나보다 잘되는 걸 그냥 보지 못하겠으니."

그녀의 통찰은 우리가 느끼는 다양한 마음에도 적용된다. 너를 보며 느끼는 많은 감정은 사실 나로부터 비롯된다. 내 안에 없는 감정은 타인이 쉽게 흔들지 못한다. 그럼에도 우리는 '나'를 보지 못하고 '너'에 집중한다.

다른 사람이 나를 보며 경쟁심을 느낄까 봐 살피고 경계하는 이유는, 사실 내가 다른 사람을 보며 경쟁심을 크게 느끼기 때문이다. 그런데 우리는 자신의 그 마음을 그대로 인정하고 받아들이기가 어려워서 타인에게 돌린다(심리학 용어로 이를 '투사'라고 부른다. 내가 느끼는 것인데 마치 타인이 느끼는 것처럼 대하는 것이다).

사실은 내 감정인데 내 것이 아니라고 여기는 것이다. 그런데 내 것은 내 것으로 가져와야 감정 조절이 가능해진다. 타인이 우리에게 품는 (혹은 품는다고 짐작하는) 마음은 우리가 아무리 많은 노력을 쏟아 부어도 어찌해볼 수 없는 부분이 많기 때문이다.

내 마음을 타인에게 투사하면 그 순간에는 편리할지 몰라도 그 감정을 잘 조절해나가기란 불가능하다. 내 마음을 제대로 들여다보고 혹시 다른 사람 탓하며 모든 화살을 타인에게 돌려서 힘든 건 아닌지 잘 살피자. 그러면 의외로 관계가 잘 안 되는 것 같아서 고심하던 문제가 쉽게 풀리기도 한다. '너 때문에'라기보다는 '내가 이렇기에'라고 마음을 먹으면 억울하고 답답했던 마음이 풀리고 마음의 길이 열린다.

바야흐로 무한경쟁의 시대가 열린 지금, 경쟁은 사람과 사람 사이의 관계를 뾰족하고 서먹하게 만들기도 합니다. 의자는 하나인데 그 의자에 수천 명이 앉겠다고 몰리는 현실 앞에서 어떻게 마음 놓고 다른 사람의 눈을 보며 느긋하게 이야기를 나눌 수 있겠어요. 경쟁에서 탈락한 사람들이 느끼는 감정들은 누가, 어떻게 위로해줄 수 있을까요?

어떤 분들은 이렇게 경쟁이 치열해질수록 우리에게 필요한 것은 더 비장한 경쟁심이라 말합니다. 그 말이 어느 정도 일리가 있다고 생각합니다. 그래야 다른 사람들에게 인정받고 스스로에 대해 자부심을 느끼며 살 수 있을 테니까요. 하지만 경쟁 때문에 사람과 사람 사이의 관계가 흔들리는 것은 분명 문제가 있다고 생각합니다. 그 하나의 의자를 어렵게 차지하고 난 뒤 주변 사람들에게 축하받지 못하고 격려 받지 못한다면, 그 성취가 별로 의미가 없을 테니까요. 그렇게 홀로 외롭다면 성취 역시 계속되기 어려울 것만 같습니다.

경쟁심에 밀려 다른 사람과 맺는 관계의 끈이 약해진다면, 그 관계의 끈을 다시 붙잡으세요. 진정 중요한 것은 경쟁심을 키우는 데에 있는 것이 아니라 나를 응원해주고, 나의 성취를 자신의 일처럼 기뻐해주는 타인과의 관계라는 점을 잊지 말아야 합니다. 그리고 경쟁심은 조금 내려놓되 경쟁력을 키우며 서로가 서로에게 좋은 자극을 주도록 합시다. 타인의 성취를 함께 기뻐해줄 수 있는 그런 관계를 만들어가기 위해.

상처받고 싶지 않아 거리 두는 마음

관계 설정, 너무 가깝거나 멀거나

대학교 때 학비를 마련하기 위해 한 사무실에서 아르바이트를 했던 적이 있었다. 나를 관리하는 관리자가 두 분이 있었는데, 두 분의 성격은 달라도 너무 달랐다. 그래서 나는 일하는 동안 친구나 가족, 연인 이외에 함께 일하는 동료 관계에서 '관계의 경계'를 설정하는 일이 얼마나 중요한지를 배우게 되었다.

그분 중에 한 분은 경계가 너무 없어서 친밀하게 대한다는 뜻으로 일외에 시간에도 함께 시간을 보내길 원했고, 이유 없이 이런저런 선물 세례를 퍼붓기도 했다. 이 분과 있을 때면 한편으로는 고맙기도 했지만, 또 다른 한편으로는 부담스럽고 불편하기도 했다. 많이 받은 만큼 돌려주어야 할 것 같은 부담에 시달리게 되었기 때문이다. 게다가 친밀함을 배경으로 깔고 무리한 부탁을 할 때에는 거절하기가 어려워 난감하기도 했다. 이런 경험 때문에 지금도 나는 일의 경계가 너무 느슨한 사람들을 만나면 미리 심리적인 경계의 벽을 쌓기에 바쁘다. 그들로부터 나를 지키기 위함이다.

반면, 다른 한 분은 경계가 너무 확고했다. 그분은 주변 정리도 완벽하리만큼 깔끔하게 했고, 일을 할 때 업무 지시를 하거나 책임 분담을 하는데 있어서도 명확했다. 일을 할 때 잡담하거나 개인적인 이야기를 전혀 하지 않았기에 속내를 알기는 어려웠다.

사실 일을 함께하기에는 경계가 느슨한 분보다는 경계가 확고한 분이 더 편했다. 일 외에 다른 일로 엮일 가능성이 적고, 예상치 못했던 일을 요구받을 일도 없고, 더 살펴야 하는 점은 없는지 마음 쓰지 않아도 되니 말이다. 하지만 인간적이고 정서적인 교류는 기대할 수 없었기에 어딘지 모르게 불편하기도 했다. 이 분과는 아무리 오래 함께 일을 한다고 해도 관계가 친밀해질 리는 없었다.

이런 일도 있었다. 나는 어느 날 일을 마치고 돌아가는 길에 같이 일하는 분들에게 음료수를 샀다. 다른 사람들은 좋아하며 음료수를 받아들였는데 경계가 확고했던 분은 한사코 거절을 하셨다. 나는 재차 권유를 했는데 그분은 단호한 표정으로 '싫다'는 제스처를 취했다. 그 표정은 그분이 애써 유지하고 싶어 하는 단단한 경계를 보여주는 것 같았다. 물리적으로는 다른 사람들과 한자리에 있어도 심리적으로는 절대로 섞이지 않겠다는 아주 확고하고 단단한 경계를 세우고 있는 것이다.

나는 음료수를 쥔 채 내밀었던 손을 다시 가져가며 예리한 어떤 것으로 내 감정이 살짝 긁히는 듯한 느낌을 받았다. 경계가 느슨한 사람은 느슨한 대로 우리를 부담스럽고 난감하게 할 수 있지만 확고한 경계가 주는 감정적 상처는 생각보다 날카로웠다.

그 후 나는 내 것, 네 것을 확고하게 구분하고자 하는 사람들의 모습에서 그들의 상처를 짐작하게 된다. 그리고 그 상처를 살펴보며 나는 중학교 2학년 때 친구가 선물해준 《담》이라는 책을 떠올렸다.

그녀는 왜 담을 쌓았을까?

그 책에는 사람들로부터 상처받고, 더 이상 다른 사람들이 자신에게 상처를 입히는 것을 방지하기 위해 조금씩 담을 쌓기 시작한 한 여자의 이야기가 나온다. 책 속에서 '담'은 벽돌 위에 벽돌을 쌓는 것과 같이 물리적인 모습으로 나타나지만, 사실 책의 작가는 상처받은 사람들이 상처 때문에 사람들을 멀리하면서 마음속에 쌓게 되는 심리적 경계를 담을 통해 이야기하고 싶었던 것 같다.

처음에 담이 쌓이기 시작했을 때 이야기 속 여자는 안도하고 기뻐한다. 예전처럼 사람들의 무례한 행동과 말에 상처받지 않아도 되기 때문이다. 그런데 어떤 사람들은 그 담을 건너와서까지 그녀에게 그녀가 듣고 싶지 않은 말, 보고 싶지 않은 행동을 했고, 그녀는 그들에게 다가가 '그만하세요'라거나 '상처받았어요'라고 이야기하기보다는 모든 것이 낮은 담 때문에 그런 것이라 생각한다. 그래서 시간이 갈수록 그녀는 담을 더 높고 견고하게 쌓아간다. 그 담 속에서 그녀는 만족한다. 이제 그녀는 원치 않은 사람들로부터 벗어나 상처받지 않게 혼자 있을 수 있기 때문이다.

그녀는 그 담 속에서 평온함을 느꼈다. 하지만 행복은 오래가지 못했다. 왜냐하면, 어느 순간 담이 너무 높아서 그녀가 세상을 보는 것도, 만나고 싶은 마음을 만나는 것도 불가능해졌기 때문이다. 그녀는 이제 자신이 쌓아놓은 담에 가로막혀 있다. 담 속에서 열심히 외쳐봐도 자신이 철저하게 혼자라는 사실만 확인하게 되는 것 같다. 관계의 벽을 너무 높게 그리고 견고하게 쌓은 탓이다.

절망에 잠겨 있던 그녀는 모든 것을 포기하려 하지만 다행히도 빽빽한 담이 있음에도 그 담 옆에서 그녀를 기다려주며 진심을 전하고자 하는 사람들의 마음을 알게 된다. 그들은 그녀가 스스로 담을 허물고 무장을 해제할 수 있도록 도와주었다. 물론, 그녀 스스로도 애써 세웠던 자기만의 담을 무너뜨리고 담 없이 사람들과 관계하려고 노력했다. 그랬기에 그녀는 다시 세상과 만날 수 있었다.

이 짧은 이야기는 우리가 관계 속 경계를 설정하는 데 있어 머무르게 되는 심리적 방어를 비유적으로 보여준다. 이 이야기 속에는 관계를 원하는 한편, 상처는 원하지 않는 우리의 마음이 잘 드러나 있다.

다른 사람과 관계를 형성하고 조율해나가는 과정 속에서 우리는 어쩔 수 없이 감정적 상처를 입고, 입히게 되는 일을 반복한다. 그래서 경계 설정을 확고히 하려는 사람들의 모습 속에는 상처받고 싶지 않은 마음이 비쳐진다. 이들은 자신이 멀어지고 담을 쌓고 거리를 유지해야 상처받지 않는다고 느끼는 것이다. 또 경계 설정을 느슨하게 하는 사람은 그 사람 나름대로 사람들이 옆에 있어야 안심한다. 이들은 다가가는 자신을 부담스러워하거나 멀리하는 사람들에게 상처받는다. 상대가 자신에 대한 경계의 담을 무너뜨리고 함께하지 않을 때 상처받는 것이다. 어느 쪽도 상처받기는 매 한 가지, 우리는 관계 설정을 잘해야 상처받는 일도, 상처 주는 일도 덜어낼 수 있다.

나를 알고, 너를 알고, 우리를 알다

태어나는 순간부터 지금까지 우리는 끊임없이 관계를 맺어왔다. 관계 욕구만큼 끈질기며 또 관계 욕구만큼 우리를 사람답게 하는 욕구도 없다. 그래서 관계를 어떻게 맺을 것인가는 우리 모두의 중요한 화두이다. 사람마다 관계 맺음의 방식과 욕구도 다르기 때문에 관계 설정은 역동적인 모습을 띠게 된다.

관계 설정을 잘하기 위해서 가장 중요한 것은 나 자신을 아는 것이다. 나를 충분히 알고 난 후에는 '너'를 알아주는 것도 필요하다. 당연한 이야기지만 관계는 나 혼자 하는 것이 아니기 때문이다. '나'를 알고 '너'를 알면 자연스레 서로가 원하는 거리에서 서로를 바라보는 우리가 만들어진다. 그 '우리'라는 관계는 시간과 상황에 따라 조금씩 다른 모습을 보이게 될 것이다. 적절한 관계를 설정함으로써 감정적으로 상처 주는 관계에서 벗어나서 감정적으로 잘 다독여주는 관계로 잘 가꾸어나갔으면 한다.

    너무 가까우면 서로를 찌를 것 같고, 너무 멀면 서로의 온기를 느끼기 어려울 것 같아서 적당한 거리를 유지하는 고슴도치의 딜레마를 아십니까? 우리가 사람들과 맺게 되는 관계도 이런 고슴도치의 모습과 크게 다르지 않지요. 너무 가까워도, 너무 멀어도 서로에게 상처가 됩니다.

    나는 가깝고 싶은데 상대가 생각하는 가까운 거리는 나보다 멀어 안타깝고 섭섭하게 합니다. 또는 편하다고 생각해서 더 가까이 다가오려 하는 상대방이 부담스럽고 불편할 때가 있습니다. 그래서 우리는 관계 설정을 잘 해나가기 위해 나름대로 고민하고 시도합니다. 너무 가까워서 숨이 막혀오면 조금 멀어지려 하고, 너무 멀리 있어서 아쉬우면 조금 더 바짝 다가가려 합니다.

    관계 속에는 언제나 두 사람 이상의 사람들이 서 있기에 우리의 관계 설정에는 서로 아직 잘 몰라서 생긴 서툰 시행착오와 딜레마가 있을 수밖에 없지요. 이 모든 딜레마와 차이가 있음에도 우리는 오늘도 조금 더 서로를 알고 익숙해진다면, 관계가 더 쉬워지리라는 희망을 안고 누군가와 '함께'하지요. 결국 방법과 생각은 달라도 함께하고 싶어 하는 마음과 같습니다. 그 공통의 마음에 기대어 손을 내밀고 손을 잡아 봅시다.

나르시시스트 대처하기

언제쯤이면 진짜 어른이 될 수 있을까?

집에서 독립을 해서 나온 뒤, 나는 모든 것을 되도록 부모님 손을 거치지 않고 혼자서 해보겠다고 마음먹었다. 그래 봤자 '경제적인 원조나 생활상의 불편을 해결해달라고 SOS를 치지 않겠다'는 정도지만 사실 서른 살 정도 되었으니 당연한 결심을 한 것. 그런데 서른이 되었어도 이를 실천하는 것이 녹록지는 않았다. 부모님 역시 나를 볼 때마다 눈을 가늘게 뜨시고 에둘러 질문을 하신다.

"뭐, 불편한 거는 없고?"

경제적인 분리는 어찌 보면 쉽고 간단했다. 그냥 내가 돈을 벌어 내 나름대로 쓰고, 굴리고, 넣으면 되니까. 그런데 생활상 분리와 독립을 감행하려 하자 대처할 것들이 갑자기 많아졌다. 그 대처 과제는 때론 미묘했고, 때론 복잡했으며, 또 때론 골치 아팠다. 그때의 난 모범생에 그저 공부 열심히 하고 규칙을 지키는 것이 중요하며, 자본이 돌아가는 논리에 그럭저럭 순응하며 살아온, 아직은 세상의 때가 타지 않은 어른이었다. 그러나 나는 부모님의 그늘에서 벗어나 독립적으로 살기 시작하면서 진짜 어른이 되었다. 내가 그전까지 할 의무를 느끼지 못했던 일들을 어른답게 처리해야 하니 말이다.

'부드럽게 원칙을 지키며 성실하게 주어진 일을 다 할 것'이라는 그 원칙만 가지고 쉽게 해결하기 힘든 미묘한 일들을 차례로 만나기도 했다. 그러기 위해 필요할 때에는 적당히 싸우고 따질 줄도 알고, 더 강하게 요구할 줄도 알아야 하며, 겉으로는 웃으면서도 속으로는 여전히 의심하고 경계하는 레이더망을 바짝 켜고 있어야 할 때도 있었다. 이를 알아갈 즈음 내가 진짜 어른이 되었음을 스스로에게 증명해볼 기회가 왔다.

무례한 나르시시스트에게 일 부탁하기

나는 다른 어떤 사람들과의 관계보다 나이가 많은 남자들과의 관계에서 쉽게 기세가 눌리는 면이 있었다. 여고와 여대를 나와 여자 대학원에서 공부를 했고, 하는 일도 주로 여자들의 심리를 상담해주며, 주변에서 만나는 사람들도 대부분 여자였다. 그래서 남자들과 부딪히며 사회생활을 해본 적도 없어서 그들에 대한 편견도 많고, 반면 경험도 적은 탓이었다. 이런 나에게 '도시가스 연결 신청하기'조차 만만한 과제가 아니었다.

도시가스를 신청하고 집에서 가스 연결을 기다리고 있는데 어디선가 신발을 끄는 소리가 크게 들려온다. 복도식 아파트이기에 지나가는 소리가 들려오는 편이라서 나는 그 소리를 듣고 재빨리 기도를 했다. '오, 저 소리의 주인공이 도시가스 설치 기사가 아니기를.'

신경질적으로 신발을 끌고 걸어오는 소리만 들어도 지금 이 사람의 감정과 평소 성격이 어떨지 대충 짐작이 간다. '타인이 자신을 어떻게 보는지 상관없이 무례한 사람일 수도 있겠는데……'라는 생각을 하기 무섭게 초인종 벨이 급하게 울린다.

"띵동띵동띵동!"

신발을 끄는 소리가 초인종 소리로 전환되고 그는 현관문이 열리자마자 인사도, 소개도 없이 퉁명하게 묻는다.

"어디에요?" 그리고는 가스 설치할 장소로 곧장 가서는 크게 한숨을 쉬며 소리친다.

"아 참, 내가 이러니까 이 지역이 싫어."

그는 설치를 해줄 수 없다고 뻗대기부터 한다. 높낮이도 안 맞고 이대로 설치하면 주변이 녹을 수도 있는데 자신의 양심상 그걸 알면서 설치해줄 수는 없다는 것. 이를 말하는 그는 모든 말에 '나'를 주어로 쓴다. 나는 감정적으로 패닉 상태에 빠져들었지만 이내 머리를 굴려 보았다. 이 사람은 어떤 유형의 사람일까? 지금까지의 모습으로 미루어 짐작해 보건대 그는 언제, 어떤 상황에서든 '나'가 중요한 '나르시시스트'다.

나르시시스트는 이런 특성을 보인다.

> 1. 자기 중심적이다.
> 2. 비판에 대해 예민하게 받아들인다.
> 3. 말을 할 때 '나'라는 말을 자주 쓴다.
> 4. 거만하고 딱딱해 보이지만 칭찬하고 호응해주면 쉽게 마음을 연다.
> 5. 언제 어디서든 특별 대우를 원한다.

예전 같았으면 이런 상황에서 위축돼서 불안했을 것이다. 그리고 그 감정에 짓눌려서 아무 말도 못하거나, 혹은 감정적으로 반응해서 그의 심기를 더욱 불편하게 만들었을 것 같다. 그런데 그가 나르시시스트가 맞다면 대접받기를 좋아할 것이다. 이런 사람들은 칭찬과 호응을 해주면 놀랄 정도로 누그러진다. 반면, 같은 방식으로 맞서거나 반론을 제기하면 감정이 상해 더 엇나가기 쉽다.

나는 물 한잔을 대접해드리고 찬찬히 한 번만 더 봐달라고 부탁했다. "많이 해보셨을 테니 기사님께서는 뭔가 방법을 찾을 수 있지 않겠어요?"라고.

그는 물 한잔을 마시고 기분이 좋아졌는지 손을 써보겠다고 선심 쓰듯 말했다. 부탁하지 않은 부분까지 연결해주었고, 마지막에는 안전과 가스 절약 방법까지 세심하게 알려주고 갔다.

감정 조절, 어른이 되기 위한 필수품

우리 집을 나서기 전에 그의 핸드폰 벨이 울렸고, 벨소리는 '오빠 멋져'가 반복적으로 흘러나오는 테마 송이었다. 이런 벨소리가 복도에 쩌렁쩌렁 울리는 데도 전혀 민망해하는 표정없이 슬리퍼를 찍찍 끌고 "내가 말이야" 하면서 돌아가는 그의 뒷모습을 보며 나는 안도의 한숨을 쉬었다. 그러면서 나르시시스트들을 상대하면서도 내 감정을 다치는 일 없이, 또 그의 감정을 상하게 하는 일 없이 무사히 일처리를 마쳤다는 생각에 '아, 내가 진짜 제대로 어른이 되었구나' 싶었다.

나이를 먹는다고, 몸만 어른이 되었다고 어른이 되지는 않는다. 또 독립했다고 진짜 독립을 한 것이 아닐 수도 있다. 상대하기 어려운 다양한 사람들을 예전보다 더 유연하게 대하는 법을 터득해나가고 경험해나가면서, 우리는 감정적으로 성숙하고, 심리적으로 독립한 진짜 어른이 된다.

    심한 나르시시스트를 상대하는 일은 감정적으로 힘이 듭니다. 이들은 사소한 피드백에도 발끈하는 경향이 있으므로 직접적으로 이야기하기보다는 되도록 돌려서 이야기를 할 필요가 있지요. 조금 무리한 요구를 할 수 있지만 되도록 받아주는 것이 좋습니다. 그러면 대부분의 나르시시스트는 자신의 욕구가 받아들여지고 특별 대우를 받는다는 사실에 우쭐해 하고 안심하지요. 그런데 너무 얼토당토않은 요구를 하는 경우에는 선을 긋고 이들과의 관계를 멀리하는 것이 좋습니다.

    만일 당신이 나르시시스트라면 우월감과 열등감 사이를 오락가락하며 감정 조절이 힘들 가능성이 큽니다. 나를 중심으로 뭔가가 이루어지지 않을 때 답답함과 서운함을 느끼고, 극단적인 경우에는 분노를 폭발하며 공격적인 모습을 보일 수도 있지요. 또 어떤 나르시시스트들은 자신의 특성을 겉으로 드러내지 않으면서 속으로 끙끙 앓는 모습을 보이기도 합니다. 이들은 자신의 속마음을 감추기 위해 일부러 타인을 배려하는 모습을 보이기도 하지만 그 과정 속에서 감정적으로 힘들어하기도 합니다.

 나르시시스트라고 해서 부정적인 특성만 있는 것은 아니에요. 자신을 향한 감정 에너지를 스스로를 발전시켜나가는 데에 쓰고, 그 에너지를 잘 분배하여 타인에게 향하는 건강한 모습으로 나타낼 수도 있지요. 다만 자신이 타인의 마음을 읽고 배려하는 데에 취약할 수 있음을 인정하고 성격과 감정의 균형과 조화를 위해 노력해나갈 필요가 있겠지요.

돋보이고 싶은 마음

예뻐졌다는 이야기를 듣고 싶어

"친구들이 예뻐졌다고 할 만큼이요!"

사촌 동생이 만날 때마다 다이어트를 하고 있다고 하기에, 왜 이렇게 다이어트에 집착하는지 물었을 때 돌아온 대답이다. 그녀는 평생 다이어트를 실천하고 있었다. 칼로리를 계산하고 운동 시간을 재며, 매일같이 체중계에 올라갔다. 체중계 눈금이 오르락내리락하는 것에 따라 그녀의 감정도 그러했다.

방학이 되면 다이어트는 더욱더 독하게 진행되었다. 독한 다이어트 끝에 방학이 끝날 무렵 사촌 동생은 더 홀쭉하고 날씬해져 있었다. 그런 그녀에게 방학이 끝난 뒤 개학 첫날은 중요했다. 마치 새롭게 출시된 영화의 관객 반응을 주시하는 영화 관계자같이, 그 애는 오랜만에 만난 친구들의 반응을 살폈다. 살도 빼고, 머리 스타일도 바꾸어 여성스런 새옷을 입은 채 친구들 앞에 섰다. 그런데 그날 친구들을 만나고 집으로 돌아오는 길에 그녀의 마음은 공허했다. 배신감마저 들었다. 친구들이 그 애의 머리가 바뀐 것을 보고 "어? 머리 잘랐네"라고 했을 뿐 별 다른 말이 없었기 때문이었다.

그 애가 기대했던 "야, 잘 어울린다", "너무 예뻐", "방학 동안 다이어트 열심히 했구나"라는 반응은 없었다. "어떻게 하면 너처럼 예뻐질 수 있니"라는 질투 섞인 부러움까지는 바라지도 않았지만 그래도 '이건 좀 아니다' 싶은 마음이 들었다고 했다. 더구나 자신에게는 그런 말을 해주지 않았던 친구가 다른 친구에게 "야, 너 피부 좋아졌는데?"라는 말을 하자 그녀는 실망했다. 그 말을 들은 친구가 "아냐, 어제 잠을 많이 자서 부은 거야. 그리고 여기 조명이 좋잖아"라며 웃는 모습을 보면서 자신이 더 초라하고 한심스럽게만 느껴져 함께 웃지도 못했다. 그러다 보니 그녀는 친구들을 만나서도 대화에 집중하지 못했다.

대화가 내 위주였으면 좋겠어

그날 집으로 돌아오며 그녀의 가슴은 실망으로 가득 찼다. 그리고 이런 생각도 들었다고 했다. '대체 얼마나 더 살을 빼야 사람들이 알아봐줄까?' 그녀의 마음이 힘든 이유는 자신이 원하는 자신의 모습을 거울처럼 비춰주는 타인의 반영이 없었기 때문이다. 반영은 세상에 존재하는 모든 사람이 필요로 하는 것이다. '넌 지금 이렇게 하고 있다, 넌 지금 이런 모습이다'를 보여주는 것이다. 그녀는 '넌 지금 날씬하고 멋있어졌고 너의 노력은 대단했다'는 반영을 기다렸다. 그런데 그 이야기를 듣지 못하자 자신의 노력이 아무것도 아닌 것처럼 느껴지고 공허한 느낌이 든다. 그 말을 듣기 위해 노력하고 기다려왔기 때문이다.

정말 원하는 것을 계속해서 받지 못할 때 우리는 크게 두 가지 반응을 보이게 된다. 포기하거나 집착하거나. 아마도 사촌 동생은 그 후 며칠 동안은 다이어트를 할 의욕을 상실하고 친구들과의 모임에 뜸했을지도 모른다. 그러다가 또다시 다이어트에 대한 의지를 불태우며 다른 사람들의 반응에 자신의 감정을 실었을 것이다.

나를 반영해주세요

사람마다 반영을 원하는 마음의 강도나 원하는 반영의 내용은 조금씩 다를 수 있다. 어떤 사람은 그녀처럼 외모의 변화에 민감하게 반영해주기를 바란다. 또 어떤 사람은 자신의 능력에 대한 긍정적 반영을 기다린다.

반영은 아주 어렸을 때부터 부모님과의 관계에서 시작된다. 아이와 함께 있는 어머니를 보라. 어떤 어머니는 아이가 말을 하기 전부터 아이의 모습을 보며 이런저런 이야기를 해준다. "아이쿠, 저게 좋아 보여? 그래그래. 그게 너에게 잘 어울리겠다, 참 잘했어. 넌 정말 대단해." 반면 어떤 어머니는 아이의 모습에 무관심하다. 아이가 잘하고 있을 때에는 무심하다가 아이가 버릇없이 굴 때에만 눈을 돌려 주의를 준다. 아이는 그런 부모님을 보며 자신이 문제를 일으켜야만 타인이 자신에게 반영을 해줄 것이라 암묵적으로 믿게 된다.

친한 사람들과 말다툼을 하거나 사소한 갈등에 감정이 상하는 것도 바로 이런 반영의 문제에서 비롯된다. 내가 노력한 면이나, 나의 장점을 반영해주었으면 좋겠는데 나의 모습에 관심이 없고 나를 제대로 반영해주지 않고 오해하는 것 같을 때, 우리는 실망스러운 마음에 상대방에게 화를 낸다.

그녀가 버려야 할 것

어떤 사람들을 만나든 실망스런 마음이 든다면 우리가 타인에게 원하는 반영이 무엇인가, 그리고 그 관계 속에서 원하는 범위가 적당한가를 돌아볼 필요가 있다. 어쩌면 사촌 동생이 원하는 반영의 범위가 지나친 면이 있는지도 모른다. 그녀가 다이어트를 해서 살을 뺐다고 해도 이것을 가장 잘 아는 사람은 다른 사람이 아닌 그녀 자신일 것이다. 그리고 그에 대해 느끼고 있다고 해도 모든 사람들이 이를 표현하지 않을 수도 있다. 그녀의 다이어트 성공이 그녀만큼 큰 의미가 있지 않기 때문이기도 하다. 그러니 그녀는 타인의 반응에 대한 집착을 내려놓고 타인의 반응을 기준으로 자신의 성공 여부를 결정해서는 안 된다. 물론 "좋아 보인다", "멋있어졌다"는 말에 으쓱하지 않을 사람은 없다. 우리를 향한 타인의 긍정적인 관심은 우리에게 큰 자신감을 준다.

타인이 해주지 않는다고 섭섭해하기보다는 내가 원하는 마음이 무엇인지 돌아보는 것이 더 중요하다. 안 해준 것이 아니라 '내가 이걸 원했구나'라는 것을 알게 되면 마음이 편해진다. 누구든 자신에게는 가장 중요한 일이 따로 있고, 각자의 사정과 의견이 다르다는 것을 존중할 줄 알아야 우리의 마음도 편해진다.

모든 대화는 '나를 알아주세요!'라는 외침

아는 동생이 이런 이야기를 한 적이 있다.

"그 언니만 만나면 집에 돌아오는 길에 웃겨. 나는 나 하고 싶은 이야기만 하고, 언니는 언니 하고 싶은 이야기만 하고, 이건 아주 대화가 아니라 각자 벽 보고 넋두리하는 거나 마찬가지야."

이야기만 들어도 이 만남은 즐겁지 않을 것 같고 이들의 관계는 더 깊어지지 않을 것 같다. 그런데 살펴보면 우리의 많은 만남 속 대화는 이런 모습을 띠고 있다.

의사소통 전문가들은 모든 대화가 "나를 알아주세요"라는 메시지를 깔고 있다고 말한다. 각자가 "나를 알아주세요"라고 외치며 대화를 하고 있다는 것이다. 그 외침이 그저 허공으로 흩어지고 나 자신에게만 메아리쳐온다면, 우리는 아무리 많은 대화를 나누어도 내 안의 욕구는 채워지지 않고 헛헛한 느낌을 받게 된다.

대화를 하며 실망스런 기분을 자주 느끼고 타인의 반응을 얻기 위해 노력하지만 듣고 싶은 말을 듣지 못하고 있다면, 한번쯤은 내가 원하는 그 모든 마음을 내려놓고 그저 옆 사람의 말에 귀를 기울여보고 이 사람의 모습을 반영해주는 마음을 가져보자. "어머, 그랬구나. 넌 보면 그걸 참 잘하는 것 같아, 네가 쓴 모자 너에게 정말 잘 어울려"라고. 마치 아이의 사소한 이야기가 기적이라도 되는 듯이 놀라워하고 오버하며 반영해주는 우리들의 엄마들처럼 말이다.

아무리 강하고 냉정한 사람이라고 해도 사람은 누구나 타인의 반영을 필요로 합니다. 그래서인지 사람들은 '악플보다 더 나쁜 것이 무플'이라는 말을 하기도 합니다. 그래서 내 모습과 행동, 존재에 대해 누구도 알아봐주지 않을 때 우리는 조금 극단적인 방법을 써서라도 사람들이 주목해주고, 어떤 반응이든 해주기를 바랍니다.

비행청소년들의 마음을 살펴봐도 그렇습니다. 그들은 겉보기와는 달리 사실 반항이나 일탈을 꿈꾸는 것이 아닙니다. 그보다는 아무도 자신에게 제대로 된 반영을 해주지 않아서 타인의 주목을 더 필요로 합니다. 그리고 마음속 깊은 곳에서는 이렇게 외치고 있지요. '누군가 이런 나를 붙잡아주었으면!' 하고요. 그런 마음에 이들은 다른 사람보다 튀는 행동, 엇나가는 행동을 하게 되는 것입니다.

우리의 절망적인 마음, 비뚤어진 행동, 존재에 대한 불확실성은 모두가 서로의 반영을 필요로 하며 연결된 존재이기에 나타납니다. 내 행동

밑에 깔린 내 욕구를 잘 살피고 누군가가 나를 알아봐 주지 않는다며 엇나가고 집착하기보다는, 일단 내가 나를 알아봐 주고 사랑해줄 필요가 있겠지요. 우리가 스스로를 믿고 사랑하는 한, 나를 알아봐 줄 사람은 반드시 있으니까요.

내 마음 같지 않은 네 마음

못나온 사진 속 내 모습

대학교 졸업식 날, 가족들과 중고등학교 때 친했던 친구들이 와서 축하해주었다. 넉살 좋은 내 남동생은 내 친구들을 모두 알고 있었고, 친구들은 차례로 남동생과 함께 기념사진을 찍었다. 나중에 그 사진들을 보니 친구들이 모두 예쁘게 나온 것 같았다. 실물보다 더 잘 나왔다는 생각에 친구들에게 사진을 보내주었는데 친구들의 반응이 시원찮았다. 내가 보기에는 사진 속의 친구들이 예뻤지만 그 애들은 사진에 나온 자신의 얼굴이 마음에 안 든다고 했다. 특히 한 친구의 사진만큼은 정말 잘 나왔다고 장담하며 보여줬는데 친구가 사진으로부터 눈길을 돌리며 말한다.

"에이, 표정도 그렇고…… 이상하게 나왔어."

내가 생각했던 반응과 달라서 놀랐다. 내가 보기에는 사진 속 친구의 모습이 참 예뻤는데 친구는 마음에 들지 않는다고 했다. 조금 마음에 안 들어 하는 것이 아니라 많이 마음에 안 들어 했다.

처음에는 이해할 수 없다는 생각이 들긴 했지만 생각해보니 나 역시 그런 반응을 보인 적이 있었다. 나도 다른 사람들은 잘 나왔다고 하는데 정작 나는 사진 속 내 얼굴이 별로 마음에 안 들었던 적이 있다. 그 생각을 하니 저절로 웃음이 나왔다. 어쩌면 우리는 모두 자신의 실제 모습을 제대로 파악하지 못하고 사는지도 모르겠다. 우리의 생각과 감정은 '자기 중심성'의 벽에 갇혀 있는 것이다.

단체 사진 속 내 모습

사진과 관련해서 자기 중심성을 보여주는 또 다른 모습은 단체 사진을 찍을 때 나타난다. 단체 사진을 찍고 난 뒤 사진을 받았을 때 우리는 누구를 가장 먼저, 가장 오래 볼까? 두말할 필요도 없이 나 자신이다.

얼마나 많은 사람과 함께 찍었고 그래서 그 속의 내가 얼마나 작게 나오든 어떤 목적으로 이 사진을 찍었고 앞으로 누구에게 이 사진을 보여주게 되던 우리는 다른 누구보다도 사진 속에 파묻혀 있는 자신의 모습을 아주 쉽게 찾아낸다. 그리고 사진의 전체 조화나 각도, 다른 사람의 표정을 생각할 새도 없이 사진 속 자신의 모습을 평가한다. 자주 '나는 왜 이런 포즈로 나왔지', '눈을 감지 말걸', '내 얼굴이 너무 커 보이잖아'라고 생각한다. 이럴 때 주변 친구가 "야, 너 정말 잘 나왔다!"라고 외치는 것만큼 이해 안 되고 섭섭한 일도 없다.

우리는 우리의 사진이 잘못 나왔을 때(그 기준은 자신이 마음에 그리고 있는 이상적인 자신의 모습이다) 다른 사람에게도 이런 우리의 모습이 각인될 거라 생각하며 공포에 가까운 감각을 느낀다. 하지만 사실 나를 자신만큼 관심 갖는 사람도 없다. 사람들은 모두 자신의 모습을 신경 쓰기 바쁘다. 다른 사람이 어떤 사진을 찍든 오래 생각하지 않는다. 역시 '자기 중심성' 때문이다.

삐아제의 세산 모형실험

자기 중심성에 대한 연구를 열심히 했던 학자는 아동 발달연구의 대가인 삐아제였다. 그는 우리의 사고 발달이 어떤 변천사를 겪는지 궁금해서 이런저런 실험을 했다. 그의 주요 실험 대상은 자신의 세 아이들이었다.

그의 실험 가운데 자기 중심성을 가장 잘 보여주는 실험은 '세산 모형실험'이었다. 이를 통해 그는 아이들이 세상을 자기 중심적으로 본다는 것을 알았다. 여기서 자기 중심적이라는 것은 의도가 없기 때문에 이기적이라는 뜻이 아니다. 단지 자신의 관점을 중심으로 세상을 바라본다는 것을 의미한다.

세 개의 산 모형을 놓고 아이들을 그 산 주위에 앉혀 놓는다고 하자.

그러면 아이는 오른쪽에 서 있는 친구가 보는 산의 모양과 왼쪽에 서 있는 다른 친구가 보는 산의 모양, 그리고 내가 이쪽에서 보는 산의 모양이 다를 수 있다는 것을 잘 모른다. 대신 그들은 자신이 보는 산의 모습과 친구가 보는 산의 모습이 같을 것이라고 생각한다. 어떤 일정한 연령에 도달하거나 인지적인 발달을 이루기 전까지 그들은 다른 사람들이 다른 관점을 가지고 있다는 사실을 모르는 것이다. 그들은 다른 곳에 서 있을 때에는 다른 관점이 생긴다는 점을 잘 이해하지 못한다.

이런 인지적인 미성숙함으로 인해 아이들은 자신의 뜻대로 되지 않을 때 감정적으로 대응한다. 내 마음이 네 마음 같지 않고, 내가 이쪽에서 보는 관점이 그가 저쪽에서 보는 관점과 다를 수 있다는 사실을 모르기 때문에 나타나는 미숙한 대응이다. 그런데 우리는 인지적인 자기중심성에서 벗어나고, 아이 티를 벗고 어른이 된 지 꽤 오랜 시간이 지나고 난 후에도 여전히 아이와 같은 미성숙함에 머물러 있을 때가 많다. 몸은 성장하고 머리는 커졌지만 그와 더불어 마음이 성숙해지기까지는 더 많은 시간과 성찰이 필요한 것이다.

또 어떤 사람은 마음이 넓은 성숙에 이르기까지 남보다 더 많은 시간과 경험을 필요로 하기도 한다. 인지적 성숙에 도달하지 못할 때 우리는 자기 중심성에 사로잡혀 감정 상하는 일이 잦다. 내 방식대로 이루어지지 않는 일에 대해 "왜 그런 거야?"라며 자주 분노하고 절망한다. 분노와 절망에 에너지를 쏟지만 정작 자신이 할 수 있는 일과 타인의 입장과 관점을 조합한 더 나은 방식은 찾지 못한다. 그대로 자기 안에만 고여 있는 일상, 다른 사람의 관점을 보지 못한 채 갇혀 있는 삶을 살게 되는 것이다.

자기 중심성 극복하기

나 자신은 물론 타인과 더 나은 방식으로 관계하고 나쁜 감정을 몰아내기 위해, 우리는 자기 중심성을 극복할 필요가 있다. 자기 중심성을 극복하기 위해 가장 필요한 것은 섣불리 단정 짓지 않고 무조건 열심히 묻고 또 묻는 자세이다.

세 살배기 아이는 "아빠, 거기에선 산이 어떻게 보여요?"라고 물을 줄 모른다. 하지만 우리는 세 살배기 아이처럼 "여긴 이렇단 말이에요!"라며 징징대는 대신, 그 마음을 잠시 내려놓고 상대의 관점과 의견, 감정을 물을 수 있다. 더 많이 물을수록 우리는 나 아닌 타인의 관점에 대해 더 알게 될 것이고, 더 알게 된 이상 나의 관점만 주장하는 것은 옳지 않을 뿐 아니라 서로의 감정을 갉아먹는 일이라는 것을 깨닫게 될 것이다.

그 후에도 여전히 나 자신이 사진보다는 실물이 더 낫다고 믿고 싶을 것이고, 단체 사진 속 내 얼굴이 너무 크게 나온 것은 아닌지, 다른 사람은 동의하지 않거나 관심 없어 하는 문제로 고민하기도 한다. 하지만 그러다 보면 적어도 내 마음 같지 않은 네 마음에 쓸데없는 감정 에너지를 쓰는 일은 줄일 수 있을 것이다.

자기 중심성에서 벗어나 우리의 마음을 넓게 쓸 때 우리의 세계도 넓어진다. 더불어 외롭고 무거웠던 우리 마음도 가벼워진다.

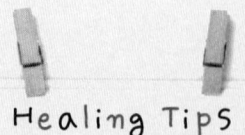

자기 중심성

분명 나를 가장 잘 아는 사람은 '나'일지 모릅니다. 태어나서부터 지금까지 그리고 지금부터 죽을 때까지 나와 함께할 사람도 바로 '나'니까요. 그런데 이런 내가 나를 아는 데에는 치명적인 맹점이 있습니다. 그것은 내가 나인 채로 나를 아는 것은 가능하지만 다른 사람이 되어 나를 아는 것은 불가능하다는 사실입니다. 나 자신의 모습만 봐도 그래요. 그나마 거울과 사진이 있어 내 모습을 가늠해볼 수도 있지만 다른 사람의 시선에 비친 내 모습은 경험하는 것이 불가능하지요.

이 세상 모든 사람이 나를 벗어나 나를 보는 일은 가능하지만, 나를 벗어나 나만은 나를 볼 수 없는 이 아이러니를 이해하십니까? 그렇다면 이런 불가능성을 전제로 깔고 나와 타인을 대해보기로 해요. 특히 관계 속에서 힘들어지고 내 뜻대로 되는 게 없다는 생각에 억울해질 때 '내가 나를 가장 잘 안다'는 가능성을 전제로 나와 타인을 볼 때보다 훨씬 더 겸허해지고 넓게 보여서 편해지는 부분이 있을 겁니다. 그렇다고 내가 나의 가장 좋은 평생의 동반자라는 사실은 잊지 마세요.

♥

우리 내면의 부정적인 감정을 들여다보는 이유는,
그 감정에 머물러 있기 위해서가 아니라 그 감정으로부터 나오고 싶기 때문이다.
그리고 궁극적으로는 더 나은 나를 만나고 싶기 때문이다.

Part 4

내 감정,
내 마음대로

나를
사랑하는 마음

자존감, 그리고 나를 향한 마음

'여성들의 자존감 향상'과 관련된 강의를 할 때의 일이었다. '자존감은 스스로를 존중하고 사랑하며 자신감을 갖는 것'이라고 정의하고 자존감에 대한 이야기를 나누는데 강의를 마칠 즈음 한 분이 이런 질문을 한다.

"나를 사랑하고 챙기는 게 자기 중심적인 것처럼 느껴진다면 어떻게 해야 할까요? 나를 챙기다 보면 그만큼 다른 사람을 못 챙기잖아요."

이 질문은 상담을 할 때나 사람들을 만날 때 자주 듣게 되는 익숙한 질문이었다. 또한 여성들이 자주 마주치는 감정이 어떤 것인지 보여주는 질문이기도 하다.

어떤 사람들은 자신을 챙길 줄 모른다. 이들은 아주 어렸을 때부터 관계 속에서 다른 사람들의 욕구와 기대에 주목하는 데에 익숙하다. 언제 어디서든 필요한 사람이 되고 자신의 몫을 해내는 사람이 되려 한다. 그렇지 않을 때 이들은 크나큰 죄책감을 느낀다. 이런 여성들은 의식하든 의식하지 못하든, 언제나 자신의 욕망과 타인의 기대 사이, 타인을 챙기는 것과 자신을 돌보는 것 사이에서 항상 자신이 아닌 타인을 챙기는 쪽을 선택해왔다.

이 질문을 한 사람의 이야기를 조금 더 들어 보니 그녀는 평생 동안 엄마의 기대와 욕구에서 벗어나지 못해 힘들었던 것 같다. 그녀는 엄마의 유일한 말동무로 자라왔고, 엄마의 삶이 평탄치 못했던 만큼 엄마와 자신의 관계가 끈끈했다고 했다. 그런데 대학에 들어간 이후부터 그녀는 자신에게 많은 것을 기대하는 엄마가 불편하고 부담스러웠다. 자신은 세상 밖으로 나아가 더 많은 경험과 시도를 해보고 싶은데, 엄마가 자신을 뒤에서 붙잡고 있는 것만 같다고 했다.

그녀는 이제 갈등한다. 자신의 마음을 표현하고 자신의 욕망을 있는 그대로 실현하여 자신을 챙길 것인가, 말 것인가. 자신을 챙기자니 엄마를 배신하는 자기 중심적인 딸이 된 것 같다. 그런데 또 한편으로는 지쳤다. 이제 조금 더 가벼워지고 자유로워지고 싶다. 엄마를 챙기는 것과 자신을 챙기는 것 사이에서 충돌한 것이다. 그래서 그녀는 자주 죄책감과 미움, 불편함과 답답함에 머물러 있다.

내 마음을 따르자니 자기 중심적인 것만 같고, 그렇다고 엄마가 원하는 대로 하자니 내 마음을 따르지 못하는 것 같아서 혼란스럽고 분열되는 것만 같은 고민은 그녀만의 고민이 아니다. 그리고 이런 딜레마가 꼭 엄마와 딸의 관계에서만 나타나는 것도 아니다. 관계 속에서 마음을 주고받으며 사는 우리는 종종 내 마음을 따르는 것과 타인의 마음을 받아주는 것 사이에서 충돌하고 힘들어한다. 그럴 때 우리 마음은 축축한 물이 스며든 솜처럼 무거워지고 다음과 같은 모습을 보이게 된다.

> 1. 타인에 대한 죄책감과 원망스러움, 자신에 대한 미안함과 혼란을 자주 느낀다.
> 2. 확고한 결단을 내리지 못하고 우유부단하게 행동을 한다.
> 3. 한곳에 에너지를 모으고 집중하기 힘들다.
> 4. 어느 순간 감정이 폭발한다.

자존감을 지키며 나를 사랑하기 위해

누구나 자존감을 지키는 동시에 관계도 잘해나가고 싶다. 그러기 위해 우리는 현명한 결단을 내릴 필요가 있다. 어떻게 하면 부정적이고 무거운 감정에서 벗어나 보송보송한 솜처럼 가벼워질 수 있을까?

1. 자기 중심적이라고 비난하는 마음부터 다시 돌아보자

일단 그녀는 엄마의 마음을 헤아리지 못할 때 스스로를 '자기 중심적'이라 규정하는 그 마음을 다시 돌아볼 필요가 있다. 자기 중심적이라는 말은 '자신 밖에 모른다'는 것을 뜻한다. 그러나 그녀는 사실 자신 밖에 몰라서 힘든 것이 아니라 자신을 몰라서 힘들게 살아왔다. 그런 그녀가 자신의 욕구를 알아가고 이를 실천하는 삶을 살겠다고 결심했다면 그것은 비난할 일이 아니다. 오히려 그녀가 제대로 된 길을 걸어가고 있다고 지지해야 할 것이다. 익숙한 방식과 결별하고 새로운 방식으로 나아가겠다는 어려운 용기를 낸 그녀의 결심은 지지받아 마땅하다. 그럼에도 그녀의 죄책감은 끈덕지게 그녀를 따라다니며 괴롭힐지도 모른다. 그녀가 엄마의 사랑과 인정의 힘을 먹고 자라왔고, 엄마와의 관계 패턴이 그녀에게 가장 익숙했기 때문이다.

우리는 언제나 의존이 아닌 독립의 방향으로 나아가야 하고 타인이 아닌 자신을 위한 삶을 사는 것이 바람직하다. 엄마의 행복을 원하는 그녀의 마음은 이해하지만, 어느 누구도 타인의 행복을 전적으로 책임지기란 불가능하다. 불가능할 뿐 아니라 부당하기도 하다. 다른 누군가의 행복을 위해 나의 행복을 희생할 이유는 없다. 그리고 그것이 우리 엄마일 이유는 더더욱 없다. 엄마 역시 자신의 자녀가 엄마를 위한다는 이유로 부정적인 감정의 악순환을 경험하는 것을 원하지 않기 때문이다.

2. 단호하고 일관적으로 대할 필요가 있다

다른 사람들의 욕구를 돌보는 데에 익숙한 사람들은 엄마와의 관계뿐 아니라 친구, 연인과의 관계에서도 자신의 욕망을 돌아보고 자신이 원하는 것을 실현하기보다는 '원만한 관계 유지'와 '타인의 복리 증진'을 기치로 걸고 타인을 위해 행동하고 존재할 가능성이 크다. 그러면서 불편한 마음은 우리 스스로를 위해 보다 단호하고 일관적으로 대처할 필요가 있다는 신호를 보내고 있다. 내 마음을 잘 돌아보고 앞으로 나를 위한 삶을 살겠다는 결심했다고 해도 이를 잘 실천하는 길은 멀고도 험난할지도 모른다. 내 욕망을 돌보기보다는 다른 사람을 돌보며 눈치 보는 시간이 길었던 만큼 새로운 방식으로 행동하는 것은 힘들다.

관계는 습관적이기 때문에 애써 의식하지 않으면 쉽게 바꾸기가 어렵다. 어떤 사람은 자신을 찾기 위한 노력을 시작하자마자 주변 사람들의 실망과 비난의 소리를 들었다. 오랫동안 해오던 역할을 더 이상 못하겠다고 하자 '변했다, 무책임하다'는 이야기를 듣게 된 것이다. 여기에 흔들리게 되면 원하는 변화를 이루기는 어렵다. 결심을 했다면 이런 말에 단호하고 일관적으로 대처할 필요가 있다. 나를 위한 최선이 결국에는 모두를 위한 최선이 될 것이기 때문이다.

    세상의 어떤 문제이든 결국에는 '사랑'의 문제로 귀결되는 것 같습니다. 또 대부분의 사람들은 사랑하고, 사랑받고 싶어 한다는 점에서 보편성을 나누어 갖는 것 같습니다. 그런데 각자 사랑하고 싶은 방식, 사랑받는 방식에는 차이가 있습니다. 그래서 나를 사랑하고 챙기는 방식이 다른 것이지요. 또 어떤 사람에게는 '나를 위해 산다'는 것이 생활 속에 자연스럽게 녹아 있지만, 어떤 사람에게 이 말이 모호하게 다가오기도 합니다.

    나를 사랑하고 챙기는 방법은 개인마다 다를 수 있어요. 어떤 사람에게는 해야 한다고 생각했던 일을 줄이고 하고 싶은 일을 늘려가는 모습으로 나타날 수도 있고, 또 어떤 사람에게는 오로지 나를 위한 시간을 마련하거나 여행을 떠나는 모습으로 나타나기도 합니다.

    또한 거절을 연습하고 실천하는 사람들도 있지만 한 번도 시도해보지 않았던 도움을 요청해보는 사람들도 있지요. 때로는 모든 것을 다

지우고 나를 위한 뭔가를 해보는 것이 좋겠지요. 지금까지 어떤 방식으로 나를 사랑하고, 다른 사람을 사랑해왔나요? 그 사랑의 방식을 돌아보며 나의 시간, 나의 에너지, 나의 일상, 나의 삶을 다른 누군가가 아닌 나를 위해 썼으면 합니다.

머뭇거리는 마음

하루에 한 페이지만 써봐!

대학원에서 상담 심리학을 공부할 때 논문 학기를 앞두고 과연 내가 한 번도 써본 적이 없는 논문을 잘 쓰고 무사히 졸업할 수 있을지 고민이 많았다. 주제를 잘 정할 수 있을지, 조사를 잘할 수 있을지, 숫자에 약한 내가 통계프로그램을 잘 활용할 수 있을지 걱정이 앞섰다. 그래서 시작조차 하지 못하고 머뭇거렸다. 아마도 해야 할 일은 너무 많은데 나의 능력이 없다고 생각해서 감정적으로 압도당했던 것 같다.

그런 시기에 나의 마음에 위로가 되었던 한마디가 있었다.

"하루에 한 페이지만 써. 그럼 한 달이면 서른 페이지가 되고 일 년이면 삼백육십오 페이지 아니겠어?"

이런저런 고민으로 아무것도 못하고 있는 나를 위로해주느라고 아는 선생님이 해주셨던 말이었다. 나는 그 말에 큰 용기를 얻었고, 막연하게 논문 한 편을 완성시킨다고 생각하면 무겁고 버거운 일이지만, 우선 하루에 한 페이지만 쓴다고 생각하니 마음도 한결 가벼워지고 그 정도라면 내가 감당할 수 있을 것 같았다.

그래서 이런 두려운 마음을 잠재우고 하루에 한 페이지씩 써내려 갈 수 있었고, 덕분에 나는 논문을 무사히 마칠 수 있었다. 또한, 이 경험은 후에 책을 쓰는 데에도 큰 도움이 됐다. 이런저런 일에 마음 쓰고 걱정하며 머뭇거리기보다는 지금 당장 할 수 있는 만큼만 하다 보니 결국 그 작은 시도들이 모여 후에 큰 결과로 나타났다.

나를 붙잡아준 그 한마디

나는 논문을 썼던 그 마음으로 지금까지 아홉 권의 책을 펴냈다. 그 책들은 나의 책장 한쪽에 나란히 꽂혀 있는데 논문 한 편 쓰기까지 얼마나 많은 머뭇거림의 시간이 필요했던가를 생각해보면 엄청난 성장과 변화를 경험했다는 생각이 든다. 사람들은 자주 "어떻게 그것이 가능했지?"라고 묻는다. 글 쓰는 것을 좋아했고, 글 쓸 수 있는 기회가 주어지기도 했고, 글쓰기 위해 부단히 노력해온 것도 있었지만, 나는 가장 큰 이유는 '하루 한 페이지, 일 년이면 삼백육십오 페이지'라는 모토에서 찾는다.

지금 당장의 작은 시도가 차곡차곡 쌓여 큰 결과로 돌아온다는 신념과 그 신념에 입각한 시도가 없었다면 나는 논문 한 편도 완성하지 못했을지도 모른다. 더구나 나는 무척이나 감정적이고 즉흥적인 사람이라서 감정적으로 쉽게 압도당하기도 했고, 처음에는 앞뒤 재지 않고 했다가 중간에 그만두거나 용두사미가 된 일들도 많았다.

한 권 한 권 책을 쓰는 과정에서도 나는 그렇게 자주 감정 때문에 처음부터 머뭇거리거나 중간에 포기하고 싶은 유혹에 시달렸다. 하지만 '하루 한 페이지씩만 꾸준히 하자'라는 생각이 감정적으로 쉽게 흔들리는 나를 붙잡아주었다. 그래서 결국 하루 한 페이지는 후에 다섯 페이지, 열 페이지가 되었고, 한 권의 책은 또 한 권의 책을 불러왔다. 그래서 지금은 안다. 머뭇거릴 시간과 에너지가 아깝고, 머뭇거리다 보면 시작하기가 더 어려워진다는 것을. 그래서 힘들수록 일단 뭐든 하고 본다. 그렇게 묵묵히 마음을 쓰고 몸을 움직이다 보면 불가능해 보였던 많은 일들이 결국 이루어지리라는 것을 알기 때문이다.

재미있는 사실은 나는 그 '하루 한 페이지'라는 말에 큰 위로와 격려를 받았는데, 정작 그 말을 나에게 해주었던 선생님은 자신이 그 말을 했다는 사실은 물론 그 말 자체를 잊고 있었다는 점이다. 오히려 선생님은 내가 작가가 된 후에 "어떻게 그렇게 책을 쓸 수 있었어요?"라고 나에게 물었다. 나는 웃으며 "선생님 덕분이에요" 했더니 크게 놀란다. 자신은 그런 말을 한 기억이 전혀 없다고 했다. 나에게는 꼭 필요한 말이기에 그 말을 한 사람보다 내가 더 잘 기억하고 있었던 모양이다.

그런 것을 보면 아무리 좋고 의미 있는 말을 해주는 사람이 있더라도 그 말을 자신의 것으로 만들려는 노력을 하지 않으면 말의 힘을 받지 못하는 것 같다. 그리고 그 말의 힘은 실천함으로써 완성된다. 시도 앞에서 머뭇거리고 있던 나는 그 말의 힘을 받아 글을 쓰기 시작했다. 그리고 그 시도는 그 후 내 삶을 송두리째 변화시켰다.

머뭇거림에도 남녀차이가 있다

누구나 한번쯤은 어떤 일을 시작할 때 너무 크고 벅차 보여서 시도조차 하지 못하고 머뭇거려본 적이 있다. 크고 중요하며 시간이 필요한 일이기에 지금 바로 뭔가 조치를 취하지 않으면 더 힘들어진다는 것을 알면서도 시도가 어려운 그런 순간 말이다. 딱 얼어붙어 아무것도 못하는 그런 때에는 감정 대신 이성의 힘으로 우리 자신을 움직일 필요가 있다. 그런데 이런 압도되는 감정에 대한 대응에는 성차가 나타나는 것 같다. 언젠가 한 남자 선배가 했던 말이 마음에 남는다.

"나는 일이 다섯 개가 있어도 하나만 보고 하나씩 처리하는데 여자들은 일이 다섯 개면 한 번에 다섯 개를 다 생각하는 것 같아."

일처리를 하는 과정에서 성차를 느낀다는 것이다. 그것을 모든 여자와 남자에게 확대 해석할 필요는 없지만 어느 정도 일리가 있는 말인것 같다. 여성과 남성이 자신의 감정에 접근하는 방식에는 차이가 있기 때문이다.

뇌를 연구하는 학자들은 이런 차이가 생기는 이유에 대해 뇌를 사용하는 방식에서 성차가 나타나는 데 주목했다. 그들에 따르면 여자들은 한 번에 다양한 변수를 고려하기 쉬운 뇌를 가지고 있지만, 남자들은 한 번에 하나만 보기 쉬운 뇌를 가지고 있다고 한다. 그러다 보니 이들 사이에는 장단점이 있다. 여자들은 한 번에 많은 일을 해내는 멀티태스킹에 더 능하지만, 그 모든 일을 한꺼번에 생각하다 보면 감정적으로 압도되기 쉽다. 그래서 감정에 압도당하기 쉬운 여자들은 한 번에 하나씩 끊어서 생각하는 것이 필요하다고 한다.

반면 남자들은 한 번에 하나만 보기에 능하다. 그래서 감정적으로 압도당할 가능성은 적지만 전체적인 조화와 세심한 배려에는 약하다. 이런 차이가 나타나는 이유는 서로의 한계와 단점을 보완해주며 조화롭게 살라는 데 있는 것인지 모르겠다.

천 리 길도 한 걸음부터

많은 사람들이 꿈을 확고히 세우고 움직이라고 이야기한다. 그런데 꿈과 이상은 쉽게 찾기도 어려울뿐더러, 그 모습에 마음 쓰다 보면 그 모습이 너무나 요원하게 느껴질 때가 많다. 꿈과 이상에 비해 현실의 나는 언제나 초라하고 작아 보일 수밖에 없다. 그래서 나는 나처럼 감정에 쉽게 압도당하는 사람에게는 잘 잡히지 않는 꿈을 살피는 것보다 더 중요한 것이 지금 당장 내게 주어진 일을 하기 위해 첫발을 내딛는 것이라고 생각한다. 일단 첫 발을 내딛고 그 다음 발을 내닫는 것이 지금 나에게 더 중요한 과제일 수 있기 때문이다.

기억하자. 63빌딩을 올라가려 해도 1층의 첫 계단부터, 책 한 권을 쓰려고 해도 한 페이지부터, 세계 최고의 전문가가 되려고 해도 기본부터, 무엇이든 너무 멀리 보지 말고 지금 당장, 나의 현실 속에서 할 수 있는 것부터 해야 한다. 마음속에 품고 있는 꿈과 포부가 클수록 이런 '하루에 한 페이지씩', '차곡차곡'의 법칙은 더 중요하다. 이 법칙에 기대어 우리는 거대한 꿈과 당찬 포부를 향해, 압도되지 않고, 머뭇거리지 않고 끝까지 나아갈 것이다.

지금은 훨씬 적극적이고 개방적인 편이지만, 예전에 저는 삶에 대해 소극적인 태도를 품었고, 무엇을 시작하려고 할 때마다 의구심을 많이 표현하는 편이었습니다. 해보기도 전에 "될까?", "아닌 것 같은데"라는 말을 많이 했지요. 그런 저에게 많은 것을 가르쳐준 외국인 친구가 있었습니다. 해맑은 웃음에 뼛속까지 낙천적인 기운을 머금고 있던 그 친구는, 언젠가 하고 싶지만 하고 싶은 마음이 너무 커서 오히려 머뭇거리고 있는 저에게 물었습니다.

"한국말로 'Just do it'을 어떻게 말해?"

저는 "그냥 하세요"라고 대답했고 그는 그 말을 따라 외쳤습니다.

"큐냐 하세요. 큐냐 하세요."

서툰 한국말에 저는 그 웃음을 터뜨렸습니다. 그러면서도 그 말이 다른 어떤 설득보다도 설득력 있게 들렸지요. 그 순간 제 마음의 숲을 안개처럼 두르고 있던 부정적인 생각과 감정들이 한 순간에 걷어지는 듯

했습니다.

요즘에도 저는 가끔 어떤 도전 앞에서 머뭇거리는 제 자신을 볼 때마다 그 친구의 웃음과 서툰 한국어 발음을 생각합니다. 그리고 지금 당신의 머뭇거리는 마음에도 밝은 미소와 함께 말해주고 싶네요.

"쿠냐 하세요!"

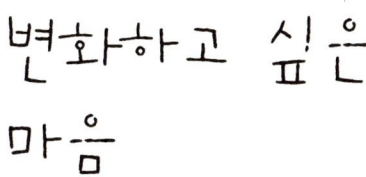
변화하고 싶은 마음

너무 꼼꼼해서 답답한 현정 씨

현정 씨는 너무 완벽하고 꼼꼼한 성격에서 벗어나 보다 활동적인 자신으로 변화하고 싶다는 생각에 상담실을 찾았다. 그녀는 주변 사람들도 자신을 답답해할 뿐 아니라 자신도 힘들다고 했다. 그녀는 이런 자신을 변화시키기 위해 적극적으로 상담에 임했다.

그녀는 꼼꼼한 성격답게 항상 상담 시작 5분 전에 도착해서 기다리는 편이었고, 상담을 하러 오기 전 일주일 동안 상담실에서 하고 싶은 말을 노트에 정리해와서 노트를 보며 이야기하기도 했다. 그런데 상담이 진행되면서 그녀는 바로 그런 모습부터 변화시킬 필요가 있다는 것을 알게 되었다. 자신의 마음을 편하게 표현하는 상담조차 준비하고 계획하는 태도는 그녀의 불안한 감정에서 비롯된 것이기 때문이었다.

그 후 그녀는 미리 준비하기 위해 자주 긴장하고 불안해하던 마음에서 벗어나 즉흥적으로 뭔가를 시도하고 표현하는 연습을 하기 시작했다. 절대로 하면 안 될 것 같다는 생각 때문에 시도해보지 않았던 일들을 작은 단위로 쪼개서 해보기 시작했고, 과거에는 친구가 되기 어렵다고 생각했던 새로운 사람들도 만났다.

그녀와의 상담을 마무리하는 날에 그녀는 휴대폰 번호도 바꿨다며 자신이 얼마나 많이 변화했는가를 이야기했다. 단순히 휴대폰 앞 번호를 011에서 010으로 바꿨다는 이야기에 불과했지만, 이는 그녀의 일상이 많이 변화했다는 것을 보여주는 예라는 생각이 들었다.

"예전에도 바꿀 기회가 있긴 했는데 안 바꿨거든요. 그런데 바꾸고 나니 이런 생각이 들어요. 아, 내가 별것 아닌데 집착하고 고수하고 못 내려놓던 게 많았구나. 그러다 보니 생각도 감정도 그냥 그 자리에 머물렀었구나. 앞으로 생활 속에서 좀 더 바꾸고 깨봐야겠구나 싶어요."

사실 상담받겠다고 마음먹은 그 자체로 그녀의 변화는 이미 시작된 것이었다. 상담받는 동안 그녀는 일상의 작은 시도들을 통해 많은 변화를 경험했고, 그 변화들은 부정적인 감정에 사로잡혀 경직되어 있던 그녀를 부드럽게 풀어주었다. 그녀는 자신이 예전보다 더 말랑말랑해진 것 같다며 자신의 변화를 자랑스러워했다.

변화를 원하면서도 저항하게 되는 마음

우리는 모두 더 나은 변화를 원한다. 그런데 우리 마음 다른 한편에는 그런 변화에 저항하는 마음도 크다. 저항하는 마음은 변화하려고 하는 우리에게 이렇게 말한다.

"지금보다 상황이 더 안 좋아지면 어쩌려고?"

"네가 변화할 수 있을 것 같아? 전에도 해봤는데 안 됐잖아?"

저항하는 마음은 우리에게 온갖 의구심을 표현하고 실패 시나리오를 나열하며 변화하고자 하는 우리의 마음을 한자리에 고정시켜놓으려고 한다. 그래서 우리는 변화하고 싶다고 반복적으로 말하는 사람들을 많이 만나지만 진정 원하는 변화를 이룬 사람은 쉽게 만나지 못한다. 그리고 실패로 끝나버린 시도들에 대한 이야기를 들으며 몸과 마음을 움츠리게 된다.

우리가 항상 성공하는 것도 아니고, 언제나 마음먹은 대로 이루는 것도 아니고, 변화를 위해 흘려야 할 땀방울이 많이 필요하기도 하기 때문에 이런 저항의 마음은 극히 자연스럽다. 때론 이런 저항의 마음을 잘 살피는 것이 어떤 변화에 선택하고 집중해야 하는지 실마리를 주기도 한다. 그래도 우리는 이 마음에 사로잡혀서는 안 된다. 저항의 목소리에 사로잡혀 있다 보면 온갖 부정적인 감정이 우리를 괴롭히며 세력을 키운다. 그럴 때 우리는 온갖 불안과 불만, 후회와 무기력에 시달리게 된다. 이런 감정은 일단 행동하기 시작하면 점점 작아진다. 변화하고 싶다면 우리는 마음속 저항의 목소리를 '음소거'로 두고 시작해야 한다.

변화에는 단계가 필요하다

우리에게 변화가 어려운 이유는 단번에 이루어지는 것이 아니라 단계가 필요하기 때문이다. 심리학자들은 변화하고 싶은 마음과 변화하고 싶지 않은 마음 사이에서 싸우고 줄다리기를 하는 우리 마음의 변화를 다섯 단계로 나누었다.

예를 들어, 운동해서 보다 건강해지고 싶지만 실천하지 못하는 우리의 마음을 단계 모델에 빗대서 살펴보면 우리는 다음과 같은 과정을 거친다.

단계	내용	마음	감정
전 숙고 단계	변화의 필요성에 대한 인식이 없고 변화의 가능성에 대해 회의적이다.	"나에게 그런 게 필요하지 않아. 그리고 성공할 리 없지."	무기력 회의감
숙고 단계	변화의 필요성을 인식하고 변화하고 싶은 마음은 있지만 저항하는 마음도 크다.	한번 해볼까? 아니야, 해서 뭐 하겠어. 전에도 해보려고 헬스를 끊었다가 돈만 날렸잖아."	의욕 의구심
준비 단계	변화를 위해 계획은 세우지만 실행에 옮기지는 못한다.	"알아보니까 집근처에 요가와 에어로빅을 할 수 있는 곳이 있던데 한번 해볼까?	설렘 기대
실천 단계	변화를 적극적으로 실천하나 실천이 완벽하게 이루어지지는 못한다.	"에어로빅을 시작하고 몸이 좋아지기는 했는데 여전히 갈 시간이 되면 갈까 말까 고민하게 되네."	만족 갈등
유지 단계	지금까지 성취한 변화를 유지하기 위해 필요한 사항을 점검하고 노력한다.	"이제 몸도 좋아지고 에어로빅을 같이 할 수 있는 친구가 생겨서 계속 운동을 하게 될 것 같아."	자신감

이 단계 모형에서 주목할 점은 마음속으로 갈등하며 '할까, 말까' 고민하는 것조차 변화에 대한 시도의 한 과정으로 본다는 점이다. 또한 일단 변화를 실천하고 있더라도 유지 단계에서 그 변화를 지속적으로 해나갈 마음을 먹어야 변화가 완수되었다고 할 수 있음을 기억할 필요가 있다.

이처럼 변화에도 단계가 필요하다. 각 단계마다 품고 있는 마음을 살펴보면 우리의 마음속 저항이 변화를 준비하고 실천하는 모든 단계에서 우리를 갈등하게 만들 수 있다는 점을 알게 된다. 그러니 할 수 없다고 미리 단정 짓기보다는 변화를 위한 나의 단계를 살피고, 그 단계에서 다음 단계로 나아가기 위해 필요한 마음이 어떤 것인지 보다 구체적으로 살피자.

변화는 사소한 것에서 시작된다

우리가 내면의 부정적인 감정을 들여다보는 이유는 그 감정에 머물러 있기 위해서가 아니라 그 감정으로부터 나오고 싶기 때문이다. 그리고 궁극적으로는 더 나은 나를 만나고 싶기 때문이다. 그런데 때로는 이런 변화가 쉽지 않은 것처럼 느껴지고, 우리를 사로잡고 있는 부정적 감정의 힘이 너무 강력해 보인다. 그럴 때에는 감정 자체가 아닌 그 감정과 연결된 생각과 행동을 변화시키는 것이 중요하다.

사실 생각과 행동을 바꾸는 것도 쉬운 일은 아니다. 하지만 그 변화가 크고 원대한 것일 필요는 없다는 점을 기억할 필요가 있다. 때론 변화가 아주 사소하고 의미 없고 연결성이 없어 보이는 작은 계기로부터 시작된다.

언젠가 한 교수님이 '사소한 말 한마디가 누군가의 삶을 얼마나 변화시킬 수 있는가'를 주제로 흥미로운 이야기를 들려주신 적이 있다. 그 교수님은 '자살'을 주로 연구하시던 분이셨는데, 몇 년 전에 한 잡지

사의 요청으로 인터뷰를 한 적이 있었다고 한다. 그때 어느 유명인의 자살로 인해 자살 문제가 한창 사회적 이슈로 떠올랐던 모양이었다. 본래 상업적으로 반짝했다가 사그라지는 관심은 마뜩잖았기에 인터뷰를 하고 싶지 않았지만, 잡지사 기자의 끈덕진 요청으로 '자살의 심리적 기제와 파급 그리고 예방'을 주제로 인터뷰를 하게 되었다고 했다.

마침 그날은 연구실에서 인터뷰를 하기가 마땅치 않아 조용한 커피전문점에서 인터뷰를 했고, 그 후 교수님은 자신이 그런 인터뷰를 했다는 사실조차 잊어버린 채 몇 년의 시간이 흘렀다. 그런데 그때 그날 조용했던 커피전문점에는 그 교수님과 잡지사 기자 말고도 두 명의 여대생이 더 있었다. 그 두 사람은 삶이 너무 힘들어서 바로 그곳에서 함께 만나 같이 자살할 계획을 세우고 있었다. 그러던 그들은 우연히 옆 테이블에서 '자살의 심리적 기제와 파급 그리고 예방'에 대한 교수님의 인터뷰를 엿듣게 되었다.

그들은 결국 자살을 하지 않기로 결심하게 되었다. 왜냐하면 그 인터뷰를 듣다 보니 자신들의 어려움이 자신들만 겪는 어려움이 아니고, 그전까지 생각지도 않았던 자살의 파급, 즉 남겨진 사람들의 상처에 대한 이야기를 '자살 전문가'에게 자세히 듣고 마음의 변화를 일으키게 된 것이다.

그들은 그 후 열심히 살았고, 그날 우연히 들은 그 이야기가 자신을 변화시켰다는 이야기를 주변 사람들에게도 했다고 한다. 그 교수님은 의도치 않게 우연히 그들을 자살의 수렁에서 건져 올린 셈이었다. 몇 년 뒤 교수님은 그들의 이야기를 대학원생에게 전해 들었다. 그는 말한다.

"여러분, 정말 모든 변화는 아주 사소한 것에서 시작합니다. 의도 없는 말 한마디가 사람을 변화시킬 수 있습니다."

의도하든 의도하지 않았든 우리는 모두 세상의 변화에 일조하고 있다. 아무리 노력해도 변화하지 않는 것 같아도, 변화했다가도 제자리로 돌아오는 것만 같아도, 변화에 저항하는 내 안의 목소리가 너무 거세도, 변화하지 못해서 우리 안에 쌓인 부정적 감정이 너무 깊어져도, 그래도 포기하지 말고 꾸준히 시도하자. 그러다 보면 아무 연결과 의미가 없어 보이고 결론이 보이지 않는 것만 같은 시도들이 모여 뚜렷한 변화의 별자리를 이루고 있다는 것을 알게 될 것이다.

나의 모습을 찬찬히 살펴보세요

자신의 성격이 마음에 들지 않는다며 어떻게 하면 성격을 변화시킬 수 있는지에 대해 묻는 메일을 자주 받게 됩니다. 사람들마다 마음에 들지 않는다고 생각하는 자신의 모습은 조금씩 다르지만 자신을 변화시킬 수 없다며 괴로워하고 답답해하는 사람들의 모습에서 공통적으로 발견되는 한 가지 모습이 있습니다. 그것은 지금 자신의 모습을 못마땅해하거나 자신의 현재 모습을 자각하지 못하고 있는 모습입니다. 그런 분들께는 일단 변화하고 싶은 모습보다는 변화하기 전인 지금의 내 모습을 더 찬찬히 살피고 '내가 이렇구나', '난 이건 잘하는구나'라는 생각을 더 해보는 것이 좋다고 조언하곤 합니다. 변화의 첫걸음은 일단 지금 있는 내 모습을 인정하는 데 있으니까요. 변화가 어려운 사람일수록 지금 내 모습 중에 괜찮은 모습을 인정함으로써 얻는 에너지가 크다고 생각합니다. 바로 그 에너지를 발판삼아 변화를 이룰 수 있지 않을까요?

누구나 자신을 더 새롭고 멋진 모습으로 변화시키고 싶어 합니다. 본인의 성격이 답답하다고 생각하는 사람일수록, 오랫동안 생각만 하고 제대로 실천하지 못할수록, 이런 변화에 대한 열망은 더 크기 마련이지요. 그런데 정말 좋은 변화를 이루기 위해서는 변화 후의 내 모습보다는 변화하기 전의 내 모습, 즉 현재의 내 모습을 잘 살피는 것이 중요합니다. 현재의 내 모습 중에서도 못난 모습보다는 괜찮은 모습에 집중해 보세요. 못난 모습을 더 멋지게 바꾸기 위해서는 괜찮은 내 모습을 확실히 알고, 그런 나의 장점과 강점의 크기를 키워가는 것이 더 중요하고도 쉽기 때문이에요.

욕망을 따르고 싶은 마음

월급 타는게 기쁘지 않아!

고등학교 친구 재경이가 회사에 들어간 지 얼마 되지 않았을 무렵이었다. 우연히 함께 커피 한잔을 마시게 되었는데 친구의 표정이 어두웠다. 그 친구가 본래 하고 싶어 했던 인권활동가의 꿈을 접고 일반회사에 들어간 지 얼마 안 되었을 때였다. 어떻게 된 일이냐고 묻고 싶었지만 그럴 필요도 없었다. 그 애는 묻지도 않았는데 쑥스러워하면서 말했다.

"여기 취직한 건 소가 뒷걸음질 치다가 얻어걸린 격이지 뭐. 대우가 좋기는 한데 일은 재미없어."

그런 대화를 나눈 지 채 두 달도 안 돼서 나는 다른 친구로부터 친구 재경이 중동 지역에 가서 인권 관련 활동을 하고 있다는 이야기를 들었다. 놀라운 마음에 메일을 보냈더니 그 친구는 이런 답메일을 보내왔다.

"처음 받아보는 묵직한 월급 통장을 보는데 별로 기쁘지가 않은 거 있지. 사람들은 좋은데 들어갔다고 축하해주고, 부모님도 기뻐하시고, 친구들은 부러워하는데 나는 기쁘지가 않았어. 가장 결정적인 건 뭘 마시고 먹어도 이게 아니다 싶은 거야. 그 좋아하던 커피를 마시고 싶어서 한 잔을 뽑아 한 모금 딱 입에 넣었는데 이게 아니다 싶은 거야."

그 친구는 그날 그 순간, 딱 알았다고 했다. 자신이 원하는 것이 이게 아니라는 사실을.

다시 커피가 맛있어

'평양 감사도 저 싫으면 그만이다'라는 속담도 있듯이 아무리 남들이 좋다고 하는 것이라도 내 마음이 진정 원하지 않는다면 무엇을 해도 재미가 없고 맛있는 음식을 먹어도 맛이 없다. 그 친구가 무엇을 해도 즐겁지 않고 만족스럽지 않았던 이유는 하고 있는 일이 자신을 기쁘게 하지 못했기 때문이다. 우리는 저마다 살아가는 모습이 다르고 추구하는 이상도 다르지만 원하는 것(욕망)을 추구하며 산다는 면에서 모두 같다.

어떤 사람은 명성을 좇고 어떤 사람은 돈을 좇는다. 어떤 사람에게는 대학 졸업 후 대학원에 진학하는 것이 당연한 수순이지만 어떤 사람에게는 빨리 커리어를 쌓는 것이 중요하다. 대기업에서 높은 연봉을 받는다면 스트레스 강도가 높은 일을 오래 해도 괘념치 않겠다는 사람도 있지만 작은 기업을 함께 키워가는 데에 더 큰 가치를 두는 사람도 있다.

재경의 경우에는 그녀가 원하는 삶의 모습이 '인권'이라는 한 단어와 떼려야 뗄 수 없는 끈끈한 관련이 있었다. 이런 그녀는 인권과 관련된 활동을 해야만 행복하다. 다른 금전적 소득이나 사회적 평판이 그녀를 행복하게 만들어주지 않는다. 그녀는 '더 나은 사회를 만드는 데 내가 적극적으로 기여하고 있으며, 도와주고 도움을 받는 사회적인 관계 속에 있다는 점에서 의미와 행복을 찾았다. 그녀가 남들은 좋다고 하는 그 직장이 단지 '소가 뒷다리로 얻어걸린' 직장일 뿐이라 표현하고, 직장 생활을 하는 동안 불행해하며 그만둘 수밖에 없었던 것은 당연한 일이다. 그렇다면 지금 그녀는 행복할까? 그녀는 행복하다는 이야기는 하지 않았지만 대신 이렇게 말한다.

"다시 커피가 맛있어졌어"라고.

욕망을 따르는 삶

우리는 모두 어쩔 수 없는 욕망 추구자들이다. 우리가 마음이 이끄는 욕망을 따르지 않고 산다면 다른 사람들은 속일 수 있어도 우리 자신은 속이지 못한다. 특히, 우리가 느끼는 감정은 욕망대로 살고 있는지, 그렇지 않은지를 가장 잘 보여주는 지표라고 할 수 있다. 의욕이 떨어지고 재미가 없고 왠지 모르게 화가 나고 행복하지 않다면 과연 자신이 욕망대로 살고 있는지 살필 필요가 있다.

반면, 겉으로 보기에는 볼품없어 보이고 초라해 보이기도 하는데 콧노래를 흥얼거리며 즐겁게 사는 사람도 있다. 그 사람은 자신의 욕망에 맞춰 순간을 살고 있는 사람일 것이다. 결국 우리의 행복은 더 많이 갖고 더 잘하고 더 높이 있는가에 있는 것이 아니라, 내가 이상이라고 생각하는 내 모습에 얼마나 가까이 있는가에 달려 있다.

때때로 우리는 욕망이 아닌 줄 알면서도 현실의 한계와 의무 때문에 욕망과는 무관한 선택을 하기도 한다. 그리고 어떤 때에는 내가 원한다고 생각해서 했음에도 결국 시간이 오래 지나고 나서야 내가 진정 원하는 것이 이것이 아니었음을 깨닫고 탄식하기도 한다. 이런 일이 일어나는 이유는 나의 욕망을 자주 확인하지 않았고, 그 욕망의 현실성을 점검하며 조율해나가는 일을 게을리했기 때문이다.

욕망 추구에 있어서 너무 늦은 때란 없다. 돌아 돌아가더라도, 아주 새로 시작하는 일이 있더라도, 놓치지 않고 꼭 쥐고 있던 어떤 것을 힘겹게 놓아버려야 하는 것이 필요하더라도, 결국 우리는 자신이 진정 원하는 것을 좇아야 한다. 그래야 뭐든 잘할 수 있다는 생각에 행복해진다.

욕망을 향한 눈물

나의 어머니는 최근에 사람이 많은 지하철에서 한 시간 내내 우셨다고 한다. 책을 읽으시다가 '욕망'이라는 한 단어가 비수처럼 가슴에 꽂

혔고, 어머니의 가슴을 울렸기 때문이었다. 사람들이 많은 곳에서 우는 일은 상상도 할 수 없을 만큼 이성적이고 강한 분이시지만, 자신도 모르게 눈에서 흘러나오는 눈물을 어찌할 수가 없었다고 하셨다. 닦아도 눈물이 흘렀다는 것이다. 대체 그 욕망이라는 말이 어땠기에?

어머니의 눈물은 억눌러온 자신의 욕망에 대한 뒤늦은 성찰의 눈물이었던 것 같다. 배움에 대한 욕망, 자신의 능력으로 쓰임 받고 싶은 욕망, 사람들에게 인정받고 싶은 욕망이 어머니의 가슴속에 언제라도 타오를 화산처럼 있었지만, 그 화산은 자식을 낳아 잘 키우고 배우자의 성공을 위해 뒷바라지하는 데에 에너지를 빼앗겨 언제나 휴화산이었다. 그런데 어느 날 이 휴화산이 욕망과 욕심을 이야기한 책의 한 구절 앞에서 뜨겁게 폭발한 것이다.

"나는 항상 내가 욕심이 많다고 생각했는데 아니었어. 그건 욕심이 아닌 욕망이지. 너희 잘되고, 남편 승진하는 것이 내 욕망이라 생각하고 살아왔어. 그것도 내 욕망 중에 하나였겠지. 그런데 진짜 내 것은 아니었던 거야. 이제 진짜 내 것을 찾아야 겠어."

그녀의 눈물은 다른 누군가를 위하거나 다른 누군가를 통한 욕망 충족보다는 내 욕망의 본질을 직시하고, 이를 충족해나가는 것이 얼마나 중요한지 그녀에게 호소하고 있었다. 그녀의 눈물은 "지금까지 할 만큼 했어. 이제 내 욕망을 좇으며 살겠어"라는 결심을 불러왔다. 그 눈물은 욕망을 향한 눈물이었던 것이다.

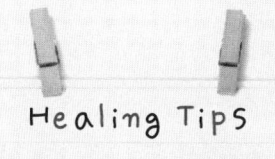

어머니의 눈물을 보며 저는 두 가지를 깨달았습니다. 하나는 내 안의 본질적인 욕망을 찾기가 얼마나 어려운가였고, 다른 하나는 그럼에도 불구하고 우리 욕망의 힘이 얼마나 강하고 끈질긴가였지요.

자신의 욕망에 따라 살고 있는 사람의 눈빛은 생생합니다. 밤을 새웠든 몸이 고단하든 다른 누군가가 알아주지 않든 힘들어도 많이 힘들지 않습니다. 자신이 이룬 조그마한 성취에도 큰 보람을 느끼면서 쉽게 감동하고 감탄하며 살게 됩니다. 그렇게 생생한 열정과 기쁨이 무엇인지 알면서 사는 삶은 행복하고 짜릿합니다.

지금 맛없는 커피를 홀짝이며 '이건 아닌데' 싶으면서도 엉덩이를 떼지 못하고 있다면, 책 속에서, 영화 속 한 장면에서, 친구가 한 한마디 말에 울컥하면서도 '내가 왜 이러는지 모르겠다' 싶다면 기억해야 합니다. 욕망은 아무리 오래 묵혀둔다고 해도 끈질기게 우리 주변을

맴돌며 해결해달라고 우리를 괴롭히게 되리라는 사실을 말이에요. 참된 욕망을 추구하며 나 자신의 삶에 감동할 때에야 행복해질 수 있습니다.

의존심에서 벗어나 독립적으로

의존이 불러온 우울과 폭식

유리 씨는 초등학교 아이들을 둔 40대 여성이다. 그녀는 엄격하고 보수적인 가족 분위기 속에서 여자라는 이유로 차별과 보호를 동시에 받으며 자랐다. 부모님이나 조부모님은 남동생에 대한 편애를 노골적으로 표현했고, 대신 그녀에게는 여자로서 보호받거나 여자니까 차별받는 것이 당연함을 누누이 강조했다. 그녀는 자라면서 갑갑하고 힘들 때도 있었지만 되도록 문제를 일으키지 않고 자신에게 주어진 상황에 적응하려고 애썼다.

그녀는 언제나 여자로서 남자들의 관심과 주목을 끄는 것이 중요하다고 느꼈다. 또한 배우자 선택 조건에서 가장 중요한 건 능력과 책임감이었다. 그녀는 자신이 경제적으로나 심리적으로 의지할 수 있다고 생각되는 상대를 선택해서 결혼했다. 그러나 결혼 후 몇 년 되지 않아 일생일대의 위기가 그녀를 찾아왔다. 남편의 귀가가 늦어지고 관심이 소홀해진 것에 우울해하던 그녀는, 남편이 결혼 전에 만났던 여성을 다시 만나고 있다는 사실을 알게 되었다.

청천벽력 같은 사실이었지만 남편이 오히려 이혼을 요구했다. 과도하게 기대고 의존하는 그녀가 부담스럽고 짐처럼 느껴져서 자신도 가정 밖에서 기댈 사람이 필요하다는 것이었다. 그 말에 그녀는 더욱 분노했지만 이혼은 생각할 수도 없었다. 남편을 사랑하거나 가족을 지키기 위해서가 아니라 혼자 힘으로 살아갈 자신이 없어서였다. 한 번도 혼자서 뭔가를 해본 적이 없었던 그녀는 깊은 우울증에 시달리고 있었다.

상담실에 찾아온 재민 씨는 폭식증으로 고민하는 여대생이었다. 어린 시절부터 영재로 주목을 받았던 그녀는 성취에 있어서는 누구보다 자신이 있었지만, 감정이나 관계 문제에 있어서는 무력감을 느낀다며 상담을 통해 자신의 문제가 빨리 해결되기를 원했다. 하지만 상담을 통해 그녀의 힘든 마음을 살펴보자, 어머니에게 과도하게 의존하는 그녀의 모습이 수면 위로 떠올랐다. 그녀는 어머니의 사소한 말 한마디에도 폭발적으로 화를 내며 쉽게 좌절하는 모습을 보이곤 했다. 그녀의 어머니는 공부를 잘하는 그녀에게 큰 기대를 표현했고, 그녀의 일거수일투족을 완벽하게 통제하려 했다.

이제 대학에 들어와서 엄마의 입김이 줄어든 지금, 그녀는 한편으로는 엄마와 떨어져 있게 되어 홀가분한 마음이 들었지만 다른 한편으로는 무엇을 어떻게 해야 할지 몰라 당황스러웠다. 부정적인 감정이 들 때마다 그녀는 그 감정으로부터 도망치기 위해 폭식을 했고, 상황은 점점 나빠지는 것 같았다.

새 삶의 주인의식 찾기

연령대가 다르고 삶의 경험과 자원, 감정적인 사건을 조절하고 대처하는 방식은 다르지만 두 여성은 심리적으로 공통적인 면이 있다. 그들의 공통점은 무엇일까? 그것은 '의존심'이라는 말로 축약할 수 있을 것 같다. 이들은 자신의 삶에 대한 주인의식이 부족하다. 어린 시절부터 지금까지 이들은 삶 속에서 한 번도 혼자 결정하고, 실행하고, 책임져 본 경험과 기억이 없거나 희박하다.

이들은 유약한 딸로 자라났다. 이들의 잘못이 아니라 환경 탓이 크다. 자라면서 오로지 자신의 힘으로 혼자서 뭔가를 해낼 수 있으리라 기대하기보다는, 누군가가 옆에서 지시하고 보조해주어야 뭔가를 할 수 있다는 이야기를 반복적으로 들었고, 자신도 모르는 사이에 스스로를 그렇게 바라보고 있었다.

지금 이들이 경험하는 우울과 무력감, 혼란, 분노는 이제 그런 심리적 의존의 사슬에서 벗어나 스스로 선택하고 실행하고 책임지는 경험을 할 시기라는 신호를 보내는 것이다. 지금까지 삶의 방식으로는 앞으로 더 나아갈 수 없다는 것을 보여주는 것이다. 부정적 감정은 이들에게 의존이 아닌 독립의 방향으로 나아가야 한다고 종용한다. 내 삶의 주인의식을 찾으라는 것이다.

내 행복은, 내가 찾은, 나의 것

모든 영장류의 성장과 발달은 의존에서 독립으로 나아간다. 태어날 때에는 다른 대상에게 의존하지만 자기 안의 힘을 점점 키워가면서 홀로서기를 하고, 기존에 속해 있던 가족이나 집단으로부터 독립한다. 사람 역시 마찬가지이다. 다른 영장류보다 더 약하게 태어나서 전적으로 양육자에게만 의존할 수밖에 없었던 사람들은 독립적인 한 인간으로 성장하기까지 복잡하고 미묘한 과정을 거친다. 그런데 각자 자라나는 환경과 경험, 기질과 성격에 따라 독립성의 발달 정도는 다른 것 같다. 어떤 사람은 매우 독립적이지만 또 어떤 사람은 의존적인 면이 더 크다.

가까운 사람의 기대와 영향력이 강할수록 우리는 그 사람에게 의존적인 모습을 보이게 된다. 그런데 우리는 의존적이기보다는 독립적일 때 감정 조절을 더 수월하게 할 수 있다. 왜냐하면, 타인의 평가나 자원은 내 것이 아니기에 변덕스러울 수밖에 없기 때문이다.

앞에서 예로든 유리 씨를 보자. 그녀는 남편에게 의존적인 모습을 보이며 살았지만 남편의 사랑과 자원은 남편에게 속한 것이다. 막상 남편이 사랑과 자원을 거두어가자 그녀는 속수무책이다. 자기만의 힘이 없기 때문에 이혼을 하게 된다면 경제적인 면도 걱정이 되고 홀로 세상에 맞서는 것이 두렵다. 정말 못해서가 아니라 한 번도 안 해봤기에 더 걱정되고 두려운 것이다. 그래서 그녀는 또 우울증에 기대어 아무것도 하지 않으려고 한다. 그런데 사실 그녀의 우울은 그녀에게 이런 말을 전하고 있는 것 같다.

"이제 그만 기대고 네가 할 수 있는 것을 찾아봐."

엄마의 평가 한 마디 한 마디에 온 마음을 걸고 힘들어하는 재민 씨 역시 마찬가지이다. 그녀는 지금 자신에게 익숙한 의존으로 가는가 아니면 새로운 독립으로 나아가는가 하는 갈림길에 서 있다. 독립하고 싶으면서도 막막한 마음에 이러지도 저러지도 못한 채 힘들어하고 있지만, 다른 한편으로 그녀는 자신이 서서히 일어서서 앞으로 나아가야 한다는 것을 알고 있다. 엄마에게 의존하여 엄마에게 에너지를 쏟는 만큼 자기 안에서 엄마의 힘은 클 수밖에 없고, 상대적으로 자신은 작아진다는 것을 잘 알기 때문이다.

여기서 독립은 이혼을 하거나 가출을 하는 극단적이고 가시적인 결과만을 말하는 것이 아니다. 독립은 보다 심리적이며 일상의 사소한 행동 습관 하나하나에 드러난다. 진정 독립할 수 있을 때 우리는 타인에게 의존함으로써 느꼈던 나 자신에 대한 불안과 불만, 짜증과 권태, 우울과 무력감에서 벗어나 내 삶의 주인이 된 나를 발견할 수 있다.

자, 이제 더 이상은 우리의 행복을 다른 사람에게서 찾지 말고 내 안에서 찾자. 그럴 때에야 우리는 나 자신은 물론 다른 사람과도 더 좋은 관계를 유지하며 행복하게 살 수 있다.

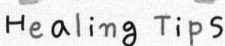

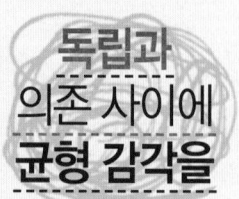

우리는 모두 독립의 중요성을 알지만 독립을 잘 성취하기란 쉽지 않은 것 같습니다. 왜냐하면 아무리 독립적인 사람이라고 해도 혼자 살 수는 없고, 다른 사람과 함께하는 것을 필요로 하기 때문이지요. 그래서 어떤 사람은 독립이 두려워서 타인에게 지나치게 의존하는 게 문제가 되지만, 반면에 또 어떤 사람은 독립을 지나치게 강조하느라고 다른 사람과 함께하는 것에 서툴고 어색한 모습을 보입니다. 그래서 독립과 의존 사이에는 균형 감각이 필요합니다.

여러분은 '독립'과 '의존', 그 사이 어느 지점에 서 있나요? 혹시, 혼자가 두려워서 다른 사람 눈치만 보고 있나요? 아니면, 다른 누군가가 내 독립을 무너뜨리거나 방해할까 봐 과도하게 경계하고 있지는 않은가요?

어느 쪽이든 우리에게는 매 순간 균형을 세우는 것이 중요합니다. 그러니 내가 독립과 의존 사이 어느 지점에 있는가를 살펴보고 흐트러진 중심을 세우기 위한 아주 작은 일상의 실천부터 해보세요. 중심이 바로잡힌 그만큼 우리의 감정에도 균형을 잡아주는 중심이 생길 테니까요.

질투심에 흔들리는 마음

비교로 시작된 질투심

수연 씨는 육 개월 전에 우여곡절 끝에 결혼을 했다.
그녀는 오랫동안 사법고시 준비를 한 남편을 뒷바라지하면서 힘든 연애를 하다가 결혼에 골인했다. 결혼 전에 수연 씨 남편이 사법고시를 포기하고 회사에 들어가게 되었고, 그때 그녀는 그와 헤어지는가, 결혼을 하는가의 기로에 서서 잠시 고민했었다. 그녀의 어머니는 더 좋은 조건의 남자를 찾아야 한다며 그녀의 결혼을 만류했고, 그녀는 그래도 사랑이 우선이라 생각해서 흔들림 끝에 지금의 남편을 선택했다.
그런데 결혼 직후 그럭저럭 생활이 안정되어 가던 어느 날 연락이 뜸

했던 후배에게 연락을 받았다. 수연 씨의 결혼식에 초대하지는 못했지만 예전에 친했던 후배였다. 한참 동안 그녀의 안부를 묻던 후배는 본론을 이야기했다. 후배 역시 결혼을 한다는 소식이었다. 결혼식은 2주 뒤였고, 축하인사를 하고 갈 수 있으면 가겠다고 밝히기는 했지만 그때부터 그녀의 마음속에서는 갈등이 일어났다. 다른 지인으로부터 그 후배가 집안이 부자인데다가, 능력도 좋은 돈을 잘 버는 사람과 결혼한다는 이야기를 들었기 때문이다. 수연 씨의 어머니가 원하는 바로 그런 조건의 남자였다. 그 후 괜스레 마음이 불편해졌다. 그녀는 갈까 말까 고민한 끝에, 결국 결혼식에 참석했고 얼떨결에 신혼여행에 다녀온 후배의 집들이에도 초대받게 되었다.

결혼식장에서도 느꼈지만 역시 후배는 넉넉하고 화려한 결혼 생활을 하는 것 같았다. 결혼과 동시에 강남 쪽에 아파트를 장만한 후배의 집들이에 초대된 사람들은 그 집에 들어서자마자 탄성을 지르며 부러움을 표시했다.

"와, 여기 완전 연예인 집 같아. 이것 봐. 옷 방도 있고, 방이 몇 개야? 인테리어도 장난 아니다!"

탄성을 짓는 다른 사람들의 이야기를 들으며 그녀는 괜스레 씁쓸하고 질투가 생겼다. 그녀는 사람들을 지금 살고 있는 작고 오래된 집에 초대한다는 것은 생각해보지 않았었다. 그런데 자신에 비해 화려하게 결혼한 후배가 부럽기도 하고 얄미운 마음도 들었다. '예전엔 조건이 별로 안 중요하다더니……'

이유 모를 배신감도 든다. 분명 대학 때에는 자신이 더 잘나갔었는데 결혼을 하면서 자신의 위치가 몇 계단 하락한 것만 같다. 그리고 그 위치를 새삼 확인시켜준 것 같은 후배가 밉다. 그런데 가장 싫은 것은 자신이 이런 마음을 먹고 있다는 사실이다. 질투심에 마음이 불편하기도 하지만 또 한편으로는 그런 자신이 한없이 유치하게 느껴져서 힘들다.

질투하는 마음 다스리기

그녀는 지금 스스로가 유치하다고 생각하지만 사실 누구나 그녀처럼 유치한 마음을 품게 될 때가 있다. 우리는 세상과 타인을 자기 중심적으로 바라볼 수밖에 없기 때문에 때때로 한없이 유치해진다. 다른 사람에게 주의를 기울이고 마음을 써줘야 할 순간조차 나라는 껍질 속에만 머물러 있게 되는 것이다. 어쩌면 이를 유치하게 바라볼 수 있는 것은 그나마 객관성을 갖추고 나를 바라보기에 가능한 것인지도 모른다. 질투와 시기심에 흔들리며 한없이 유치해진 내 마음을 발견했을 때, 우리는 이 마음을 어떻게 붙잡을 수 있을까?

우리가 질투를 느끼게 되는 순간의 심리를 크게 두 가지 관점에서 살펴보면 다음과 같다.

1. 우리가 비교 때문에 힘들어지는 이유는 비교를 얄팍하게 하기 때문이다

지금 당장 겉으로 보이는 것만 보고 무엇이 더 낫다고 비교를 하기도 하지만, 진정 중요한 것은 겉으로 드러나지 않는 경우가 많다. 지겹도록 철저히 비교를 한 뒤에는 자신이 괜찮다고 느끼며 으쓱하는 기쁨이

나 또는 자신보다 낫다고 생각돼서 느끼는 찔리는 질투심 때문에 좌절하지 말고, 있는 그대로의 상황을 보자. 너는 너고 나는 나, 한 사람 한 사람의 삶이 가진 고유한 의미와 존엄성을 감히 비교하며 따지며 감정적 에너지를 소모하지 말자.

2. 질투를 건설적으로 활용한다

철저히 비교를 했음에도 마음속 한구석에 여전히 걸리적거리고 힘든 감정이 남아 있을 수도 있다. 그렇다면 이제 그 감정을 어떻게 사용할지 선택할 일이 남았다. 결정은 여러분의 마음에 달려 있다. 아마도 수연 씨는 질투가 난다며 그 상황을 피하려 하거나, 기분 안 좋은 얼굴로 결혼식장에 가거나, 신혼집에 가서 어떻게든 흠집 낼 구석을 찾아보며 애쓰는 방식을 선택할지도 모르겠다. 그러나 그녀는 또 그 감정을 타인에게 돌리는 것이 아니라 자신에게 돌려 자신을 더욱 발전시키는 데에 사용할 수도 있다. 지금 자신이 느끼는 질투심과 후배에 대한 얄미움이 사실은 자기 밖에서 자신을 흔드는 감정이 아니라, 자기 안의 결핍과 상처가 하는 일이라는 점을 잘 인식하고 있다.

내가 무엇을 원하고 내 상황을 어떻게 변화시키고 싶은가를 알리는 신호로서 자기 안의 부정적 감정을 바라보는 것이다. 우리 안에서 결핍을 느끼게 하는 감정 가운데 질투만큼 강력한 감정도 없다. 이 감정이 우리를 황폐화시킬지, 우리를 보다 건설적인 방향으로 이끌어줄지, 그것을 선택하는 것은 순전히 우리 마음에 달렸다.

　세상에 제가 집필한 첫 책이 나왔을 때 저는 정말 기뻤습니다. 어린 시절부터 마음에 품고 있던 오랜 염원을 현실에서 생각보다 빨리 이룰 수 있었으니 말이지요. 그 기쁨을 주변의 많은 사람들과 나누고 칭찬도 받고 싶었습니다. 하지만 얼마 지나지 않아 그 감정과 욕망을 조심해서 드러내야 한다는 것을 알게 되었지요. 세상 모든 사람들의 마음이 내 마음 같지는 않으니 말이에요.

　제가 알고 지내는 지인에게 제 책이 나왔다고 알렸을 때 그분은 모르는 척하며 심드렁했는데, 나중에 다른 지인에게 그 사람이 이미 책을 낸 사실을 알고 책을 살펴보기까지 했다는 이야기를 듣게 되었습니다. 또 어떤 지인은 평소에는 연락도 없다가 갑자기 연락해서는 어떻게 하면 책을 쓸 수 있는지, 책과 관련된 공격적인 질문만 한참 늘어놓았습니다. 또 어떤 사람은 "어머, 이제 작가님으로 모셔야겠네"라며 비꼬기도 했습니다.

이 세 명 앞에서는 내 감정을 솔직히 드러내기가 어렵다는 생각이 들었고, 어딘지 모르게 지친다는 느낌을 받았지요. 그리고 곰곰이 생각해보고 나서야 이런 반응들이 공통적으로 질투와 시기심이라는 감정을 딛고 나타난다는 것을 알았습니다. 사람들은 자신이 어떤 감정을 안고 있는지도 모른 채 이렇게 감정을 표현하는 것 같습니다.

이런저런 시행착오를 통해 시기심이나 질투를 자극하지 않도록 타인의 마음을 살피며 내 감정과 욕망과 현실을 드러내는 법을 배웠습니다. 어찌 보면 서글픈 일이기도 하지만 크게 마음 쓸 일도 아닙니다. 왜냐하면, 그 과정에서 나의 성취와 기쁨을 시기하지 않고 마음 깊이 축하해주는 '내 사람'이 누구인가를 보다 분명히 알게 되고, 그들의 소중함을 더 깊이 느끼게 되니 말이에요.

누군가가 슬프고 외롭고 힘들 때 그 마음을 공감해주고 위로를 하는 일이 쉬운 것은 아니지만, 때로는 누군가에게 기쁘고 축하해줄 만한 일이 생겼을 때 마음으로 함께해주는 일이 더 힘들 수도 있다는 것을 알았습니다. 내 사람이 많아지길 원한다면 주변 사람들의 기쁜일에 질투하지 않고 기꺼이 함께 기뻐해주는 사람이 되어주세요. 그럴 때 내가 기쁠 때 이를 함께 나눌 수 있는 진짜 '내 사람'을 많이 만나게 될 테니까요.

책임감에 압도당하는 마음

책임감으로 인한 압박

'따르릉 따르릉' 알람이 울린다. 세진 씨는 알람을 끄면서 얼굴을 찡그린다. 잠을 제대로 못 잤다. 어젯밤에도 밀린 일을 하다가 잠이 들었지만 아직 끝내지 못한 일이 산더미처럼 쌓였다. 일어나자마자 다이어리에 적힌 '해야 할 일 목록(to-do-list)'를 확인한다. 일은 해도 해도 끝도 없이 밀려오는 것 같다.

그녀는 언제나 다른 사람보다 더 많은 일을 하려고 노력해왔다. 그리고 그 일들에 치이지 않기 위해 하루하루 할 일들을 작성하고 열심히 지워나가고 있다. 해야 할 일을 하고 이를 지우는 것은 그녀를 안심시

켰고, 그 순간에는 만족감을 주었지만 최근 들어 그녀는 이 목록을 볼 때마다 숨이 턱턱 막혀온다.

그녀는 책임감이 강했다. 어떤 일이 주어지든 잘해냈기 때문에 주위 사람들의 신임도 두터웠다. 그래서 남들보다 더 많은 일을 맡게 되었고 그녀는 일을 통해 인정받았다. 하지만 이제 그녀는 밀려오는 일거리를 해치우며 벅차다는 느낌을 받고 있다. 친구들을 만나서도 "나는 일복이 터진 사람"이라며 농담을 하곤 하지만, 그녀의 일복은 점점 그녀를 더 무겁게 만들고 있다.

아침에 일어나서 다이어리를 살피던 그녀는 주방에 쌓인 설거지 더미를 보고 기분이 상했다. 여동생이 어제 설거지 당번이었지만 깜빡한 것 같다. 냄새가 나는 설거지 거리를 보고 그냥 지나칠 수 없는 그녀는 스스로를 원망하며 고무장갑을 낀다. '언제쯤이면 나도 남들처럼 편히 쉴 수 있을까?'

세진 씨는 묵직하고도 무거운 책임감과 부담감을 자주 느낀다. 아마도 그녀의 감정은 표현과 해소의 통로를 찾지 못했기에 그녀에게 점점 더 큰 신호를 보내왔을 것이다. 그녀는 아침에 일어나는 일이 더 힘들어졌고 숨이 막혀왔으며, 밤에는 잠을 잘 못 잤다. 그럼에도 그녀가 수많은 일더미에 둘러싸여 사는 방식을 바꾸지 않자, 그녀의 감정은 더 거세게 신호를 보낸다. '더 이상은 참을 수가 없어!'라면서 말이다. 그래서 그녀는 지금 폭발 직전이다.

그녀의 이야기는 유난히 열심히 사는 한국의 많은 첫째 딸들의 모습과 닮았다. 모든 첫째들이 그녀와 같은 부담과 책임감을 짊어지고 사는 것은 아니지만, 책임감이 강하고 일 중독자에 가까울 만큼 많은 일을 떠맡는 사람 중에는 첫째들이 많은 편이다. 책임감은 그들에게 동전의 양면과 같은 역할을 한다. 그들은 책임감이 강하기에 사람들에게 인정받을 수 있었고 지금의 위치에 오를 수 있었을 것이다. 하지만 그들이 삶 속에서 책임감을 적절히 조절하지 못한다면, 그전까지는 그들에게 인정과 만족을 주었던 책임감이 언제부터 무겁고 지리멸렬한 부담감과 강박으로 돌변해서 그들을 괴롭힐지 모른다.

그처럼 책임감이 부담감으로 변질될 때 우리의 마음은 다음과 같은 신호를 받게 된다.

> 1. 즐겨 하던 일조차 하기 싫어진다.
> 2. 일뿐 아니라 관계 속에서도 어려움을 느낀다.
> 3. 숨이 자주 막히고 도망가고 싶다는 생각을 자주한다.
> 4. 몸이 경직되고 자주 아파온다.

책임감을 잘 조절하기 위해

세진 씨는 지금 그런 책임감의 역습에 시달리고 있지만 그에 따른 조치를 취하지 않고 있기에 답답함과 부담감은 점점 더 커진 것이다. 그렇다면 그녀는 앞으로 이 감정을 어떻게 받아들여야 할까?

1. 우선순위를 재설정해야 한다는 신호다

과도한 책임감을 가진 그녀는 힘든 일거리가 던져져도 거절할 줄을 몰랐고, 무엇이든 잘해내려고 노력했다. 이런 특성은 타인의 인정과 신망을 얻게 해주고 성취에 도움이 된다. 그런데 이런 특성이 과도해지면 우리는 스스로를 궁지에 몰게 된다.

우리의 일상은 일과 휴식 사이에서 균형을 잡을 필요가 있다. 그런데 세진 씨에게는 그 경계가 분명하지 않은 것 같다. 그녀는 자주 휴식의 공간에 일을 침투시킨다. 그러다 보니 그녀의 몸과 마음은 매 순간 긴장으로 지쳐 있고, 그 다음 일을 시작할 충분한 에너지 없이 또 다른 일을 시작한다. 따라서 지금 그녀가 느끼는 부담감은 허물어진 일과 휴식의 경계를 바로잡고 우선순위를 재설정할 필요가 있다는 신호라고 할 수 있다.

많은 일이 중요하기도 하지만 그때그때 더 중요하고 덜 중요한 일들이 있다. 더 많은 일을 할 수 있으면 좋기도 하지만 포기하고 거절해야 하는 순간도 있다. 그녀가 더 오래, 더 잘, 더 즐겁게 일을 하기 위해 그녀는 지금 자신의 '해야 할 일 목록(to-do-list)'를 가볍게 하고, 그 목록에 휴식의 시간을 채울 필요가 있다. 일은 우리 삶의 일부분이지 전부는 아니기 때문이다.

2. 잘하고 싶다는 욕구 VS 잘해야 한다는 생각

그녀의 마음이 편해지려면 자신이 잘하고 싶다는 욕구와 잘해야 한다는 생각 사이에서 흔들리고 있지는 않은지 살필 필요가 있다. 책임감이 강한 사람들은 뭔가를 잘해내야 한다는 생각 때문에 스스로를 괴롭히기 쉽다. 그런데 우리 마음은 오묘한 구석이 있어서 뭔가를 '해야 한다'고 생각하기 시작하면 이를 위해 에너지를 내기가 더 어려워진다.

반면, '하고 싶다'는 욕구의 표현은 우리의 몸과 마음에 강한 힘을 실어준다.

'해야 한다'는 생각에 갇혀 부담감을 무겁게 느끼는 그녀가 자유로워지기 위해서는 '잘해내야 한다'는 강박적인 생각보다는 '잘하고 싶다'는 욕망에 더 주목하고, 마음을 실을 필요가 있다. 그래야 그녀는 조금 더 가볍고 편한 마음으로 어떤 일이든 잘해나갈 수 있을 것이다.

책임감은 우리가 마음먹은 일을 끝까지 완수하도록 도와주고, 우리를 성장시키는 좋은 감정이다. 하지만 이 감정이 지나치면 부담감으로 변질된다. 우리가 타인에게 인정받으며 내가 하고자 하는 일을 끝까지 하기 위해서는 책임감이 부담감으로 변질되지 않도록, 자신의 감정을 잘 돌아볼 필요가 있다.

해야 할 일이 하고 싶은 일이 되도록

이름은 잊어버렸지만 많은 것을 성취한 사람이 인터뷰에서 했던 말이 기억에 남는다. 그가 이룬 많은 성취에 감탄하며 인터뷰어가 물었다.

"어떻게 이렇게 많은 일을 할 수가 있었지요? 힘들거나 부담스럽지 않으셨나요? 비결이 있을까요?"

그러자 그는 이렇게 대답했다.

"하고 싶은 일을 해야 할 일로 만든 게 비결이라면 비결이지요."

그의 대답은 책임감이 의무와 부담감으로 변질되는 지점이 어떤 지점인지 정확히 보여주는 것 같다.

살다 보면 하고 싶은 일과 해야 할 일이 항상 일치하지는 않는다. 처음에는 좋아서 했던 많은 일들에 의무와 책임, 기대의 무게가 실리게 되면서, 우리는 항상 하고 싶은 일에서 멀어지는 것만 같은 느낌을 받는다. 해야 할 일들 속에서 허우적대며 내가 정말 이 일을 하고 싶은지 의문이 들 때가 많다. 이렇게 마음이 무겁고 숨이 막혀오는 그 순간마다 우리가 느끼는 부담감은 이 상황을 변화시켜 달라고 촉구하고 있다. 그 신호를 파악해서 변화의 방향을 잘 잡아갈 필요가 있다.

우리의 일상은 해야 할 일들로만 채워져서는 안 된다. 하고 싶어서 하는 일이 꼭 있어야 살맛나게 살 수 있다.

마음이 무거워지면 우리의 몸도 무거워집니다. 그리고 이렇게 무거워진 몸은 또 우리의 마음을 무겁게 하지요. 이렇게 무거운 몸과 마음을 이끌고 살고 있다면 몸과 마음을 이완시키는 연습과 훈련이 큰 도움이 됩니다. 마음을 이완시키기 위해 일단 몸을 이완시키는 연습을 해보세요. 전문가들은 경직된 우리에게 가장 중요하고도 기초적인 것이 '호흡'이라고 합니다.

마음이 답답하고 힘든 순간에는 크게 한번 숨을 쉬어보세요. 몸과 마음이 바쁜 순간에는 제대로 숨을 쉬는 것조차 잊게 되니까요. 어떤 사람은 하루 종일 목으로만 숨을 쉬고 또 어떤 사람은 가슴으로만 숨을 쉰다고 합니다. 잠시 책을 덮고 온몸으로 숨을 쉰다고 생각하고 크게 한번 들이마셔 보세요. 그리고 몸의 감각에 집중하며 천천히 숨을 내쉬어 보세요. 답답한 순간이나 긴장감이 우리를 뒤덮는 순간 호흡처럼 단순한 동작이 우리를 풀어줍니다.

이완이 도움이 되는 것은 당연한 이야기이고, 다양한 이완 방법이 있지만 무엇보다 중요한 것은 '실천'이겠지요. 따로 시간을 내거나 규칙을 정해서 이완하는 훈련을 한다면 몸과 마음도 가벼워질 뿐 아니라 창의성과 생산성을 높이는 데에도 도움이 된다고 합니다.

초조하고 조급한 마음

초조해서 조급해지는 심리

기연 씨는 악몽을 자주 꾼다. 어젯밤에도 악몽을 꿨고, 아침에 일어나서도 기분이 별로 좋지 않았다. 또 무언가에 쫓기는 꿈이었다. 어젯밤 꿈을 되짚어보면 중요한 회의에 지각하는 꿈을 꿨던 것 같다. 며칠 전에는 총을 든 사람들이 자신을 쫓아오는 꿈을 꾸기도 했다.

꿈뿐이 아니었다. 그녀는 자주 약속 시간에 늦을까 봐 초조해했다. 친구들은 대수롭지 않게 약속 시간에 늦게 나타나기도 했지만 그녀는 다른 사람이 늦는 것은 물론 자신이 늦는 것도 허용하지 못했다. 식당에서 음식이 늦게 나와도, 앞의 차가 운전을 느리게 해도, 바로 앞에 걷고 있는 사람들의 속도가 자신보다 느려도 그녀는 쉽게 초조해지고 예민해졌다. 또 그는 무엇이든 빨리 해치우는 편이었다. 그러다 보니 일의 진행 속도는 빠른 것 같았지만 실수를 하는 편도 잦았고, 자신도 모르게 쉽게 짜증을 냈다.

그녀는 자신이 말도 빠르고 걸음도 빠르고 무엇이든 급하게 해치우는 면이 있는 것을 알긴 했지만 문제는 행동에 있지 않다는 것을 몰랐다. 문제는 몸만 바쁜 것이 아니라 마음이 바쁘다는 데 있었다. 그녀 내면의 조급증과 초조한 마음은 그녀를 잠시도 가만히 두지 않는다. 이런 감정들에 쫓기며 그녀는 내면의 평화를 찾기 어려워했다. 이 감정에 휘둘리는 것이 아니라 잘 조절하기 위해 그녀에게 필요한 것은 무엇일까?

1. 강박관념을 잘 들여다본다

빨리 뭔가를 해내려는 행동은 그녀의 강박관념과 관련이 깊다. 우리의 꿈은 우리의 무의식이 의식 세계로 보내는 편지라고 한다. 그래서 혹자는 우리가 꿈을 잘 들여다보지 않는 것은 우리에 대해 중요한 정보가 담긴 편지를 봉투째 뜯어보지 않는 것이나 마찬가지라는 이야기를 하기도 한다. 그 정도로 꿈은 많은 이야기를 우리에게 해준다.

그녀는 자신이 왜 자주 쫓기는 꿈을 꾸는지 돌아볼 필요가 있다. 그녀는 왜 이렇게 쉽게 초조해질까? 다른 사람들은 차분히 기다릴만한 상황을 왜 견디지 못하는 것일까? 언제부터 이렇게 조급한 마음을 품게 되었을까?

스스로에게 이런 질문을 하다 보면 자신의 조급한 마음을 해결할 실마리를 얻게 된다.

기연 씨의 마음을 살펴보면 그녀는 어렸을 때부터 욕심이 많고 자신이 원하는 것을 얻기 위해 열심히 노력하는 편이었다. 그런데 수능시험에서 큰 실수를 해서 재수를 했고, 재수를 한 뒤에도 원하는 성적을 얻지 못했다. 그 후 그녀의 일상에 '남들보다 늦었다'는 생각을 배경 음악처럼 깔고 살았고, 그랬기에 항상 조급했고 서두르는 마음이었다. 그녀의 조급증 밑에는 그녀가 과거에 받았던 상처가 숨어 있다.

문제는 늦었다는 생각에 서두르다 보면 마음이 바빠서 일상이 힘들 뿐 아니라 원하는 뭔가를 이루어내는 데에는 힘이 부칠 수 있다는 점이다. 누구든 조급해지고 신경이 예민해질 때에는 잘하던 일도 잘 못하고, 어렵게 느껴진다는 사실을 경험해본 적이 있을 것이다. 그러니 마음이 조급해질 때 우리의 마음속에 배경음처럼 깔린 주된 생각이 어떤 것인지 살펴볼 필요가 있다. 자신도 모르는 사이에 마음의 액셀러레이터를 밟게 하는 생각이 어떤 것인지 구체적으로 살펴본다면 제대로 된 일상의 페이스를 잡는 데 도움이 된다.

2. 과정을 음미하도록 하자

우리는 빨리 결과를 보고 싶은 마음 때문에 쉽게 조급해하고 초조해진다. 뭉근히 기다릴 힘이 없을 때 초조한 감정에 압도되어 모든 것이 마치 몇 배속으로 돌아가는 영화처럼 진행되기를 바라게 된다. 그런데 과정은 결과만큼이나 중요하고, 또 때로는 과정이 결과보다 더 중요하다. 하나하나 집중하고 한 계단, 한 계단 차곡차곡 밟아가며 목표지점으로 가는 과정을 경험할 때 우리는 차분한 평정심으로 우리가 누구인지, 우리가 어디로 가고 있는지, 지금 어디쯤 왔는지 알게 된다. 과정을 즐기라는 말이 어렵게 느껴진다면 단지 지금 이 순간의 나를 잘 돌아보고 다독이면 된다. 과거의 현인들이 '순간을 즐기라'는 명제를 우리에게 주었지만 이를 잘 활용하지 못하고 있다. 마음이 초조할 때에는 더욱 그러하다. 그러니 조급해지고 초조해지는 순간에는 내 앞에 놓여 있는 그 한 가지, 한 단계에 온전히 마음을 놓고 음미할 수 있도록 집중하자. 우리 삶은 언제나 과정일 뿐이다.

마음에 띄운 차분한 나뭇잎 하나

조급해지고 초조해지는 순간마다 나는 목말라 하는 나그네에게 나뭇잎을 띄운 물바가지를 건네주었다는 이야기 속 여인의 지혜를 생각한다. 그녀는 정녕 차분하고 공감 어린 마음을 지닌 현명한 여인이었을 것이다.

목이 마르고 배가 고플 때에 우리는 무언가 결핍된 것을 간절히 기다리며 한꺼번에 다 움켜쥐기를 갈망한다. 하지만 급할수록 돌아가라고 했다. 초조해져서 빨리 뭔가를 들이붓고 싶은 우리 마음에도 차분한 나뭇잎 하나가 필요한 것 같다. 액셀러레이터를 밟으며 돌진하고만 싶은 순간, 우리는 어떤 방향으로 가야 하는지 살피고 지금 우리가 서 있는 지금, 여기 감사하고 소통하고 음미할 수 있어야 한다.

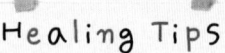

　마음이 쉽게 초조해져서 그 마음을 어떻게 다스리면 좋을까 고민하던 시기에 들었던 이야기 중에 '음식 명상'이라는 말이 특히 오래 기억에 남았습니다. 음식 명상이란 음식을 먹는 그 과정을 마치 명상을 하듯 온 감각을 사용해서 천천히 음미하고, 그 순간순간을 중시하는 것입니다.

　이 명상에 대한 이야기를 해주신 선생님은 사람이라는 존재가 먹지 않고는 살 수가 없고, 또 먹기 위해 많은 것을 죽이고 없애야 하는 존재론적인 잔인함을 품고 있기에 음식을 그냥 먹어서는 안 된다고 했습니다.

　그 말씀을 듣고 보니 일상으로 먹는 음식이 달리 보였습니다. 치열한 과정을 거치고 우리 앞에 온 음식에 대해 감사함과 미안함을 느끼는 것이 필요할 것만 같았습니다. 게다가 우리가 무심코 먹게 되는 음식에 보다 주의를 기울이고 마음을 써서 섭취한다면, 식감을 보다 풍성하게 느낄 수 있을 뿐 아니라 마음도 차분해질 것 같습니다.

매일같이 먹는 음식의 맛도 모르고, 감사할 줄도 모른 채 허겁지겁 꾸역꾸역 입속에 음식을 넣고 제대로 소화시키지 못하는 시간을 반복해왔다면 음식 명상을 실천해보는 것은 어떨까요? 사과 하나를 먹더라도 정성과 감사의 마음을 담아 천천히 음미하면서 먹어봅시다.

친구가 한없이 부러운 마음

난 네가 정말 부러워

　친구 주영은 나를 만나면 항상 말끝마다 부럽다는 이야기를 자주 한다.
　"나도 글 쓰는 재주가 있다면 너처럼 자유롭게 살 텐데. 아침마다 회사 가기 지겨워 죽겠어. 진짜 부러워."
　친구는 내가 내 시간을 조절해서 쓰는 방식으로 일을 할 수 있는 것이 부럽다고 했다. 하지만 사실 나는 가끔 회사라는 안정되고 규칙적이며 언제나 사람들에 둘러싸여 있는 주영의 모습이 좋아 보일 때도 많았다.

"글 쓰는 게 얼마나 외롭고 힘든데. 이게 좋고 편하기만 한 건 아냐. 혼자 시간 관리 잘해야 되고, 의외의 상황들이 생기게 되고, 수입도 불규칙해. 글이 안 써질 때는 불안과도 싸워야 돼."

나는 주영이가 내 삶을 너무 좋게만 보는 것 같아서 프리랜서의 힘든 점을 자세히 말해주었다. 그래도 나의 이야기가 잘 들리지 않는 듯했다. 그저 내 생활의 좋은 점만 들어 부럽다고 말했다.

생각해보면 그 애는 예전부터 부럽다는 말을 자주 하는 편이었다. 예전에는 남자 친구가 있는 내가 부럽다고 했고, 성적 잘 나온 내가 부럽다고도 했다. 나뿐 아니라 다른 친구들을 만났을 때도 비슷한 말을 반복한다.

"야, 넌 키가 커서 좋겠다. 너희 부모님은 널 잘 이해해주시니 부러워. 너는 피부가 좋으니 피부과 안 가도 되겠네. 나는 가서 돈을 들이부어도 너처럼 안 돼."

이렇게 그 애는 주변 사람들의 모습에서 부러울 것들만 보는 듯했다.

나는 가끔 주영이의 이런 태도가 안타깝고 위태로워 보였다. 친구들끼리 서로 부럽다는 이야기를 덕담처럼 나누는 정도에 그친다면 괜찮지만, 이 부러움이 지나치다 보면 자신의 장점과 좋은 점은 보지 못하고 타인의 삶만 좋다고 판단하게 될 가능성이 크기 때문이었다. 타인의 삶을 부러워하다 보면 내 삶이 별로라고 느끼게 되고, 내 삶에 만족하고 감사할 수 있는 여유를 잃게 되기도 쉽다.

누군가가 너무 부러울때

　내 친구 주영이뿐 아니라 우리는 자주 타인의 모습을 보며 부러움을 느낀다. 나에게 없는 남자 친구가 있는 친구가 부럽고, 부모님의 재산이 넉넉해서 돈 걱정 없이 사는 친구가 부럽고, 영어를 유창하게 잘해서 유학을 갈 수 있는 친구가 부럽고, 사람들 앞에서 넉살 좋게 말을 잘해서 언제나 인기가 많은 친구가 부럽고, 나보다 좋은 직장에 다니며 고액 연봉을 받는 친구가 부럽고, 나보다 먼저 결혼하는 친구도 부럽다. 이렇게 우리 주변에는 부러운 대상들이 깔려 있다.

　우리는 다양한 상황 속에서 부러움을 느낀다. 우리는 때론 이름 모르고 근본 모를 낯선 여자에게도 부러움을 느낀다. 내가 아는 한 지인은 출근길 지하철에서 멋있게 차려입고는 영자 신문을 읽으며 커피를 마시고 있는 여자에 대한 부러운 마음을 주체할 수 없을 정도였다고 고백한다. 예전에 상담실에서 만난 한 내담자는 여대에 들어온 뒤 예쁜 사람들이 너무 많아 부러운 마음을 다독이기가 힘들다고 했다. 그녀는 수업 시간에도 교수님의 강의를 듣기보다는 예쁜 사람들만 넋 놓고 바라보게 된다고 했다. 당연히 성적이 잘 나올 리 없었고, 이는 결국 그녀가 느끼는 부러움을 양적, 질적으로 늘리는 결과를 불러왔다. 그 후에 그녀는 예쁜 사람뿐 아니라 성적이 좋은 사람들도 부러워해야 했으니 말이다.

　이처럼 부러움은 우리 삶의 여러 장면에 걸쳐 있다. 이런 부러움이 지나치게 계속되다 보면 타인에 대해서는 질투와 시기심을 느껴 관계에 문제가 될 수 있고, 나 자신에 대한 불만 때문에 내가 나와 맺는 관계에 해를 입힐 수도 있다. 부러움은 자신에 대해서 불만과 우울을 안겨줄 수도 있는 미묘한 감정이기에 우리는 이 감정을 잘 살필 필요가 있다.

부럽다는 말을 남발하는 이유

부럽다는 말을 남발하는 데에는 두 가지 이유가 있다. 하나는 사람들이 '선택적 자기 개방을 한다'는 점이고, 다른 하나는 우리가 '객관적 조망이 어렵다'는 점이다.

1. 사람들은 선택적으로 자신을 개방한다

우리는 자신의 일상에 대해서는 100% 다 알고 있다. 그러기에 우리 일상의 좋은 점과 나쁜 점, 행복 요소와 불행 요소를 속속들이 다 알고 있다. 우리의 일상을 전체적인 그림으로 그릴 수 있지만 타인의 일상에 대해서는 단지 부분적인 그림을 그릴 수 있을 뿐이다. 또한, 우리는 사회적인 존재인 만큼 되도록이면 자신의 좋은 모습을 극대화시켜 타인에게 보여주려고 애쓴다. 나쁜 점은 가리거나 축소시키고 좋은 점을 더 크게 보여주려 하는 것이다. 즉, 우리는 자기 개방을 선택적으로 한다. 바로 이점 때문에 다른 사람은 우리를 무작정 부러워할지도 모른다. 그러다 보니 멀리서 타인의 시각으로 우리를 바라보았을 때에는 좋은 모습만 보이기가 쉽다.

겉으로 보이는 모습 이면에 깔린 어둡고 힘든 모습은 잘 드러나지 않는다. 겉으로 보기에는 다 잘 살고 있는 것만 같다. 하지만 주변 사람들을 더 잘 알게 되면, 그 사람 나름대로의 고충과 스트레스가 있다는 것을 이해하게 될 것이다. 그럴 때 우리가 무턱대고 품게 되는 부러움은 그 사람의 전체가 아닌 일부분이라는 것도 알게 될 것이다.

2. 객관적인 조망이 어렵다

우리 스스로에 대한 객관적인 조망이 어려운 것도 부러움에 흔들리는 또 한 가지의 이유가 된다. 타인의 시각으로 우리의 모습을 본다면 주관적으로 느끼는 것보다 훨씬 괜찮을 수 있다. 그런데 남을 부러워하는 사람들은 대개 자신의 모습을 객관적으로 보지 못한다. 자신의 어려움과 단점은 크게 생각하고 타인의 좋은 점만 크게 부각되어 보이는 것이다.

지금 타인의 삶에 대한 부러움에 흔들리고 있다면 아무리 좋아 보이는 사람도 누구나 자기만의 십자가를 지고 살고 있다는 점을 기억해야 한다. 어떤 일이든 잘하고 잘나가는 것 같은 사람도 그 사람 나름의 고충과 무거운 짐이 있다. 타인의 좋은 점에만 시선을 두고 내 삶을 불만스럽게 보기보다는 내 삶을 좀 더 객관적으로 바라보는 것이 좋다.

난 내 삶에 만족해

영화 〈체인지 업〉은 서로의 삶을 부러워하던 두 친구가 우연한 기회에 서로의 삶을 대신 살게 되는 이야기를 담고 있다. 초등학교 시절부터 단짝인 두 친구 중 한 명은 자유분방한 독신 배우로서의 삶을 살고 있고, 또 한 명은 다복하고 출세한 가장의 삶을 살고 있다. 하지만 이 두 사람은 자신의 삶이 힘들다며 "네가 부러워, 너처럼 살고 싶어"를 연발한다.

영화에서 그들이 막상 몸이 바뀌고 서로의 삶을 바꿔 살기 시작하자, 이전에는 전혀 보지 못했던 친구의 모습을 보게 된다. 너무 친해서 서로의 사정을 속속들이 다 알고 있다고 생각했지만 서로의 삶에 깊이 들어와서 살기 시작하니, 그들이 부러워했던 많은 것들이 사실은 그 사람 인생의 일부일 뿐 전부는 아니라는 사실을 알게 된다. 더불어 타인의 입장에서 자신의 삶을 보다 객관적으로 보게 되면서 이들은 자신이 무엇을 놓치고 있는가도 보게 된다. 결국 이들은 자신의 본래 삶을 되돌려 받고 싶어 하기에 이른다.

영화 속 주인공들처럼 "난 네가 부러워"를 동시에 연발한다고 해서 부러운 친구의 삶을 살아 보는 일은 현실적으로 불가능하다. 다만 그들처럼 "부럽다"는 말을 입에 달고 살게 된다면, 내 삶에 대한 불만은 커지고, 잘 알지도 못하면서 타인의 삶을 부러워하느라 정작 내 삶을 발전시키기 위해 필요한 에너지를 소진시키고 말 것이다.

그러니 우리, 부럽다며 타인을 바라보는 그 시선을 잠시 거두고 나 자신을 바라보자. 그리고 자주 이렇게 말해주자. "난 내 삶에 만족해"라고. 없는 것을 있게 하기 위해 애쓰며 불만에 가득 차기보다는 이미 가지고 있는 것을 더 좋게 만들어가는 의욕에 가득 찬 삶이 더 멋지니까.

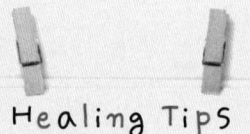

감사의 기도를 해보세요

타인에 대한 부러움의 반대편에 있는 감정은 어떤 것일까요? 저는 그 감정이 '감사'라고 생각합니다. 마음의 시선을 나에게 집중하고 있지만 이기적이거나 갑갑한 감정이 아니라 저절로 에너지를 얻게 해주는 고맙고 행복한 감정이 바로 감사가 아닐까요?

감사할 일이 많은 사람일수록 행복하고 성공적인 삶을 살게 됩니다. 그것이 맞는가를 알아보기 위해 굳이 통계자료나 연구 논문을 뒤적여 볼 필요가 없지요. 감사의 감정이 우리를 감쌀 때, 따뜻하고 묵직한 마음을 선물 받게 된다는 것을 경험으로 이미 알고 있으니까요.

그 마음으로 바라본 세상은 쉽고 만만합니다. 이전까지 우리를 힘들게 만든 불평과 불만, 불안의 감정은 감사의 감정에 밀려 자취를 감춥니다. 그러면 무엇이든 자신 있게 해볼 마음이 생깁니다.

아침에 일어나 하루를 시작할 때, 하루 일과를 마치고 잠자리에 들기 전, 혹은 하루 중 마음이 머무는 어느 순간에 감사의 기도를 드려보는 것은 어떨까요? 분명 나 자신에게 주는 좋은 선물이 될 것입니다.

어떤 종교를 가지고 있는가는 중요하지 않습니다. 특히, 내가 한 만큼 받지 못한 것 같고, 누군가가 너무 부러워서 부정적인 감정에 휘말려 있는 순간, 감사의 기도를 해보세요. 내가 삶 속에서 받은 것, 내가 가진 것이 많다는 사실을 금방 알게 될 거예요.

감정,
극단에서 균형으로

'극단적으로 감정적인 사람과 극단적으로 이성적인 사람, 둘 중에 누가 더 나쁠까?'

언젠가 친구들과 이 주제로 토론한 적이 있었다. 우리 주변에서 만나게 되는 다양한 사람들, 그중에서도 우리 자존심에 큰 생채기를 내거나, 억압하거나, 동요하게 하는 사람 유형들에 대한 저마다의 성토가 있고 난 뒤 수렴된 논제였다.

나와 친구들은 그 당시 자신을 가장 힘들게 하는 사람이 어느 쪽에 더 가까운가를 들어 팽팽한 토론을 펼쳤지만, 결국엔 같은 결론에 도달했다. 극단적인 감정 속에는 극단적인 이성이, 극단적인 이성 속에는 극단적인 감정이 숨어 있다는 것이었다. 결국 나쁜 건 '극단'이라는 점이었다.

이 책을 마치며 마지막으로 전하고 싶은 이야기도 바로 이 '극단'에 대한 것이다. 우리는 삶의 경험과 환경의 영향, 그리고 타고난 기질이 다르기에 사람들은 각자 다른 감정적 대처방식과 표현방식을 가지고 있다. 그러나 언제, 어디에서, 누구를 만나, 무엇을 하든, 극단으로 치우쳐진 방식은 우리 자신뿐 아니라 함께하는 상대방도 힘들게 한다. 그러니 우리의 편안한 삶을 위해 부디 다양한 감정의 모습에 비춰 나 자신을 살펴보고, 극단이 아닌 균형으로 가는 길을 찾도록 하자. 부디 이 책이 그 길을 향한 실마리를 마련하는 데 도움이 되었으면 한다.

매일 수만 가지 감정에 흔들리는
나에게 필요한 코칭북

감정 터치!

초판 1쇄 발행 2012년 8월 30일
초판 4쇄 발행 2014년 4월 30일

지은이 선안남
펴낸이 신원영
펴낸곳 (주)신원문화사

편   집 김순선 최미임
디자인 송효영
미디어 김일은
영   업 이정민
총   무 한선영 신주환 신미숙 우경은
관   리 조경화 김용권 박윤식
경영지원 윤석원

주   소 서울시 영등포구 당산동 121-245 신원빌딩 3층
전   화 3664-2131~4 팩 스 3664-2130
이 메 일 bookii7@nate.com 트 위 터 @shinwonhouse
출판등록 1976년 9월 16일 제5-68호

* 파본은 본사나 서점에서 교환해 드립니다.

ISBN 978-89-359-1612-2 03810